XINSHIDAI TIANJIN

JIAQIANG XIANSHI ZHUYI TICAI YANJIU

新时代天津

加强现实主义题材研究

杨　珍 ◎ 主编

天津社会科学院出版社

图书在版编目（ＣＩＰ）数据

新时代天津加强现实主义题材研究 / 杨珍编著. --
天津 ： 天津社会科学院出版社，2023.12
　　ISBN 978-7-5563-0940-5

　　Ⅰ. ①新… Ⅱ. ①杨… Ⅲ. ①现实主义－文艺评论－
研究－天津 Ⅳ. ①I209.921

　　中国国家版本馆 CIP 数据核字(2023)第 235500 号

新时代天津加强现实主义题材研究
XINSHIDAI TIANJIN JIAQIANG XIANSHI ZHUYI TICAI YANJIU
选题策划：韩　鹏
责任编辑：吴　琼
责任校对：杜敬红
装帧设计：高馨月
出版发行：天津社会科学院出版社
地　　址：天津市南开区迎水道 7 号
邮　　编：300191
电　　话：(022) 23360165
印　　刷：北京建宏印刷有限公司
开　　本：710×1000　　1/16
印　　张：14.5
字　　数：215 千字
版　　次：2023 年 12 月第 1 版　　2023 年 12 月第 1 次印刷
定　　价：78.00 元

内容简介

加强现实主义题材创作是习近平文艺思想的重要内容,是文艺事业的风向标,是文艺创作的指挥棒,时代的发展和人民精神世界的构筑都离不开现实题材的作品。

本研究主要分为三个部分:第一部分回顾了中国特色社会主义背景下现实主义题材创作的发展历程,简要梳理了21世纪以来现实主义创作的成果,阐明新时代以来加强现实题材创作的必要性,并在此基础上分析天津当前加强现实主义题材创作新格局。第二部分立足于天津现实主义题材创作新格局,整理生动案例并对其进行详细述评,其中包括天津知名作家及其作品介绍、天津优秀文艺剧目介绍、天津特色博物馆展览。第三部分则是近年来天津现实题材原创作品的节选。以贴合群众、彰显时代需求为原则,阐述天津原创现实主义题材作品,主题涉及新丝绸之路、百年献礼、抗疫、扶贫、红色记忆、女排精神展等。

研究结语部分结合构建新时代中国文艺理论话语体系,对天津加强现实题材创作的下一阶段工作建言献策,提出要大力夯实现实题材创作的素材积累和人才培育,重视天津特色文化亮点的素材积累,挖掘天津先进个人集体以及天津特色文化符号的新时代意义,完善精品创作激励机制,积极争取出台现实题材作品创作扶持奖励办法,培育壮大地域性现实题材文学创作群体;强化现实题材作品的批评研究,鼓励发展高校、科研机构、社会团体等各类形态的现实题材创作批评研究机构和现实题材创作批评研究发表平台;积极促进现实题材创作的成果转化,依托各类"影视工作室",尤其是新媒体创作中心,完善优秀现实题材文学作品转化机制。

前　言
立足广阔天地　书写当代生活

目前,我们的文艺事业在蓬勃发展的同时,也呈现出一些弊病。社会主义市场经济的发展一方面促进了经济发展,另一方面市场触达文艺领域使得文艺生产机械化、文化消费快餐化,文艺作品走向浮躁,作品数量较多但缺乏质量,甚至挑战公序良俗。除此之外,文艺作品与人民疏离,以"高雅"之名宣扬享乐主义、拜金主义,回避现实,脱离群众,缺乏深度。文艺创作中为人民服务的意识淡化,价值传递失范;原创性不足,众多小说 IP 改编作品、架空题材作品占据大量市场份额;产品内容脱离现实,与历史关系模糊,奉行历史虚无主义,缺乏批判精神,一定程度上干扰了读者对历史的认知。

为了避免文艺事业陷入空洞、虚无的窠臼,习近平总书记多次强调要加强现实主义题材的创作,文艺作品要以人民为中心,反映人民心声,深入人民生活,记述生活的同时歌颂理想和光明的未来,只有与现实生活紧密相连、引起人民共鸣、满足人民精神需求的才是好作品。2014 年 10 月 15 日文艺工作座谈会上,习近平总书记指出,中华民族的伟大复兴是长期而艰巨的伟大事业,需要强大的精神力量和先进的文化,而精神世界的搭建和先进文化的创造则离不开优秀文艺作品。文章合为时而著,歌诗合为事而作,无愧于时代和人民的伟大作品不仅能够反映一个国家和民族的创造力,且有助于推动中华文化走出去。

2017 年 10 月 18 日,习近平总书记在全国人民第十九次代表大会上提出繁荣发展社会主义文艺,向广大文艺工作者发出的殷切号召:"加强现实题材创作,不断推出讴歌党、讴歌祖国、讴歌人民、讴歌英雄的精品力作。"号召广大文艺工作者重点加强现实题材创作,让更多优秀现实题材作品能够随时随地走进基层,为群众服好务。以"接地气、传得开、留得下"作为创作目标,推出一系列现实题材优秀作品,书写中华民族新史诗。

加强现实主义题材创作是习近平文艺思想的重要内容,是文艺事业的风向标、是文艺创作的指挥棒,时代的发展和人民精神世界的构筑都离不开现实主义题材的作品。国家和政府的大力支持也是中国现实主义题材文化作品的发展契机,只要认清了形势,澄清了认识,现实主义题材文化作品就一定会修正艺术上的弊病,克服创作中的困难,在现实主义的发展道路上创作出具有体现健康价值追求的艺术形式,注重审美表达的艺术形态,体现多样化艺术追求的文化载体,张扬大众审美趣味的开放体系的文化主餐。

浓厚的文化底蕴滋养了天津,城市培育了作家与文学家,现实主义题材作品的创作,也是中国式现代化进程的集中体现,也要求文艺工作者要紧跟时代进程、准确感知受众心理,立足于服务人的精神文化需求。

天津具有丰富的文化景观、大俗大雅的文化背景,天津人积极从容但妥帖认真的生活方式、刻在骨子里的侠义风格以及独特的方言体系都成为现实题材创作的丰厚资源。天津文学与艺术的新发展不仅给天津这座六百年历史文化名城增添了光彩,也增加了城市文化内涵与底蕴。21世纪尤其是中国特色社会主义进入新时代以来,天津重视现实主义作品的创作,出现了一系列艺术水平高、市场反响好的文艺作品。当然,现实主义也并非文坛专属,多元媒介与艺术的融合诞生了诸多优秀的现实题材作品。一系列以天津为创作背景的作品全方位、多角度展示了近年来天津的建设成就,反映出文艺事业发展的新态势,也闪动着文艺工作者对生活的礼赞和对时代的反思。

在国家和政府的正确引导下,天津先后出台了一系列有益于文化产业发展的政策。本书把握天津文化事业的发展特点,整理挖掘天津现实题材创作的重要题材和生动案例,以习近平新时代中国特色社会主义思

想为指引,结合重大现实题材作进行案例研究,对天津的现实主义题材作了述评,题材涉及:

"津人"作"津品"部分选取天津知名作家,如文化大家冯骥才、女性主义作家赵玫、知青作家王松、历史与革命作家龙一、底层情节作家武歆、书写城乡作家尹学芸、乡土作家秦岭等,对近年来有特色的"津味"文学作品进行评述。结合作家们的不同阅历、不同视角、不同风格,从现实题材的文学作品研究出发,继续探索现实题材中的世道与心路。

"津"剧创"津"彩部分紧扣天津作为曲艺之乡的优势,从舞台艺术反映现实生活的角度入手,力图在梳理作品的同时,展现新时代天津各类传统艺术形式对现实问题的深入理解与艺术表现。天津文艺工作者们原创的京剧《正气歌》《楝树花》《华子良》《爱国三问》,评剧《非常妈妈》《红高粱》《海棠红》《刘胡兰》《革命家庭》,话剧《生死24小时》《蛐蛐四爷》《闯江湖》,舞剧《津门舞韵》《春天的故事》,舞台剧《五四星火》等都取得了良好的口碑与反响。

该研究将天津特色博物馆展览类作品也视作有广泛社会影响力的现实题材创作案例。通过梳理近年来现实题材展览佳作,不难发现博物馆作为城市特色文化空间,在连接历史与当下、传承文化与精神、落实宣传与教育中具有不可替代的重要功能。关注的案例包括:"奋斗的历程辉煌的成就——中国共产党天津地方组织90年发展历程纪念展""创新、自律、爱国——李叔同的人格精神展""燕赵大地——京津冀民间收藏文化展""金玉满堂——京津冀古代生活展""丹心慧眼护国门——天津文物进出境管理成果展""守望文明百年荣光——天津博物馆1918—2018特展""交融肇兴——辽金时期的天津""中国民间艺术的瑰宝——天津博物馆藏杨柳青年画展""红色记忆——天津革命文物展""中华百年看天津""国家荣誉——中国女排精神展""寻物寻技寻知——天津市第六届民间艺术展""我和我的祖国——天津市民间艺术主题创作精品巡展"等;文化展演类专题作品还包括天津相声节,"玉竹飞舞·百弦齐鸣"庆祝中国共产党成立100周年扬琴专场室内乐音乐会,意式风情区金秋文化艺术博览月,天津高校大学生合唱精品展演启幕十所高校学子"唱响青春",第十七届津门曲荟,"戏韵华章——天津市戏剧界庆祝改革开放40周年梅花奖演员戏曲晚会,第二届全国(天津)相声新作品大赛,"情暖津门——500名音乐艺术家走进意风区采风管乐周"等;天津创作的原创系列《丝路津商》《大美天津》《奠基岁月》《医之大者朱宪彝》《苍生大医》《大考》《大决胜》《小楼春秋》"国家荣誉——中国女排精神展"。这一系列作品的产出也是天津继往开来,深化文化领域供给侧结构性改革,是紧贴群众需求、时代需要的彰显。

本书关注天津加强现实主义题材创作,主要着眼点并不是文学创作层面的作家作品梳理,而是力图通过各种类型、各种形式的现实主义主题文本,述评结合,涵盖津派作家近年代表性新作、天津文艺界原创剧目、展览展演等,特别收录了项目组成员原创主题纪录片的脚本,呈现出当前天津加强现实主义题材创作的发展格局。

目 录

1

第一章

鉴往知来：现实主义题材创作与时代同频共振

第一节　中国特色社会主义旗帜下
现实主义创作的发展历程

现实主义是典型的创作方法之一,它是指文学家或艺术家以现实生活的具体特征等为蓝本,运用形象的描写方式,揭示现实生活,深层体现作者对于现实生活以及创作的理解和态度。现实主义创作作为一种成熟的文艺实践方式,诞生于19世纪初期的法国,崛起于欧洲,广泛应用于各个领域。现实主义创作方法被引入中国后,伴随着中国社会变革,经历了漫长而曲折的演变过程,发展至今,更增添了新时代的气息。

19世纪20年代,司汤达(Stendhal)提出现实主义创作的原则——创作应依附时代,反映变革;19世纪30年代,英法掀起现实主义创作浪潮,现实主义思潮迅速崛起,并广泛传播。从源头开始,现实主义创作就是以追求对现实和实际的再现为宗旨的。

20世纪初,有识之士和先进的知识分子将现实主义创作方法引入中国。1902年,梁启超在《论小说与群治之关系》中提到"写实派小说",可以视其为现实主义最早的中文表述。随后,五四运动中,科学与民主成为主流意识,促使现代文化意识涌现。现实主义直接与现实的指向恰好契合了五四运动的批判指向,现实主义浪潮顺势而起,中国现代文学应运而生。温儒敏先生认为五四时期思想相对自由,中西文化的碰撞、融合以及对外国文学横向吸收和改造,是中国孕育现实主义的重要原因。陈独秀先生也宣称写实主义(现实主义)成为趋势,而落后愚昧的贵族文学、山林文学等也相应地退出历史舞台。其实,以乡土文学和问题文学为代表的新文学盛行,积极倡导关注现实问题,书写真实的中国社会环境。彼时,中国处于危难时刻,国家动荡不安,心系国家的文艺家们不约而同地把反映现实困境、映射社会问题作为主要的创作原则,而作品中蕴含的新思想也达到了启蒙心智的效用。

20世纪30年代,斯大林、高尔基等苏联作家们提出社会主义现实主义创作方法并写入章程。社会主义现实主义创作方法要求文艺家们以马克思主义思想为指导,从现实的革命发展中真实地、历史地和具体地描写现实,表现现实生活中错综复杂的矛盾,揭示社会发展规律,把握社会主义的本质。除此之外,社会主义现实主义创作方法要区别于积极浪漫的乌托邦,运用浪漫主义手法把社会现实和歌颂崇高的社会理想结合起来,鼓舞人民为美好生活而奋斗。社会主义现实主义创作方法作为先进的理论,顺其自然地被推荐到中国。1933年,瞿秋白和周扬先后撰文宣传社会主义现实主义理论。20世纪40年代延安整风进一步巩固了这种创作理论。毛泽东以马克思主义理论为基础,阐明了现实和文艺创作的关系,指出现实是创作的源泉,文艺作品来源于生活,但比生活更集中、更深刻,因此也更具有普遍性。现实主义创作方法在历史的土壤中稳固而不自觉地惯性发展。

中华人民共和国成立后,现实主义创作仍是文艺事业的主旋律。1949年7月,第一届文代会召开,确定文艺为人民大众首先为工农兵服务的方向。文艺事业狭隘地为政治服务,使得文艺创作中存在公式化、概念化、简单化、政治正确等弊病,更是桎梏了文艺事业的发展。1953年9月,第二届文代会提出以"社会主义现实主义"为文艺创作和批评的最高原则。第二次文代会文艺观仍受到苏联文艺理论强势影响,文艺事业的政治色彩更为突出。于是胡风提出诸如"主观战斗精神""精神奴役的创伤""熔炉""肉搏"等一些极具理论个性的概念,此时关于文艺创作的一些争论也并没有理想的结果。1956年,中苏关系破裂,建立具有中国特色的思想理论体系被提上议事日程。1958年,为适应我国文艺发展和繁荣的需要,毛泽东提出了"两结合"的创作方法。"两结合"创作方法以革命现实主义为基础,以革命浪漫主义为主导,将二者置于同等地位,在描写现实生活时融入革命理想,使得理想性与现实性高度统一;同时歌颂赞

4

美先进人物、事迹,批判陈腐思想,促进新事物发展和旧事物的灭亡,使得真实性与倾向性有机融合。"两结合"的方法是毛泽东精心研究、长期探索的成果,是智慧的结晶,因此能够正确地指导文艺事业发展。

1979 年 10 月,第四次文代会重新厘清了文艺与政治的关系。随后党中央明确提出"文艺为人民服务、为社会主义服务",现实主义从畸变中抽离。人们重新评价被"黑八论"否定的现实主义观点,解放思想,创造生机。与此同时,"伤痕文学""反思文学""改革文学"的盛行对于恢复现实主义真实性具有重要意义,文学家们关注现实、干预现实、为真理呐喊、为人民代言。20 世纪 80 年代,关于现实主义和现代主义的关系引起了文艺界的思考和讨论。部分学者认为现代主义会取代现实主义,这是现代主义艺术家对现实主义的否定和现实主义自身否定的结果;另一部分学者则认为现实主义创作仍是主流创作方式,在发展过程中会吸取现代主义的优势。就文艺实践来看,后者更符合实际。到 20 世纪 80 年代中后期,现实主义思潮呈现出了新的特征。首先,题材意识逐渐淡化,作品不再局限于反映重大社会事件,中间人物及其平淡的生活走入了观众的视线,引发人们对于人类的命运、人的生存状态等内容的深层思考。其次,文艺创作坚持现实主义道路的同时会引入非现实主义因素,譬如直觉、意识流的刻画,创作的包容性和延伸性更强,使得现实主义的形态更加丰富。

随后,"先锋文学"围绕现实主义的讨论再次展开。经济改革发展,西方现代主义思潮传入中国,有学者认为对现实主义造成了正(深化)反(超越)双重影响,但该主张缺乏理论内涵,只是实践中的创作经验的归纳,不具备普适性,因此并没有上升到创作方法层面。"新写实主义"兴起后,关于现实主义的讨论进入更深层次。"新写实主义"遵循现实主义的原则,展现生活本相,但偏向于细节描写,对现实生活作精微刻画,从这一层面上来看,"新写实主义"美学思潮是现实主义的复归。但它并非是现实主义的完美延续,只是照搬生活框架,不做艺术加工和提纯,镜子似的反映现实生活又违背了经典现实主义的原则,从该角度看,"新写实主义"其实是一种在现实主义绝望的悖论中产生的结果。与此同时,对百姓生活琐事过分细致的描写也消解了现实主义的典型性,典型人物和典型事件不再突出,丧失了批判精神。此时的现实主义创作只保留形,不免陷入自娱怪圈,产出的作品更是不似现实主义也不似现代主义。尽管"先锋文学"与"新写实主义"只是匆匆过客,却为现实主义冲击波的出现起了重要的铺垫作用。

20世纪90年代,"新写实主义"浪潮消退,浪漫主义、后现代主义等崛起,创作向多元化发展。尽管多种思潮涌现并形成蔚然大观,现实主义仍贯穿其中,在多元格局中不断发展,现实主义多元化发展成为学界共识。

邓小平1992年南方谈话后实行社会主义市场经济体制,市场经济在带来自由的同时,不论是文学界还是影视界,都出现了娱乐至上的创作方式。这种创作方式是对现实的遮蔽,即便现实主义仍是主线,却充斥着媚俗、投机和私欲。雷达将这一时期的创作归纳为"现实主义冲击波",所涉及的作品大多反映的是改革开放背景下企业的发展、乡村基层组织的复杂人物关系,但存在过度写实,价值评判缺失等问题。

进入21世纪,伪现实主义在社会主义大地上变换了新的花样,"山寨文化"就是伪现实主义最明显的表征。"山寨文化"是指模仿、复制、拼贴原创产品,并赋予这些产品本土化的符号和象征意义。现实世界快速发展,与文化思想等产生摩擦,文化创作以贴近大众和生活为理由,呈现出媚俗和粗鄙的倾向,一味地追求感官刺激和市场需求,逐渐脱离了现实主义创作本位。作家梁晓声认为,复归现实主义,不能仅仅将其简单地视作创作方法,而是要视其为宗旨、态度,否则现实主义只能是一座空架子,无法扛起中华民族复兴重任。

业界以及学界都重视现实主义的复归和发展,所以现实主义创作再次成为讨论的中心。现实主义创作是文艺实践的方式,虽然不比其他浪漫主义或者现代主义具备天然优势,但它具有极强的包容性和时代适应性,可以从诸多思潮中汲取创作灵感。因此,现实主义创作方法仍是主流,受到文艺家们的推崇。文艺事业的发展方向仍以现实主义为宗旨。21世纪里,现实主义创作有成熟的理论基础,没有强势的竞争对手,与后现代主义等不处于对立冲突地位,在文艺实践中的地位更加重要,成果更加丰富,可谓是一枝独秀。

多元的现实主义之外,存在着不可忽视的支流——网络现实主义。网络现实主义繁荣于21世纪的网络文学,借助发达的互联网平台,凭借低门槛、易传播、超越时空限制等优势,展现出较强的包容性和创造性,受到观众的喜爱。虽然网络文学衍生出穿越、架空、修仙等充满非现实主义因素的架空题材,可它并未逾越现实主义范畴,情感类、家庭生活、都市类等现实主义题材占据较多份额。网络使得现实主义创作道路更为宽泛,现实社会伦理也在网络现实主义中得以体现。网络文学中出现了较多反映国家重化工企业建设的题材,毫无疑问,网络现实主义的作者是基于个体经验对现实社会问题作出回应。网络写作者自生发创作想法的那一刻,现实的因素其实就已经融入了意识之中,那些虚幻的表象只是人们对客观现实的一种观念化投射。近年来,企业和政府联合举办的网络现实题材征文大赛以比赛机制激励作家进行创作,尝试挖掘现实题材。网络文学作家齐橙表示:“这些年,各行各业的人都在进入网络文学这个圈子,现实主义的创作是真正植根于这个社会的。你真正了解中国,你知道中国是怎样,你知道中国老百姓是怎么样,知道身边的大爷大妈邻家小妹是怎么样生活的,把他们的现实生活写出来,把他们的诉求写出来,写出这个时代的主旋律,写出大家真正在想和做的东西。”另外,21世纪高精尖科技的发展,引发了新一轮的信息革命,这种现实语境同样会催化现实主义新形态,譬如科幻现实主义的博兴,《三体》小说以及动漫的爆火,都是科技赋能下的创作作品。

21世纪20年代以后,现实主义创作会沿着多元化发展,发挥主流地位的作用,只要社会存在弱势群体,社会内部存在矛盾、不公,现实主义就有更大的发展空间和不可替代的重要性。习近平总书记在文艺工作座谈会上发表的讲话,以及文联大会和中国作协大会中的讲话一再强调加强现实主义创作,以人民为中心,体现人民的心声,扎根人民,扎根生活,表现生活,契合人民的情感需要。这就注定了新时代文艺创作以现实主义为主流,同时兼顾多种文体,多元拓展,遍地开花。回归现实主义创作传统早已成为文艺家的共识。现实主义创作全面回归,现实主义的意识不断强化,影视、文学、美术等领域一片新气象,艺术作品的品质明显提升,更加深入人心。

第二节　21世纪以来我国现实主义创作研究的发展

将文章刊登的时间限定在2000年1月至2022年12月,研究对象为发表在SCI来源期刊、CSSCI来源期刊、北大核心期刊的我国关于现实主义创作的研究成果,将"现实主义创作"设置成篇名,添加关键词"现实主义创作"和主题词"现实主义创作研究",分别在CNKI中进行"主题+关键词"和"主题+篇名"的高级检索,统计得出:23年间,上述三类来源的期刊在不进行学科分类的情况下共刊登有关文章487篇。

我国现实主义创作研究论文发表年数量变化情况及期刊分布

23年间,我国关于现实主义创作研究的年发文数呈波峰式上升的趋势。数量最低的年份为2003年,有3篇;数量最高的年份为2020年,有40篇。

以2012—2013年出现的一次大幅下滑为观察逐年发布数量变化的分界标志,2000—2012年,我国关于现实主义创作研究的成果产出出现了四个逐步增加的相对峰值,分别出现在2002年、2005年、2008年和2011年。

2012—2022年我国关于现实主义创作研究的成果产出呈现出与2000—2012年完全不同的状态,虽然发布的成果数量合计多于2000—2012年的有关成果发布数量之和,但在逐年产出成果数量变化中,只有一个相对峰值出现在2020年,2013—2014年出现了骤降。

经过几年的平稳增长,在 2017—2018 年出现了陡增,此后保持大幅增长态势至 2020 年,从 2021 年至今,我国关于现实主义创作研究的成果产出又出现了下滑趋势(见图 1)。

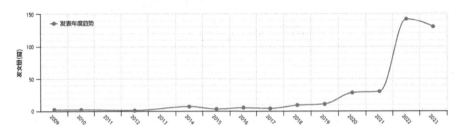

图 1:21 世纪以来我国现实主义创作研究成果在核心期刊发表数量年变化趋势

取涉及学科(包含文章涉及多学科情况下的频次累积)的前 10 名,按照数量多少进行降序排列并形成饼状图,对上述期刊所刊登的文章进行学科分布统计后可得:21 世纪,我国关于现实主义创作研究以文学和艺术学两个学科作为研究成果产出的核心学科组成,"中国文学""戏剧电影与电视艺术""美术书法雕塑与摄影""世界文学""文艺理论"五个与"文学"和"艺术学"有着密切关联的细分学科作为相关文章中涉及的学科分布的前五顺位。

"新闻与传媒""文化经济""建筑科学与工程"等跨学科研究成果也排在了前 10 名中。当这些跨学科的知识或研究方法与我国关于现实主义创作研究相结合,使得 2000—2022 年的成果产出呈现出既紧密围绕文学与艺术学又辐射多个跨学科研究领域的特点(见图 2)。取涉及现实主义创作相关主要主题词和次要主题词(包含文章涉及多主题词情况下的频次累积但规避重复的主题词)的前 20 名,忽略"现实主义"和"现实主义创作"两个主题词的情况下,按照数量多少进行降序排列,对上述期刊所刊登的文章进行主要主题词汇词频统计后可得:21 世纪以来我国关于冬奥会奥运传播研究过往成果中,"小说创作""现实主义电影""现实主义文学""电视剧创作""文学创作"出现的频率数位于主要主题词频率的前五顺位。"创作者""写实主义""现实主义精神""现实题材""现代派"

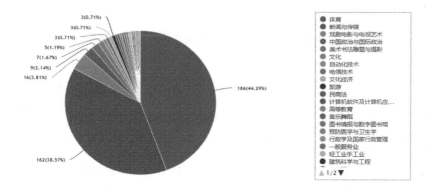

图2:学科分布统计

出现的频率数位于次要主题词频率的前五顺位(见图3、图4)。

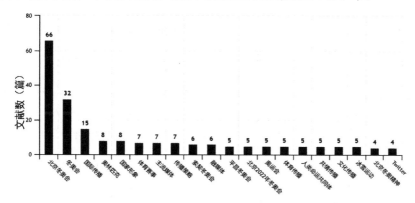

图3:主要主题题词词频统计

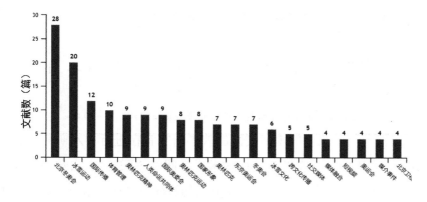

图4:次要主题题词词频统计

21 世纪以来我国现实主义创作研究的主要议题

将 2000—2022 年见刊于 SCI 期刊、CSSCI 期刊、北大核心期刊的我国关于现实主义创作研究的文章以降序的形式分别做出下载量、被引次数、相关度排列(见图 5、图 6、图 7)。

篇名	作者	刊名	发表时间	被引	下载
现实底色与类型策略——评《我不是药神》	饶曙光	当代电影	2018-08-05	43	5559
神秘魔幻白鹿原——《白鹿原》与《百年孤独》的魔幻现实主义创作手法比较	梁福兴	广西民族学院学报(哲学社会科学院)	2002-12-30	12	3563
现实主义电影之年——2018 年国产电影创作备忘	尹鸿;梁君健	当代电影	2019-03-05	43	2871
《大堰河——我的保姆》的"经典化"现象研究	方长安;陈璇	学习与探索	2008-07-15	7	2749
改革开放 40 年:现实主义与中国电影创作流变	饶曙光;李国聪	电影艺术	2018-09-05	44	2691
新时代影视创作的温暖现实主义	胡智锋;尹力;滕华涛;王一川;饶曙光	北京电影学院学报	2022-06-25	8	2627
发现小说	阎连科	当代作家论坛	2011-03-25	62	2258
"寻找属于自己的句子"——现实主义与路遥、陈忠实、贾平凹的文学创作	梁颖	陕西师范大学学报(哲学社会科学院)	2011-01-05	9	1748
世俗情怀与当下现实主义的创作转向——以梁晓声长篇小说《人世间》为例	江腊生;龚玲芬	福建论坛(人文社会科学版)	2020-11-05	3	1583
潜行的规则——中国新生代导演纪实风格电影与意大利新现实主义电影创作手法的比较	余源伟	电影评介	2006-07-15	16	1574

图 5:现实主义创作研究见刊论文下载量降序排列 1—10 名

如图所示,下载量的排序侧面反映了研究者在进行学术研究工作时自身预计产出的学术成果与过往学术成果间的关联,被引次数的排序体现着研究者自身研究成果形成论文形式的过程中过往学术成果起到的直接作用,相关度的排序则直观展示了近年来我国学者关于现实主义创作的研究成果着力点。

篇名	作者	刊名	发表时间	被引
发现小说	阎连科	当代作家评论	2011-03-25	62
改革开放 40 年:现实主义与中国电影创作流变	饶曙光;李国聪	电影艺术	2018-09-05	44
现实主义电影之年——2018 年国产电影创作备忘	尹鸿;梁君健	当代电影	2019-03-05	43
现实底色与类型策略——评《我不是药神》	饶曙光	当代电影	2018-08-05	43
现实主义的意义重建——从新时期文学三十年读解范小青的创作	贺绍俊	当代作家评论	2008-01-25	41
发现与重估:中国古典叙事诗艺术论析	王荣	陕西师范大学学报(哲学社会科字版)	2001-06-30	32
1990 年代以来中国电影"方言化现象"解析	金丹元;徐文明	戏剧艺术	2008-08-15	30
欧茨对心理现实主义小说创作的贡献	关晶;胡铁生	西南民族大学学报(人文社会科学版)	2011-07-10	27
别一种真实——艺术的生存体验	高楠	思想战线	2005-03-20	24
从革命美术到主流美术——中国共产党对于建立与发展人类新型艺术形态的探索	尚辉	美术	2011-07-05	23

图 6:现实主义创作研究见刊论文被引次数降序排列 1—10 名

篇名	作者	刊名	发表时间
曹禺经典剧作对中国话剧现实主义创作的深化	杨占坤	四川戏剧	2022/11/14
社会主义现实主义创作原则在中国阐释的演变(中)——季摩菲耶夫"现实主义性"的论述圈套	丁帆	文艺争鸣	2022-08-25
我的现实主义创作情结	丁荭	美术观察	2022/8/5
社会主义现实主义创作原则在中国阐释的演变(上)	丁帆	文艺争鸣	2022-07-25
逢山开路:《雄狮少年》的现实主义创作探析	贺希	电影文学	2022-04-01
如何看待细节真实与个人经验对现实主义创作的意义？——周志强现实主义论的解读与商榷	阎浩岗	中国文艺评论	2022-03-25
论职场剧的现实主义创作方向——从电视剧《理想之城》说起	陈旭光;李永涛	中国电视	2022-01-15
坚持以人民为中心的现实主义创作	杨铮	传媒	2021-06-10
充满现实主义精神的交响诗歌——叶小钢《少陵草堂》创作研究	刘力	人民音乐	2020-08-01
为现实主义创作的历史真实把关——专访国家主题性美术创作项目历史顾问	赵迪	美术观察	2020-02-15

图 7:现实主义创作研究见刊论文相关度降序排列 1—10 名

　　另外,从图 5 和图 6 可以看出,有四篇论文同时出现在了两份表中,并且,有关研究成果的发布年份绝大多数出现在 2000—2022 年出现过年发文数相对峰值的年份。

综合议题内容,我国学者关于现实主义创作的研究议题类别聚焦在了三个方面,分别是:典型案例研究、创作演变历史、新时代现实主义创作。

典型案例研究

21世纪以来,我国学者在进行现实主义创作案例研究时,主要的研究对象涉及文学作品、电视剧、电影和美术作品。社会主义现实主义概念与苏联的文艺事业发展有着密切联系,这个概念进入中国后适应中国发展的需要,增添了丰富的意识形态内涵。中华人民共和国成立以来,作家们以自己独特的视角、细腻的笔触反应现实、以小见大,深度牵引起社会整体的追问和反思。20世纪五六十年代,社会主义现实主义概念作为一面高举的旗帜,一度成为中国当代文学创作与批评的最高原则。到20世纪90年代,女性小说逐渐偏离现实,存在过分夸张放大的现象,随后,女性创作也走上回归现实主义的道路。近年来,随着元宇宙、赛博朋克等概念的提出,科幻现实主义成为国内颇有影响力的提法和创作趋向。科幻现实主义不能无限度的天马行空,仍需要关注现实、关注科技发展,并将其置于中国现代化进程之中,使其成为一条观察和介入现实的独特路径。

现实主义美学的倡导与再思考是必要的,也是顺理成章的。近期现实主义电视剧作品有着组织化的特点,有的呈现出中华儿女的家国情怀和时代担当以及改革开放以来所取得的伟大成就与时代面貌;有的作品以高考为切入点展开叙事,正视敏感话题和生活的痛楚;有的作品以轻喜剧的艺术风格,拓展了当代教育题材电视剧现实主义创作的新路径;另有作品首次聚焦高中生家庭的陪考与生活状态,通过具有普遍意义的"中国式家庭"教育观念的展现。另外,近年来农村题材电视剧又呈现出繁荣趋势。这主要体现为在现实主义创作原则指导下,农村题材电视剧从历史维度、政治维度、人学维度、伦理维度、审美维度等方面,对农村社会生活进行了深入细致的探讨与创作。从物质生活到精神生活的全面追求,现实主义农村题材电视剧创作做出了符合规律的艺术呈现,研究如何处理生活真实与艺术真实、诗意、日常与奇观之间的关系,为今后的现实主义题材电视剧创作提供有益参考。

结合马克思主义关于现实主义的美学思想,除了电视剧,再探讨中国电影构建现实主义美学的症结和对策。首先,现实主义反映的概念化和图解化问题突出,应按照社会现实的本来面貌反映现实;其次,现实主义的深度不足,应积极介入我国社会历史发展的重大现场;再次,现实主义的审美理想存在式微倾向,应该以真诚和温暖的力量去引领人民生活。

在中国电影商业化进程中,传统的现实主义电影创作逐渐边缘化,新现实主义创作的特殊之处在于现实主义手法融入类型片之中,形式丰富多样,但仍是以现实主义创作手法为核心,保留了真实性和批判性,21世纪中国电影的现实主义创作正在经历着重要转变。

即便是动画电影,以独特的现实主义创作为线索,近年来也有了从动画中角色身份塑造、平民喜剧建构以及拟真动画突破三个实践维度做出梳理,辨析现实主义动画创作理念的独特践行策略的相关研究,探讨了现实主义创作之于当代中国动画创作的积极意义。

中华人民共和国成立以来,借鉴外来观念在中国社会变革中逐渐本体化的现实主义艺术在中国现代艺术史上占据主导地位。在造型艺术领域,论及近年来国内主题性美术创作遇到的相关问题,对于美术创作领域的“真实”“写实”与“现实”等概念,如今的美术创作应充分理解现实主义的多元化和包容性特质,并在本土传统与创新时潮中寻求平衡与自立。

对于美术作品来说,革新观念与现实主义手法的碰撞为画史的发展演进确立了新的发展起点。作为一个既符合民族特质又能体现现代潮流的存在,新的山水景象既体现了现实生活的时代气息,又蕴含山水文化的传统积淀;既实现了笔墨语言的个性化,又关照到现实形态的真实性。在新时期美术史中,除了山水画,油画领域的突破也体现了人们追求创作多元化的愿望以及油画的本土文化诉求。进入新时代,蕴含着现实主义精神的主题性艺术创作得到大力倡扬并取得了显著成效。未来,现实主义创作在艺术领域会有更惊艳的作品流传于世。

新时代现实主义创作

作者在运用现实主义创作手法创造作品时是基于一定的立场的,其中蕴含了一定的价值倾向和精神指向。现实主义创作着眼于生活、洞悉人性、演绎情感,从而在生动的历史事件中塑造典型的历史人物。在现实主义创作实践中,挖掘主题深度、塑造人物形象等尤为重要。

在进行文学作品、电影、电视剧、雕塑艺术等现实主义创作时,新时代对创作者们提出新要求。如何回应时代变革的现实、迎接时代的挑战?这是新时代文学增强生命力、再续辉煌的关键所在。新时代文学应与时俱进、勾勒当下。叙事主体具备从过去、现在到未来的整体面貌及现实主义审美风格,探寻千百年来中国内在精神、内在生机及其转化的可能性途径。现实主义走向了主流化和多样化,要达到意识形态立场和市场需求两方相平衡的状态,这是在中国特色社会主义背景下搞影视创作不可避免又必须融合适应的。现实主义俨然是中国电影创作的主流,中国电影调整产业结构带来了寓言体创作的流行、类型片的升级、艺术电影的多样化的结果,中国电影制作必须拓宽视野、挖掘深度、提升品质、增强文学厚度。新时期以来,现实主义以启蒙的姿态,关注中国电影长期以来一直被遗忘的人性内涵,呼唤人道主义精神的回归。中国现实主义电影力图直面现实人生,强化中国电影的精神维度与文化维度,呈现多元化的发展态势。

观照编剧和导演的艺术创作,不仅是电影,新时代重大题材电视剧的表演艺术应当做到:编剧为演员塑造角色提供良好的文本基础,导演为演员演绎角色指明正确的创作方向,演员表演的角色与观众产生直接的情感联结。目前电视剧创作发生了显著变化,全行业摆脱了盲目依靠资本的状态,回归创作初心,精品创作成为全行业共识,主题主线更加清晰、突出,风清气正的行业环境正在逐步形成。须从影视创作、影视教育和学校人才队伍建设等多个角度思考,回应当前影视创作的现实状态。

回顾以往,我国现实主义创作研究是为了填补学术研究空白并帮助研究者更好地展望相关研究的发展态势。随着计算机技术和媒介技术的逐年进步,互联网正成为现实主义创作传播的主要场域,运用各式各样的新技术也成为现实主义创作的必要手段。

近年来,以 AR 技术、VR 技术、大数据技术、元宇宙概念为代表的新要素在现实主义创作场景或传播场景中的添加愈发拓展我们对"现实主义创作"相关研究的想象力。通过对相关议题的梳理,促进行业从业者或学术研究者更好地把握现实主义创作领域中个体与国家、国家与国家、国家与全球间的关系,也有利于研究者更便捷地挖掘新时代开展现实主义创作的历史价值、时代价值。

我们需要拥有国际性思维和全球化视野,进一步耕耘现实主义创作,以有时新性的研究成果进一步诠释现实世界的某一部分或某一方面,以期开创未来中国现实主义创作工作新局面,打开未来中国现实主义创作研究新格局。未来,国内关于现实主义创作的研究会面对更为宽广的实践领域和更加开阔的理论视域,研究人员应当不断丰富理论资源,逐步拓展方法路径,积极推动跨学科对话。

第三节　新时代以来加强现实主义题材创作的必要性

以满足人民精神需求为出发点

社会矛盾会直接影响文艺事业的方针。毛泽东文艺思想中深刻论述了文艺与政治的关系,这是因为当时正处于抗日战争和解放战争时期,文艺工作需要为政治服务,"当前中国的主要矛盾是民族矛盾,而非阶级矛盾"。打倒敌人,获得军事上、政治上的胜利是第一位的,所以当时文艺事业从属于政治,文艺是打击消灭敌人的重要武器。而改革开放后,社会主要矛盾转变为"人民日益增长的物质文化需要与落后的社会生产之间的矛盾",这就意味着"文艺从属于政治"的文艺思想不再适用于当下的情况,并且中国共产党将社会主义现代化建设作为工作重点。文艺虽不从属于政治,但不意味着文艺独立于政治之外,文艺仍旧是要为社会主义发展服务的。

步入社会主义新时代以来,社会主要矛盾再次发生变化,如今的主要矛盾已转变为人民日益增长的美好生活需要和不平衡不充分的发展之间的矛盾。可以说,目前矛盾的主要问题是"不平衡不充分的发展",而解决"不平衡不充分"的最大推动力,就是"人民日益增长的美好生活的需要"。新时代"美好生活"与共产主义追求的"美好生活"价值诉求一致,但所处阶段不同。并且,对于"美好生活"的追求并不仅仅停留在个人层面上,还具有很强的社会性。近代以来,中国人民在中国共产党的带领下逐步实现了由"站起来"到"富起来"再到现在踏上了"强起来"的历史阶段。

现如今人们物质条件越来越好,对精神的追求也越来越高。因此,文艺事业的发展需要以满足人民日益增长的对美好生活的需求为基准。社会矛盾的变化使得我们人民群众对文艺事业和作品提出新的要求,我们需要更多能够反映真实生活、激励人心的现实题材作品。

文艺作品生产模式变化

目前我国文艺事业中最大的漏洞在于文艺创作门槛越来越低,话语权下放导致了泛化现象,权威性和专业性有所削弱。譬如在小说领域,写作群体并不再局限于文学院的学生或极具天赋的文学天才。网络文学百花齐放,只需要一双手、一个键盘就能创造一部网络作品。与此同时,媒体和科学技术的发展使得文艺创作产生了许多新的形式、新的对象、新的手段、新的机制,文艺创作的格局发生了重大转变,文艺作品的传播方式、人民群众的接受习惯与审美习惯也正在发生巨大的改变。

市场需要发展,所以文艺事业和金融的融合成为必然,媒体也加入其中,推动文艺与金融的融合,开辟新的发展道路。但正是因为门槛不断降低,文艺创作的形式内容都发生了相应的变化:市场效益和社会效益逐渐失衡,文艺创作风气变差,浮躁之风盛行。很多艺术作品创作流于形式,重复、抄袭、三俗等问题比较严重①。我国文艺目前总体上看来杂草仍然远多于青木,亟待走向精品化,文艺创作存在有高原无高峰的现象。最后,在全球化进程不断推进的新时代,我国经济正在摆脱投资和出口拉动,向消费和创新驱动方向转型,因此带来的也正是文艺文化产业发展的"黄金时代",有着很好的发展机会,但文艺作品和文化产业本身却缺乏相应的国际影响力。

---

① 戈鹏飞.习近平文艺思想研究[D].山西农业大学,2020.DOI:10.27285/d.cnki.gsxnu.2020.000231.

文化繁荣有助于坚定文化自信

在中国特色社会主义新时代的大背景下,我们越来越强调文化自信,中华民族优秀传统文化走出国门,振奋民族精神。实现中华民族伟大复兴不仅要大力发展生产力,更要传承中华民族优秀的传统文化。文艺事业与政治、经济发展相互影响、相互促进、辩证互动,要想推动文艺事业发展,建设中国特色社会主义先进文化,树立文化自信,就需要正确的文艺理论指导文艺工作。

"文化是民族生存和发展的重要力量。"文化繁荣能够使国人坚定文化自信,推动文艺事业稳步前进,走向世界舞台。国家除了要给予群众富足的物质条件,还要给予群众丰富的精神食量。民族、国家的独立发展从来都离不开民族精神。

经历了数千年积淀的中华传统文化为中华民族的发展带来了强大的支撑力和推动力,使其无论历经多少磨难困苦都能够在历史长河中源远流长、保持统一。

中华民族已经越来越强大,相应的,我们的文化也要不断发展、繁荣、兴盛,实现文化强国的目标。而实现这一目标,除了要提升广大群众的文化修养,推动文化产业快速发展,也需要拥有稳定持续的文化软实力。

文艺事业肩负"记录新时代、书写新时代、讴歌新时代"的重任,当前我们所面对的文化发展任务是十分艰巨的,想要达到既定目标势必要提升我国的文化软实力,因此文艺工作者应该尽全力给出更多高质量的文艺作品,为文化发展作出应有贡献。

讲好中国故事扩大影响力

近年来现实题材的影视剧作品成为一大亮点,电视剧、电影、纪录片等类别都有涉足,在创作的内容主题上也涉及多个领域和行业:《超越》

展现了冰雪运动员的拼搏经历；军旅剧《特战荣耀》《王牌部队》展现了军队士兵的意气风发；《人世间》《奇迹·笨小孩》唤醒了人民生活与奋斗记忆；电影《送你一朵小红花》《人生大事》讲述了现代人民的生活故事。这些影视作品以不同地区与人群之间的故事为观众展示各行各业的发展路程。

现实题材的创作离不开真实的生活环境，作品是围绕着社会中的方方面面展开讲述的。镜头对准人间百态，运用最原始与常见的表达方式，以贴近群众的方式表现专业的领域。好的作品总能得到观众的青睐，例如以单元剧为形式上映的电影《我和我的祖国》《我和我的家乡》，都以不同年代、身份的背景展开叙述，讲述中华人民共和国成立以来各个时期普通百姓的故事。这些故事既有在北京发生的大典前夜，也有西北沙漠上的白昼流星，掀起一阵阵观影热潮。

"抗疫"故事中优秀电视剧作品《在一起》则以单元短片的形式浓缩了疫情状况最严重时期的事件、人物与场景。《摆渡人》中不超过 90 分钟的剧情里，既有坚守在一线的医护工作者、外卖配送员的故事，还有失去家人的小女孩。这些素材片段通过外卖配送员这一角色的串联，展现疫情初期大众的普遍状态，感人至深。

对角色的提炼还运用了细节刻画的手法。细节描述是让现代现实题材更动人的关键因素之一。《生命的拐点》中医生这一角色的原型是武汉金银潭医院的院长张定宇，现实中这位院长身患渐冻症，剧中对这一疾病进行了放大呈现，演员对渐冻症的演绎全都是来源于对院长的观察和模仿。

《26 县纪事》是浙江卫视纪录片团队打造的全新现实题材佳作。纪录片共 5 集，分别是《山川》《山韵》《山城》《山味》《山海》，从浙江省的超级工程、数字技术、民生工程、农业新生、山海协作五个创举向全国各地展示区县富强的发展道路。浙江作为首个共同富裕示范区，既有农村又有城市，为全国其他地区脱贫攻坚，走上致富之路提供了参考。

随着互联网媒介迭代效应外溢，网络文学已经从异军突起向引领创作主流方向发生转变。《大江东去》《小欢喜》《都挺好》《欢乐颂》等生活剧集均是由热度较高的网络文学作品改编而来的。另外还有一些涉案文学作品改编，例如《沉默的真相》《阳光之下》《少年的你》等作品，这些现实题材文学改编作品都为完善现实题材类型做出了极具价值的探索。《大江大河》《隐秘的角落》《乔家的儿女》等，在社交平台都引发了观众与网友的热烈讨论，观众对于续集的期盼一定程度上也能激发作者的创作欲望。作品经过改编除了登上大屏幕，还登上了剧目舞台。2022 年 7 月，由原著作者蔡崇达改编的作品话剧《皮囊》在北京天桥艺术中心大剧场完成首演，书里的故事从文字走到话剧场，让现场的观众感受到远在福建小镇上的地方特色和市井民俗。

除作品创新外还有本就优秀的舞台作品，比如京剧《红军故事》、话剧《船歌》《赛罕长歌》和儿童剧《北京童谣》、沪剧《敦煌儿女》、豫剧《重渡沟》、黄梅戏《老支书》等。各地都积极为现实主义创作保驾护航，注重传承中华民族传统戏剧艺术作品。

优秀的作品不仅面向国内观众，更要走出国门。国产电视剧向海外传播最早可以追溯到 20 世纪的《三国演义》，随后《北京青年》《老有所依》也成功亮相海外，《山海情》《超越》等优秀作品也引发了国外观众的共鸣。越来越多的精品影视作品成为展示中国天地巨变的窗口、促进海内外民心相通的纽带。

互联网平台是国际传播的主力，这也就意味着国产剧集的创作面向的是更广泛地区的用户。早在多年前国内的主流媒体平台例如爱奇艺、腾讯视频、芒果 TV 就通过全球视频网站 YouTube 建立起了官方频道与专区，负责转播热门剧集，海外追剧的观众在专区内互动评论。制作方还会和各国各地区的电视台、流媒体合作，将国产剧集的版权流通到全球 200 多个国家和地区，其中不乏 Netflix、迪士尼＋、HBO、BBC、Amazon 等知名流媒体平台①。《人世间》已经确定上线美国迪士尼＋流媒体。今年国

---

① 任珊珊.优秀现实题材剧扬帆"出海"[N].人民日报,2022-05-19.

内各大平台纷纷发力,搭建新的业务分区,开启国际版 App 与网站,供海外观众使用。

当我国现实题材的作品类型更丰富、风格更多元、制作水准更精良、走出去的渠道更通畅,就更能达成国产剧集"出海"又出圈的目标。无论是国内还是国际的观众都对真情实感的故事喜闻乐见,所以无论是彰显体育精神的《超越》、还是坚持脱贫攻坚、对美好生活追求向往的《幸福到万家》,开播后就陆续得到诸多平台的青睐,走进马来西亚、新加坡、美国、加拿大等地。

文化的活力来自积累、传递,更来自于弘扬与创新。在现实主义题材作品中,观众被共同的文化记忆所吸引,这些共同的文化记忆凝结着中国人民百年来的经验与智慧。当下,现实题材创作如火如荼,现实题材不断映射生活之美,艺术和生活完美融合,赢得观众的喜爱的同时产生了巨大的社会影响力。所以,现实题材创作具有很大的发展潜力,高质量的作品不计其数,有筋骨、有力量、有活力,呼应时代变迁、直击现实热点、聚焦人生百态,满足了人民对影视作品的期待,推动中国现实题材走向繁荣。

纵观过去几年的影视行业,现实主义题材依旧是商业电影的招牌,现实主义手法依旧是展示不同时空的社会形态的方法。作品的创作倾向愈加明显,主要特征有类型化、民族化、社会问题深刻化,并且都在强化中国力量,努力讲好中国故事。

显而易见的是,越来越多的国产剧走到海外的千家万户。众多合作经验给中国影视公司创作带来信心,现实题材的创新发展给国产剧集的"出海"带来了广阔的新天地。

第四节　天津加强现实主义题材创作新格局

　　全媒体指采用文字、影像等多种媒体手段,利用广播、电视、网站等不同媒介形态,通过融合广电网络、电信网络以及互联网络进行传播,最终用户以电视、手机等多种终端完成信息的融合接收,任何人、任何时间、任何地点、以任何终端都能获得任何想要的信息。当前,互联网技术不断发展,网络空间成为人们日常生产生活的重要场所。根据中国互联网络信息中心(CNNIC)发布的第 50 次《中国互联网络发展状况统计报告》显示,截至 2022 年 6 月,我国网民规模为 10.51 亿,互联网普及率达74.4%[①],越来越多的人通过互联网来获取信息。构建全媒体传播格局成为当前一项重要任务,在当代社会具有重要意义。首先,构建全媒体传播格局是我们党和国家进行舆论引导的重要手段。当前,微博、微信、小红书等社交媒体快速发展,拓宽了人们接收和发布信息的渠道,人们可以突破原有的时空限制,信息的时效性增强。同时,算法、大数据等技术的应用,使得传统媒体的舆论引导面临严峻的挑战。通过媒体融合,构建全媒体传播格局,实现媒体之间优势互补,能够更好地进行舆论引导,平衡好两个舆论场。其次,构建全媒体传播格局,能够增强对外传播能力,打破"他塑"偏见。构建全媒体传播格局,形成独特且有效的对外传播话语体系,针对不同受众的特点提供差异化的传播内容,使得外国受众易于理解,乐于接受。

　　譬如天津的津云中央厨房,融合天津日报社、今晚报社、天津广播电

---

　　① 第 50 次《中国互联网络发展状况统计报告》。

视台、津云新媒体集团和天津支部生活社的优质资源,建成集报纸、广播、电视、杂志、网站、客户端为一体的全媒体融合平台,为人们提供新闻、政务、服务、商务等多种功能,满足人们的日常信息需求,发挥舆论引导功能。

在全媒体传播格局下,传播的各个环节都发生了许多新变化。传播媒介深度融合,产生了手机电视、电子杂志等新的传播形态;传播渠道拓宽,比如报纸、电视、"两微一端"等;传播主体更加多元不同于以往的传统媒体单向传播的格局,微博、微信等新的平台使得话语权下方,公众开始积极参与传播,并在算法、大数据等技术的影响下实现了精准传播。在这种变化下,现实主义题材创作也迎来了许多新的变化。

创作形式多样,创作内容丰富。以往的现实主义题材创作主要集中于文学作品,如格非的"江南三部曲"《人面桃花》《山河入梦》和《春尽江南》,金宇澄的《繁花》等。在全媒体时代,现实主义题材的形式越发多样,除了以往的文学作品,还包括电视剧、电影、短视频、网络文学作品、各种剧目等。如天津京剧院的现代京剧《华子良》,通过表现共产党员"华子良"与敌人斗智斗勇的事迹,展现了共产党人勇于奉献的革命精神;天津人艺推出的小剧场话剧《背叛》,通过两个女人间的争斗反映了现实的社会问题;漫画长卷《小鸥带你游天津》,通过漫画形象"小鸥"来对天津的文化历史、自然资源等进行介绍,使人们能够更好地了解天津。为庆祝中国共产党成立 100 周年,天津制作了形式多样的献礼之作,纪录片《大美天津》,展示了天津的自然风光、人文景观与发展进程,彰显了时代特征;微视频《天津这百年》,展现了天津在共产党领导下的发展风貌;大型互动 vlogH5《看江山多娇》,用户以第一人称的视角进入井冈山、夹金山、太行山等几大名山进行采访,讲述了《最小修渠人》《彝海结盟》等故事,彰显中国共产党人的精神风貌。

创作主体日渐多元化。随着媒介平台的兴起,任何人都能够随时随地地发布信息,现实主义题材的创作主体已经不再局限于影视公司、专业媒体等,任何职业和阶层的人如教师、学生、警察等都可以成为现实主题材的创作者。比如在天津迎来616岁生日之际,天津市文旅局与抖音联合举办了"乐游天津DOU起来"活动。截至2020年12月31日,话题播放量超过了5700万,许多人在抖音上拍摄视频介绍天津小吃、历史古迹等;天津市举办的"你好,天津"短视频大赛,倡导百姓积极参与,展现天津故事。

采用新技术进行现实主义题材创作。全媒体传播格局下,新的媒介技术不断出现和发展,算法、现实增强(AR)、虚拟现实(VR)、元宇宙等新技术应用,对传播活动产生了巨大影响。VR、AR等新技术具有交互性、沉浸性等特点,为人们带来了不一样的感官体验。这些新技术也被应用在现实主义题材当中。为了方便人们线上进行博物馆参观,津云新媒体与天津博物馆联合推出了新媒体产品"VR天博",它利用VR技术,使人们可以在线上360°地参观天津博物馆,并配有相应的音视频解说,它共包括5个主题场馆与468个VR场景,还利用3D建模技术将镇馆之宝在大厅展示,所有的文物均可以点击放大进行近距离观看,人们可以自主选择场景进入不同的展厅,还有"正常视角""水晶球""小行星""鱼眼"四种视角可供游客切换;在"中华百年看天津"展馆中,还有"任意门"功能,通过"任意门"可以穿梭到大沽口炮台遗址、觉悟社旧址等不同的场景中去。"VR天博"打破了原来的线下博物馆的时间与空间限制,使得各地参观者都可以利用手机进行线上参观,了解天津的历史。

第二章

新时代现实"津"历

第一节　"津人"作"津品"

文化大家冯骥才

冯骥才,1942年3月25日出生于天津市,中国当代作家、画家、社会活动家。青年时代师从北京画院画师惠孝同,研习宋元绘画,并问道于吴玉如先生,学习古典文学。"文革"后登上文坛,是新时期文学重要作家。后重拾丹青,开创中西兼容、清新精雅、意境隽永的画风,海内外有"现代文人画"之称。

冯骥才兼为文化学者,20世纪末以来投身文化遗产抢救,影响深远。冯骥才担任中国文联荣誉委员,中国民间文艺家协会名誉主席,曾担任民进中央副主席,全国政协常委、国务院参事以及开明画院院长;现为天津大学冯骥才文学艺术研究院院长,教授、博士生导师。

2020年,年近八旬的老艺术家、作家冯骥才,为抢救文化遗产、"抛书掷笔"近二十年之后,重返文学,奉献出了他的新作《艺术家们》,以纯粹意义上的艺术家为书写对象,展现他们半个世纪的艺术情感、伦理、道路的变迁与分化。

冯骥才早期的小说作品表现出20世纪70年代末中国改革开放初期的"新人文主义"。它代表了"文革"中劫后余生的中国普通老百姓的精神状况。人民需要说真话,吐真情,自然而然地不同形式的"伤痕文学"出现了,很快地就形成了一种非常可观的文学潮流。所以当时出现的"伤痕文学"不是政府行为,也不是文学精英现象,而是中国历史上第一次全民自觉投入拨乱反正的"文艺复兴"。在冯骥才的笔下,各个人物形象鲜明,情节真实感人。这些人物的故事就是"文革"中大多数老百姓的真实经历的缩影,我们把这类作品叫作"现实的人文主义"。因为这样的作品最直接最现实地反映了当时老百姓的实况和心境,没有太多的修辞夸张,没有刻意的情节加工,而是通过真实情景的再现达到效果。它们的目的是要表现人,包括作为一个人的基本的需求:吃喝住行、七情六欲,当然也包括犯错和仿徨,即作为一个人的最真实的本性。

冯骥才"伤痕文学"的独特之处在于作品中始终蕴含着积极向上的态度,即便是在苦难时代,人们也始终追求美、追求艺术,并没有颓废,正是因为对艺术和真善美的追求支撑着人们走出彷徨和困境。因此,冯骥才的"伤痕文学"更像是"治愈文学"。

冯骥才先生钟爱历史题材。历史不是把人拉向遥远的过去,历史存在的最高价值是鉴往知来。现实的一切都是从历史发展而来,即便对历史的某种反动,也与历史难以分割,反传统也是传统的另一结果。只要这古与今两根线一碰,思想中某一浑浊处立时就亮了。我们既要深透地钻研、弄明白历史或现实问题,又要整体地把握我们民族的过去与今天。只有把过去与今天所有的线头都接好了,才能有条不紊地走进中华民族这个庞大又复杂的结构中去,调整它,发动它①。

2008年,冯骥才发表短篇小说《楼顶上的歌手:一个在极度压抑下浪漫的故事》,可以看作是《艺术家们》的雏形。从副标题"一个极度压抑下浪漫的故事",即可判断它与《艺术家们》的"亲缘"关系。《楼顶上的歌手》与《艺术家们》的"前卷"调性极其相似,或者可以说"前卷"就是对这个短篇的扩写与改写。文化真空的年代,住在破败不堪的小阁楼中的画家叙事者被对面屋顶阁楼新搬来的邻居的歌声所吸引,画家反复书写阁楼传来的"神灵般的歌声"对其心田的滋润,使其疲惫消除,灵感迸发;画家也能从歌声中听出邻居情绪的起伏变化;画家与朋友交流对绘画的坚守;大地震中顶楼的损毁与重建……故事从时间到空间、从人物到情节、

---

① 冯骥才.我是冯骥才[M].团结出版社,1996.

从艺术的痴心、力量到整体氛围,都是《艺术家们》"前卷"叙事的核心元素。艺术的神奇与伟大之处在于不管物质怎样贫乏、内心怎样压抑,它都能创造出无比丰富的精神和高贵的美来。"中卷"与"后卷"虽将思考扩展到艺术家在历史变迁中如何面对时代召唤、如何面对市场挑战、如何自我突破等复杂命题,但前卷铺陈的理想主义色彩始终弥漫于全篇。精神至上、艺术至上、以美照亮灵魂的艺术伦理、灵魂伦理始终作为精神隐线贯穿,并照亮老艺术家的赤子初心。冯骥才身体力行地以"艺术圣徒"的姿态呼唤、捍卫着艺术的精魂与人民艺术家的尊严。

"美""纯净""艺术至上"是《艺术家们》审美和叙事的关键词。冯骥才在接受记者采访时提道:"绘画跟文学共通性的一点是,都要产生视觉的形象,要唤起读者一种形象的想象,要给读者营造一个看得见的空间,看得见的人物,看得见的景象。"显然,作为往返于文字与丹青之间的艺术家,冯骥才对于"看得见的空间"有着更加特别的敏感、迷恋和书写的自觉。他在《艺术家们》中,将艺术家对美的追求做了空间化处理,尤其着意深描家宅空间,"把家宅当作人类灵魂的分析工具",从直接表征、反差表征和变迁表征三个维度,对应性隐喻艺术家的灵魂样貌与变迁,为艺术家们构筑起属于他们自己的"心居"。

冯骥才的"空间诗学",以"美"为基调,诗意、浪漫、古朴亦是构成"美"的基本内涵①。他不仅从正面以空间之美、之陋隐喻人物精神状态,同样也在反向书写中慨叹空间变迁后美的遗失。罗潜灾后重建的小屋"翻旧为新",云天却觉得失去了旧日味道;云天、隋意建好的新居"不再有往日的那种深幽、古朴与别有洞天,没有了原先的立柱、坡顶、天窗,一切诗意都被实用主义赶跑了"。从此后,那座尖顶小楼一直珍藏于云天和隋意心底,不断追忆,成为无法复制的诗意栖居之地,同时也成为一段流逝岁月的精神地标。"对我们每个人来说都有一座梦想的家宅,一座属于回忆和幻想的家宅,它消失在一段超出真实的过去的阴影中。""在

---

① 徐晓杰.冯骥才《艺术家们》的空间诗学[J].当代文坛,2022(04):79-85.

出生的家宅里建立起了幻想的价值,这是当家宅不复存在之后仍然留存的最后的价值。""尖顶阁楼"和"世外僧房"虽不是"出生的家宅",但另一种意义上,却成为艺术生命、精神生命的诞生地。在这里,他们怀揣着艺术梦想,通往超越现实的彼岸世界,因而,当这个家宅不复存在之后,居所的回忆在现实中不断被重新体验,不仅仍然留存而且扩容了它在青年艺术家们心中的终极价值,就是说旧日"原风景"早已成为他们此后生命的起点,建立艺术与精神伦理坐标系的轴心。

因此,当艺术家偏离轴心而越出"原风景"轨道时,冯骥才便同样以空间来彰显其艺术伦理乃至精神伦理的蜕变。可以说,他对洛夫之变的书写在最初的空间维度就埋下了伏笔。相对于云天和罗潜的家宅空间或诗意或古朴的细描,作为精神符号的个人空间,在洛夫那里最初几乎是空白。作家将视点聚焦到中后卷,关键词从单元房的富有、繁复精工、追求豪华、暴发户的气息,发展到后来带亲水平台的两层大别墅的"华贵""繁复""五彩缤纷""璀璨夺目""华丽""闪光""不伦不类",他痛心、失望而又略带鄙薄地用了一连串"俗"系列语词,将洛夫艺术追求的蜕变过程进行了"看得见"的空间细描,将其艺术生命乃至个体生命的终结,以空间寓言及预言的形式铺陈出来。对罗潜而言,则是另一种"变"。位于郊区深处的房子,虽保持了他一贯的"深藏不露"风格,但空间内部却是"往日的痕迹一点儿也找不到了""墙上没有画""屋内的家具全都应和着一般家具日常实用的规范",从古朴自然到简单实用、墙上无画、心中无梦,罗潜从"艺术的圣徒"到归于俗世现实的无奈与苍凉,都在空间场景中自动浮现出来。

冯骥才同样以小空间变迁把握住了人及时代变迁的脉搏。他将"家宅"视为艺术家精神的重要表征,将深描贯穿其整个生命发展历程。我们能感受到作家将理想空间、神圣空间与"俗世空间""世俗空间"对峙的鲜明立场,可以说,这是冯骥才所遵循的艺术家的空间伦理。当然,冯骥才并未完全回避俗世生活对艺术家精神世界的侵入甚至是扭转。他让罗潜说出了"远离市场可以,前提是不缺钱用。为了生存,或生活得好一些,最终还得服从市场"。云天内心也充满自我的问诘与博弈:"你自诩清高,你孤傲,你超然,你能够真的一点也不食人间烟火吗? 与世隔绝吗? 身居闹市如在深山吗?"

关于知识分子的精神理想与俗世生活割裂的问题与困境,从五四时期起就是作家们力图通过文学形象来反思、呈现的。鲁迅曾在《伤逝》《幸福的家庭》中将小知识分子从理想的云端拉回到现实的地面,他正视知识分子如常人一样也有此在的、甚至是肉身的需求,难免需要面对琐碎而现实的生活。鲁迅在百年前就解构了"战士""全部可歌可泣"的神圣化形象,还原其与生命此在相关的日常样态,建构起"并不全部可歌可泣"的"实际上的战士"形象。一百年后,鲁迅的思考仍具有极强的现实意义。冯骥才以纯粹的艺术精神来唤醒过度沉溺于俗世生活的艺术家们,但却走向了二元对立的另一端,消弭了俗世的合理性,甚至对家宅空间中的"诗意"被"实用"赶跑而怅然、心痛不已。

冯骥才以 20 世纪 70 年代历史节点为"出发地",以"70 年代"的精神复原为旨归,让历史的链条在叙事中完成了衔接,力图为当下的艺术及艺术家们注入往昔的理想主义精神。如此叙事的立场和逻辑起点,让作家的整体叙述姿态也进入自然、纯然之境。作品中几乎看不到冯骥才对技巧的运用,一切都经过他情感之网的过滤与筛选,在自然而然中发生、流淌。某种程度上,《艺术家们》兼具虚构与非虚构的性质——非虚构的情感与体验,支撑起了虚构的叙事。或许,不见策略的策略是于"回忆录""心灵史"之作而言的最佳选择。这部作品于冯骥才而言,绝非是普通"创作"那样简单,它沉潜到历史与现实的深处,也前所未有地融入了作家自身的经验、情感、生命,是他凝聚、蕴蓄了大半生的心力谱写出的灵魂音符。在叙事中,他绝不掩藏自己的声音,将自己的经历,对艺术的理念、追求,对艺术家的判断、期待,对爱情的体悟,对友情的理解,对社会时代变迁的思考、内心的冲突等,不断传递出来:"然而物质的损毁可以重构,心灵的缺失无法弥补。"

自 20 世纪 90 年代至今,冯骥才先后创作了 54 篇"俗世奇人"系列短篇小说。其风格统一，传奇色彩浓郁，书写了清末民初天津卫的地域风貌、风土人情、生活风尚，也展现出我国民间文化的精巧技艺与其中蕴藏的智慧。冯骥才以"小小说"的形式来为这群人立传，"故而随想随记，始作于今；每人一篇，各不相关，冠之总名《俗世奇人》耳"。

从那时到现在，《俗世奇人》系列的总销量超过 500 万册，获第七届鲁迅文学奖，其中的《刷子李》《泥人张》等篇目还入选了中小学语文课本。但实际上，《俗世奇人》的写作有 3 个阶段，每段都是 18 篇，中间冯骥才有 20 多年近乎"搁笔"，放下小说创作，投身民间非物质文化遗产保护工作。这些年，冯骥才为传统文化保护四处奔走，但也从未放下对俗世奇人的寻找与书写。2019 年，冯骥才又创作了《大关丁》《弹弓杨》《孟大鼻子》《齐老太太》等 18 篇"俗世奇人"新作，现集成《俗世奇人全本》，呈现给读者完整的 54 篇"俗世奇人"系列，还配了他手绘的 58 幅插图。

冯骥才说，天津人的性格是"斗气不较真"。天津人这种"各色"的性格，始终贯穿着《俗世奇人》。但是冯骥才并不美化津门文化，他有好几个故事讲天津卫生意场的尔虞我诈，讲津门"混混"的凶狠阴毒，也讲命运的无常、人性的悖谬。

他也发掘天津的民俗和传说，在最新的 18 篇中，他用三篇讲述了天津的"海神娘娘会"和"河床炮市"，不但故事传奇、人物鲜明、语言出彩，难得的是在情节发展之中把民俗也交代得精彩。

他说："我追求的不是天津味儿，天津味儿是一个表象，我追求的是天津劲儿，就是天津那种精神。所以我要把天津人的气质放到我小说的语言里。"

《俗世奇人》有"篇首诗"云：张王李赵刘，众生非蚁民，定睛从中看，人人一尊神。这是冯骥才的创作主旨，其实，冯骥才自己才是一尊"大神"，有了他，俗世不那么"俗"。

女性主义作家赵玫

赵玫，满族，1954 年生于天津，毕业于南开大学中文系。第十届、第十一届全国人大代表,天津市人大代表,中国作协全国委员,天津市文学创作高级职称评审委员会评委,一级作家,享受国务院政府特殊津贴。1986 年开始发表作品,迄今已出版《我们家族的女人》《朗园》《武则天》《高阳公主》《上官婉儿》《秋天死于冬季》等长篇小说;《太阳峡谷》《岁月如歌》《我的灵魂不起舞》等中短篇小说集;《一本打开的书》《从这里到永恒》《欲望旅程》《左岸左岸》《戴着镣铐的舞蹈》等散文随笔集;《赵玫文集》《赵玫作品集》8 部,《阮玲玉》等电视剧本 80 余集,计 600 余万字。曾获第四、第五届全国少数民族文学创作奖。1993 年获中国作家协会"庄重文文学奖"。1994 年应美国政府邀请赴美参加"国际访问者计划"。1998 年获全国首届鲁迅文学奖。2002 年获天津市首届青年作家创作奖。

《世纪末的情人》中"好婆"的形象特征取材于赵玫现实生活中外婆的人生经历,"好婆"和外婆同样都是妇产科医生,把自己的一生都奉献给了医学和公益事业。外婆堪称赵玫母系家族中最坚强的女人,她出生在官宦世家,是家族中走进大学的第一位女性,她学习的是妇产科。外公是医学专家,因为拒绝给日本人看病而自杀。外婆不但自己带大 5 个孩子,隆重地操办了外公的葬礼,还靠社会募捐开办了李氏助产学校,把儿女情长放到一边,献身公益。"她总是能将个人的一切苦难化解为新的事业和实践去奋斗。"接受了离婚事实的赵玫同样自己带大女儿,将生活的重心放在工作和文学事业上,可见外婆的精神给予赵玫很大的鼓舞。

《上帝也知道梦不可追》中,女画家无法忍受自己的丈夫与同事小希之间的暧昧关系,试图用与新知画廊的老板上床来报复丈夫的不忠,但是这种出轨不但没有使女画家得到报复的快感,还让她自己对这无爱的性关系感到痛苦和恶心。与此同时,丈夫终与心生爱慕的小希发生了关系,但真实的小希是庸俗和平凡的,打破了在其头脑中的美好形象,小希的诱惑让丈夫忘记了与妻子晚上 8 点的约会,丈夫懊悔的回到家中,她不知妻子已经对他和小希的出轨忍无可忍。第二天妻子来到丈夫的办公室想和他摊牌,正好撞见丈夫和小希在一起,丈夫安抚妻子回家,妻子早已剑拔弩张,在拥抱丈夫的那一刻,尖刀刺进了男人的身体。女性弑夫心理和行为是对男权中心文化的反抗,但这种对自我精神的救赎常常伴随着女性与男性的同归于尽,两性关系走向了分裂的极端,"集体无意识"导致女性陷入男性制造的乱伦处境之中成为两性关系中的献祭者。

赵玫清楚地指出了她作为叙述者的立场,无论被抛弃还是被救助,宣告女性作为亲历者在历史中从未缺席。美国女权主义批评家朱迪斯·劳德·牛顿指出:正是由于她们"由文化所决定的,在心理上已经内在化的边缘地位"使她们的历史经验完全不同于男人们,把妇女写进"历史",也许更多地意味着传统的关于"历史"的定义本身需要有所改变。女性与男性一起承担了历史的创伤,并非是女性自恋心理下的母系历史,赵玫把她的主人公绘制到动荡起伏的历史大背景之中,用女性的敏感和经验理解人生百态,把历史的演进镶嵌于女性坚韧的身影中,去思考女性在历史中承担的角色和意义。

从欲望写作中抽身而出,更加关注现代女性的精神世界,这是对以赵玫为代表的女性意识写作"灵魂向肉体倾斜"①。赵玫对现代女性的关怀,体现在对女性面临新困扰的关注。女性精神困惑延续至今:女性如何能够平衡家庭和事业,使得家庭幸福美满的同时事业上也能如鱼得水。这种诉求看似只是困扰现代知识女性的问题,其实与每一位女性都息息相关。如果女性放弃对事业的追求,将全部身心投入到家庭之中,成为一位合格的妻子,确实能维系家庭生活的良好运转。但这也存在巨大风险,离开职场回归家庭就意味着放弃社会劳动,在有限精力的桎梏下女性会慢慢脱离社会轨道。在这个时候,男性却可以把心思从家庭中抽离,男性走在社会进步前端,夫妻之间的步伐不再同步。此时,男性女性之间的矛盾加剧,长期为家庭生活所累的女性,已经无法在事业和工作上与之对话,思想逐渐分崩离析,导致情感随之产生隔膜甚至破裂,女性便处于了非常被动的境地,只能在离婚与委曲求全之间选择。将女性情感提升到

———————

① 季红真.文明与愚昧的冲突[M].杭州:浙江文艺出版社,1986.

理性认知的高度,使得赵玫的作品始终带有知识分子的情怀和视野。使得她跨越了女权主义为女性文学带来的藩篱,在赵玫都市女性题材的小说中以及散文随笔中,都表露了赵玫理性客观的立场。

弗吉尼亚·伍尔夫认为:"在我们之中每个人都有两个力量支配一切,一个男性的力量,一个女性的力量。最正常,最适意的境况就是这两个力量一起和谐地生活、精诚合作的时候。"这种双性和谐的观点对赵玫的文学创作具有极大的启发意义。她表示两性都不完美,"女人难道不需要检讨?为什么,我们总是陷入细枝末节,眼泪和妒嫉。我们奉献,但奉献转瞬之间就变成了要求,奉献便有了权利,牵制住爱。所以后来只好成了怨妇,落入历史的窠臼,成为可悲的标本"。对女性自身缺陷的自省,使得赵玫的认识跳出了女性片面的思考方式,她不赞成两性中任何一方偏激强权的相处方式。在《林花谢了春红》中,婚外出轨的丈夫曾有过这样的心理独白:"对你们我从不厚此薄彼,无论在谁的怀抱里。为什么不能同时拥有两个我都喜欢的女人呢,为什么,一定要在你们之间做选择?这于我实在是太难取舍了,你们,我谁都不想失去。"男性自私的心理暴露无遗,可见将感情破裂、婚姻解体怪罪于女性是"红颜祸水""水性杨花"完全是一面之词,两性都有自己人性的弱点。《和女权主义者共进晚餐》表露出赵玫对于异性包容和关怀的态度,强硬的女权主张不会使两性关系走向和谐反而事倍功半,应该站在两性的天平上,鼓励两性互相理解互相关爱,赵玫说过"我们是彼此的父母"。著名学者李小江说:"妇女既然是人类的一半,那么她们与另一半之间的关系就不可能仅仅是一种对抗关系。在人类历史的长河中,相互依存依然是两性关系的主流,因为如果仅只是对抗,人类社会就不可能延续和发展。""唤醒公民注意历史和现实性别文化的残缺,参与全人类合理化生存的文化实践。"创造健全发展、双性和谐的社会才是赵玫作为女性的终极理想①。

---

① 王鑫.多棱镜城中的陷落与突围——赵玫小说创作研究[D].沈阳师范大学,2016.

知青作家王松

王松,男,1956 年生于天津,中国作家协会会员,一级作家。1982 年毕业于天津师范大学数学系计算数学专业,获得理学学士学位。1983 年开始文学创作,在写小说的同时,历任教师、编辑、记者、电视导演等职。1990 年由天津市文联调入天津市作协,为天津市作家协会专业作家。2022 年,凭借《红骆驼》获得第八届鲁迅文学奖中篇小说奖。曾在《收获》《人民文学》《花城》等刊物发表大量小说,至今已出版短、中、长篇小说等文学作品,另有一本中短篇小说自选集和卷的作品结集。其作品多次被列入中国小说学会排行榜,中国原创小说排行榜,《小说选刊》排行榜等,并被拍摄成脍炙人口的影视作品。中篇小说《红汞》曾获"中国作家大红鹰"优秀小说奖;中篇小说《双驴记》曾获"《小说选刊》年度全国优秀小说奖",亦被中国小说学会列为年度中国小说排行榜第一名,还被改编成电影《走着瞧》。其他小说也多次在国内获各种奖项。

在王松的小说中,残忍血腥的死亡场面随处可见,在这些场面的描写上,王松总是平静、自然,有的甚至是轻松幽默的①。在这血腥的表象下作者想要为读者呈现这个癫狂的现实世界,读者平复内心恐惧后能够思考生活、思考现实。在王松的《红风筝》中,出身不好但手工精巧的郭明在文章最后为了向他的朋友诉说他的清白、证明他们之间的友谊,在一个雷电交加的下午因为来不及收线,通过他自制的心形的红风筝被高压电烧死了,烧死的郭明尸体已缩成很小的一点,只比老鼠的略大一点。

《双驴记》中马杰在屠杀黑六的场面十分血腥:铡刀在挥向黑六的瞬间,没有任何阻力"黑六的头就从膀子上齐刷刷的滚落下来",失去头颅的黑六并没有立刻倒下去,而是站立着"一股黏稠的血水从膀腔里直喷出来""如同一团猩红的烟雾朝人群里落下去"。

---

① 邓涵予.王松小说研究[D].延边大学,2014.

《哭麦》和《秋鸣山》中这种血腥的场面的描写已经到了令人毛骨悚然的地步。《秋鸣山》对藏獒血统的老黑狮被炸的场面是这样描写的："老黑狮是肚子内部爆炸而死的,还不知道发生了什么老黑狮就已经被炸得腾空而起了,每一根肋骨显然都已被震断了,由于内脏飞溅出去肚子里已经空空荡荡①,在那里就像一张狗皮。"《哭麦》里知青们平时的一项娱乐就是捉田鼠回去,放在盆里看它们撕咬,并且把咬败的田鼠当场摔死,"它突然张开锋利的牙齿,一口咬住杨鸣这一只的脖颈,然后猛一低头,又狠狠一拧,只听噗的一声,一股鲜血立刻喷溅出来"。文章后面知青们为了吓黄毛,在黄毛的面前把田鼠放在木板上拦腰别成两截,"由于速度极快,这只田鼠并没有马上死,它的两只前爪还拖着上半截身体向前爬了几下,后半截也在原地不停地打转。接着,腹腔里脏器和肠子一下就涌了出来"。死亡场面可以说是在王松知青小说中最血腥残忍的一幕。

不止是在王松的知青小说中,在描写新时期的小说里我们也常常可以看到血腥的描写。在他的长篇小说《夜色》中,男主人公刘春的腿在工厂操作中被压断的过程仅用了几个象声词连接,自然地像吃饭睡觉一样,并没有用过多的笔墨描写整个事件发生的惨烈、惊险,只是说刘春来到医院后,在医生剪开他的裤子时人们所看到的"皮肉和骨头像纸板一样薄,看上去就像是一截腿部的照片"。这一描写给读者强烈的视觉冲击,就好像看到了那血腥的事故场面了一样,没有刘春绝望的描写,没有旁观者的同情,有的只是作者简单的一笔带过,据掉一截腿就好像生活中剪掉指甲一样稀松平常。文章中的吴副主任是由于刹车太过灵敏,被强大的惯性涌到了装满稀硫酸的水泥池子里,死亡场面令人作呕,"他的上半截身体却已被腐蚀的面目全非,看上去就像是鱼刺,只剩了嶙嶙白骨,放到地上还发出哗哗的声响"。但是在对整件事情发生过程中,吴副主任被王松描写成像是在玩高台定车的车技,像是一名跳水健将,还在空中翻腾一周半。王松并没有像其他作家一样渲染死亡到底是怎样的血腥与暴力,

---

① 王松.猪头琴[M].武汉:武汉大学出版社,2013.

而是轻松地一笔带过,自然得仿佛在告诉人们现实就是这样的残酷,死亡就是这样理所当然。这些血腥的场面描写作者并不是为了表现他对于死亡的麻木,他想为读者们呈现一个真实的世界,而死亡就是通往"真实"世界的唯一途径。不管是在"文革"特殊的年代还是在经济发展的今天,死亡的主题不变,王松用死亡对这个残酷的世界进行反驳,在他的小说世界里我们看到那赤裸的、血淋淋的现实。

死亡几乎出现在王松的每篇小说中,纵观王松的小说,从其成名作品"三红一血"(《红风筝》《红汞》《红梅花儿开》《血疑》)到后期的《双驴记》《浮游》《夜色》等作品中,我们都能看到死亡,但是通过细读文本我们可以看出,在小说人物在走向死亡的过程中,那种对于生命的渴望、对生活的反抗、对命运的妥协。雅斯贝尔斯曾说过:"即便是对神祇和命运的无望抗争中抵抗之死①,也是超越的一种举动:它是朝向人类内在固有本质的运动,在遭逢毁灭时,他就会懂得这个本质是他与生俱来的。"王松小说中的人物就是为了超越生命本身,而做着不懈的抗争,与社会、与人甚至与动物的抗争。

王松在 2019 年夏初时,受邀为一个影视培训班授课:"课后有一个社会实践活动,就是到我们国家在西北地区的某核工业基地去采风。"这次采风深深震撼了王松,也触发了他创作《红骆驼》的灵感:"我们国家有大批科研工作者,曾默默地在茫茫的戈壁滩奉献一生。他们都是名牌大学的高才生,因为祖国的需要,从 20 世纪 50 年代起一批批来到这里,一待就是一辈子。最初这里真是天当被、地为床,他们吃都吃不饱,还要自己去打猎。"王松直言,小说的名字与他的喜好有着很深的关联。他热爱红色:"红色象征着生命的热烈、蓬勃,我很喜欢这种蓬勃的状态。"而"骆驼"则指的是在艰苦环境中勤恳工作,奉献自身的英雄,他们平凡但又不平凡,"我觉得这些科研工作者就像跋涉在荒漠中的骆驼一样,忍受寂寞和恶劣的生存环境,步履不停,只为那心中的绿洲"。这些科研人员的精

---

① 雅斯贝尔斯.悲剧的超越[M].亦春译.工人出版社,1988.

神感动了王松,也使王松内心震撼,在回津的旅途中,王松已经在脑海中构思好了故事情节。《红骆驼》的故事从垂暮之年的顾芳执意去矿区旅行开始,顾芳与女儿顾莎双视角交叉展开叙述故事,一边是旅途,一边是回忆。王松通过作品高度赞扬为祖国核工业事业付出心血的英雄,即便可能会无名无利,但英雄们热爱国家,不求回报,一切以国家发展为重。时光不会遗忘英雄,英雄的精神会像骆驼草一样撒向世界的每个角落。王松创作这篇中篇小说只用了十几天,他说:"我是学数学出身,和一般文科出身的作家视角不同,《红骆驼》是我所有中篇小说里最倾注感情的一部,这次的创作体验是前所未有的。"王松在吟咏高尚的牺牲精神、美好的理想主义情怀、神圣的英雄主义价值观时,没有口号式的呐喊,而是将宏大叙事、历史印记融入鲜活的当下,以感情为切口,深入不同人物的内心,以艺术手法、人文情怀描摹人物的喜怒哀乐,让小说兼具思想内涵和艺术魅力。

小说中,以真实人物为原型的男主人公潘大兴并未正面出场,这个只能通过汇款单来为女儿传递父爱的父亲形象,是通过不同人的回忆和讲述,逐渐显现于读者面前的。王松说:"只有把这些真实的人的真实心理状态写出来,才有震撼力,才能打动人。"当初顾芳选择离开戈壁滩和深爱她的潘大兴,却又用一生来弥补。小说中的母亲顾芳没有像父亲潘大兴那样将生命留给为之奉献的热土,而是多年后选择回到城市,这样的抉择也就意味着她失去了曾经海誓山盟的爱情,而留给自己的是绵绵无尽的苦楚和漫长的没有归期的等待。如今,在病态垂老之际的顾芳选择重新回到当年曾"战斗"过的地方,重温那些温暖感动的瞬间及其消逝在记忆深处的爱情,可是昨天已然成为只能告别的过去,那时的人与事终究恍如隔世而曲终人散。父亲潘大兴已经故去久矣,"我"(顾莎)也终于破解了困扰自己多年的身世之谜,而芳妈在努力摇着轮椅奔向父亲墓碑之际似乎也不再纠缠于她对父亲的责难和不理解。云姨转交了父亲潘大兴留给"我"的名为"沙漠漆"的极为罕见的石头,那固然有着父女情深的感情挂牵,更为重要的是它代表着一种精神的赓续传承。小说中的"骆驼草"

具有鲜明的象征意味,骆驼草俗称"不死草",是生长在荒漠中的一种常见植物,多见于戈壁滩、悬崖边和石缝中,根系极为发达且具有顽强的生命力。实际上,骆驼草扎根大地艰难求生的高贵精神就如同那些隐姓埋名的核工业者,用尽全部的热情和力量永不止息地生长。中华民族正在加速行进在伟大复兴的历史征途中,要在百年未有之大变局时刻实现"中国梦",潘大兴一代人就是当下时代永恒的精神丰碑,他们的丰功伟绩值得我们永远铭记。在这种意义上,王松的《红骆驼》因此熠熠生辉。

《暖夏》作为中国作协"定点深入生活"的重要成果,作品不仅书写了物质层面的脱贫,更重要的是具有深厚的文化底蕴,以独特的叙事魅力彰显出坚韧的人性精神。李敬泽是这样评价这部作品的:"将这部作品放在新世纪以来中国当代文学的乡村书写中,能够看到一种新的力量或者新的方向感正在产生。特别是近年来,随着新时代中国特色社会主义实践的不断深化发展,我们对生活,包括对乡村的认识,也有了非常大的变化。这种变化某种程度上将深刻地影响小说创作,让我们看到未来中国乡村写作新的方向和新的力量。"《暖夏》中蕴含了王松扎实的文学功底,也沉淀着他的生活体验和情感。王松在天津市宁河区挂职三年,也曾长期生活在赣南地区,他十分了解农村生活,也了解农民的内心情感,正是这些丰富的经历成就了《暖夏》这部佳作。这也说明只有作家贴近生活,贴近受众,才能创作出感人至深的作品。

王松的《烟火》也是精品。小说从九河下梢天津卫处的一个小胡同着眼,用灵巧鲜活又让人莞尔的津腔津韵向今日读者展现了一段百年前的传奇故事。在洋洋洒洒七十余章篇目里,我们不仅可以看到围绕着蜡头胡同发生的家长里短、茶米油盐,更能从中一窥津门人物的底色与本色。《烟火》通篇落墨于邻里街坊的众生相,却"言在此而意在彼",在无声处奏响了市井之间浩然长存的正气歌。《烟火》从天津老城北门外"侯家后"胡同开始讲起,从1840年到中华人民共和国成立,时间跨度百余年。天津的市井文化,各色小人物,在历史风云背景下,如一幅长卷徐徐展开,是津味小说的一个里程碑。

"先有侯家后,后有天津卫",《烟火》从天津卫南运河南岸的侯家后说起。胡同巷子里居住着手艺人,他们凭本事吃饭谋生,有拔火罐儿的、有卖狗不理包子的、有举人之后、有卖帽子的,也有弹鸡毛掸子的,他们生活在胡同这片区域。他们的关系就像一张蜘蛛网,这张网上不仅有英雄好汉,还有汉奸买办,形形色色的人共同构建了一个生动的故事。

方言的恰当运用也益于呈现市井气息。天津方言自带幽默、活泼的氛围和气息,字眼儿虽少,但意味深长,这使得行文干净流畅又逻辑通畅:"拱火"两个字生动带出了胡同里矫情的双方戗着碴儿一句顶一句的剑拔弩张;"弹弦子"三个字描绘出了半身不遂的病人将一个胳膊端在胸前的样子;"乌了尤儿"四个字就写出了杨灯罩儿整天在胡同出来进去闲逛,没个正经事的样子。津味方言再配合歇后语,幽默诙谐,尽管故事的背景是清末到抗战胜利,却显得没那么沉重颓废。

从小说的命名就能感受到作者的笔墨更多的是落在平淡生活和琐碎小事上,而非恢宏的历史大事,历史不过是故事的陪衬和背景。小说中细节描写居多,细节的勾勒更能体现生活的点点滴滴,也反映了作者的匠心独运。

历史与革命作家龙一

龙一(原名李鹏),1984年毕业于南开大学汉语言文学专业。1986年调天津市作协至今,现为天津市作协文学院专业作家。1998年开始发表作品。2004年加入中国作家协会。文学创作一级,曾长期从事中国古代生活史与近代城市史研究。著有长篇小说《另类英雄》《纵欲时代》和《感性时代》,中篇小说集《我只是一个马球手》以及中短篇小说和小说理论文章数十篇。另有历史著作《后宫艳事》与《租界中的老公馆》等。中篇小说《没有英雄的日子》获2003年"中国作家大红鹰"文学奖。短篇小说《屋顶上的男孩》获《上海文学》短篇小说奖。1986年进入天津市作协工作,在半师半友的朋友肖克凡屡次劝说后,直到1997年才开始小说创作。2021 年 12 月 16 日中国作家协会第十次全国代表大会第四次全体会议选举龙一为中国作家协会第十届全国委员会委员。现为天津市作家协会文学院作家,中国作家协会第十届全国委员会委员,读书写作莳草玩物之余,尚有调和鼎鼐之好,有最新力作《刺客》《暗探》。

龙一擅长历史小说的写作,和他对历史的持久热情有着极大的关系。龙一写作小说前,很长的时间内在做历史研究,尤其热衷于生活史研究,走的是学者的研究之路。基于对唐代生活史的精通和对近代历史的谙熟,深厚的历史研究的积淀使其在历史小说的创作上表现得格外出色,甫一出手便让人刮目相看。1998 年,龙一在《中国作家》杂志发表了他的第一篇小说《我只是一个马球手》,这篇被评论家称为"名副其实的历史小说",展示了龙一超拔出众的个性特征。鲁迅曾把历史小说分为两类:一类是"博考文献""言必有据"的"教授小说";另一类则是"只取一点因由,随意点染,铺成一篇"的小说,他认为,相较后者的"随意",前者"其实是很难组织之作"。《我只是一个马球手》便是这样的一篇"教授小说",它做足了"博考文献"的考据学功夫。为了再现唐中宗景龙四年(710)的政治生活景象,小说不仅对当时发生的历史事件进行了描述,而且对历史人物的性格体态、穿衣戴帽、言谈举止、称谓礼仪以及长安城的街巷布局等多个方面进行了详尽的考证,二者的有机结合构成了小说"历史现实主义"的特征,因而小说呈现出十足的唐代风韵,使人有一种梦回唐朝的时空错觉。

过于遥远的历史反而让作家难以发挥自己的主体性,如日本历史小说作家菊池宽曾告诫:"历史小说的时代,不要写得太古;否则就会离开现代的生活,而不易使人感动。"此后,龙一写作了《宰相难当》和《荆棘满怀抱》等唐代题材的历史小说,尽管他仍旧发挥了其考据学的特长,但这些小说由于偏向历史材料的复述而缺乏小说的灵动,显然难以和《我只是一个马球手》相比肩。

也许他意识到了这一点,龙一很快把历史小说的书写转向了他所熟悉的另一个领域,即近现代的革命历史。2002 年刊载于《小说月报》的历史小说《种金记》可以看作这一转变的开始。该篇描写了为北伐筹集军费的"我"给庄大师当"做手",骗取表老爷钱财。小说在目的的庄严性与合理性和手段的谐谑性与非法性之间的悖论中不仅发现了历史断裂处的缝隙,而且也昭示了龙一的寓庄于谐、以邪表正的叙事特征。这也意味着龙一在宏大历史边缘的"小历史"中找到了发挥其历史考据功夫和小说想象才能的舞台,找到了可以让他任情抒性、宣泄自我和表达闲情逸致的叙事空间。于是,《在传说中等待》(《天津日报》2005 年 6 月 9 日)、《长征二题》(《当代》2006 年第 5 期)、《潜伏》(《人民文学》2006 年第 7 期)、《长征食谱》(《中国作家》2006 年第 10 期)、《借枪》(《小说月报》2007 年第 3 期)等另类性的"革命历史小说"便出现在人们面前。在这些小说中,无论描写花花公子崔大少的神秘等待(《在传说中等待》),作为炊事员的"我"在长征途中创造出来的奇特食谱(《长征食谱》),还是讲述潜伏在国民党军统局内部的中共党员余则成与翠平之间假戏假唱的婚姻关系(《潜伏》),中共党员熊阔海向伪军"借枪"暗杀日本特务小泉敬二的荒唐经历(《借枪》),龙一并不急于进行故事情节的发展,而是在一种"延宕"的"闲适"叙事与"幽缓"的细节描写中展示他的"顽主"做派和对历史的考证与发现。如他在《长征食谱》中考证了吃皮带的方法,这个流传甚广的长征故事经过他的细致还原方才展现它的历史真实性;他还着迷于枪械子弹的研究,对射击原理进行了深入的了解,名噪一时的"歪把子"机枪通过《借枪》中大篇幅的描写被他活灵活现地表现出来,并创造了"陌生的武器比陌生的女人更危险"的"格言"。这些描写在表达了他的"闲适"性情的同时,还增加了小说的情趣。有的论者指出,龙一绝对是一个讲求"闲适"的人,"所以龙一的小说很'好玩',好玩到故事场景比故事本身都更抢眼更有趣"。进而言之,这些小说也可以归为"历史传奇",因为它们是龙一"搜奇记逸"的结果,表达的是"奇人奇事"。不过,与传统的"革命历史传奇"小说不同,这些传奇不是以革命宏大叙事为价值取向,而是有着自己独特的历史判断,属于"反传奇的历史传奇",走的是另外一条路子。

底层情节作家武歆

武歆,1962 年出生,自 1983 年开始文学创作并发表作品。主要以中短篇小说创作为主,另有散文、随笔、杂文等作品,共计发表 400 多万字。2004 年荣获天津市青年作家创作奖提名奖,2000 年荣获天津市文学新人奖等。在天津市作协从事专业创作,一级作家,中国作协会员。现任天津市作家协会副主席。2019 年 5 月,荣获关注森林活动 20 周年突出贡献个人。2022 年 7 月 7 日,武歆《最后的路》荣获第七届"红岩文学奖"中篇小说奖。

武歆的文学出生地是工厂,凭着对工厂的热爱和熟悉,武歆不仅写出了当代产业工人的生活与命运,而且还扩及对底层人民生存状况及其精神世界的关注和探索,是一位有着底层情结的青年小说家。

《诺言》(《山花》2004 年第 12 期)叙述了瞎眼姑父的故事。这个被父亲看作游手好闲的二流子的瞎眼姑父,实际上一个老实本分的乡下小买卖人,贩卖"女孩儿串起来跳绳用的猴皮筋儿,扎着一根鸡毛的毽子,铅笔、小刀、橡皮,还有手绢、铜钱串儿"等一些不值钱的"小玩意"。为了扩大经营,他扬言向父亲借钱,以至于吓得父亲到处躲避,但他执着地要面见父亲的真正原因,不仅是要质询父亲为何没有遵守参加姑姑葬礼的承诺,而且还要执行姑姑临终时的托付:归还父亲的几张百元大钞。这几张缝在衣服衬里的钞票因年代过于久远已经发霉,但在父亲的失诺与瞎眼姑父的践诺之间,却折射出生活在社会底层的小人物言信重诺的优秀品质①。

《天车》(《中国作家》2005 年第 7 期)讲述了工厂天车女工李美玲的故事。小说中的铆焊车间虽是一个生产单位,但同时也是底层社会的缩影,在这个社会中,高居天车驾驶室且少与人交往的李美玲受到车间工人

---

① 闫立飞.描写、叙述与故事——青年作家龙一、武歆和秦岭的中短篇小说创作[J].理论与创作,2009(04):67-70.

们恭维和敬畏,因为她与车间罗主任有着不正当的两性关系,是权力关系的延伸。权力如同病毒一样通过性的关系,不仅传到李美玲的身上,改变了李美玲的性格及其在车间的身份与地位,而且还传到她的丈夫身上,使他由任人捏弄的"软柿子"摇身成为连组长都让三分的车间一霸。权力操控着人们的命运,也改变着他们的面貌,而处在权力阶梯关系底层的男女工人们的生存环境就显得越发艰难。

《幸福的女人》(《山花》2006年第9期)虽然延续了底层叙事的主题,却以饱满的情绪塑造了一个乐观、智慧与健康的女人形象。万芬华文化程度不高,是一名从事家政服务的钟点工,但她积极工作的态度、创造生活的热情和追求幸福的勇气要远远地超过高学历、高收入的许茹梅表姐,拥有比后者更丰富、更生动的精神世界。从万芬华充满活力的身影中可以看到,底层叙事并非是苦难和悲情的专利,它也可以从轻快、灵动的叙述中发现处在世俗社会底层人们特有的生活智慧和人生观念。卑下者往往更聪明,万芬华如此,《火炉街》(《中国作家》2007年第20期)中的冯国海也是如此。作为在区拆迁办临时帮工的下岗工人,冯国海既无年龄优势,又无一技之长,而且还有腰肌劳损的旧伤,因而他十分珍惜拆迁办这份临时工作,希望通过工作业绩改变自己的形象,并为未来做打算。事实上,当他以同情的交流化解"困难户"窦老头一家的怨气、以朋友的交心换取"难缠户"孙达理的让步、以情感的交融获得离婚女人福小琴的支持,化解了包括拆迁办副主任都无法解决的拆迁难题,使得拆迁工作顺利进行的同时,冯国海的形象已经得到了改变,他不仅有朝气、有能力,而且也有智慧、有责任心,有着一颗出于底层并善待疾苦的同情心。智慧与同情赋予冯国海以未来的希望,也为底层叙事增添了温馨的亮光。

武歆中短篇小说的着眼点都在市井,叙述的多是关于平民百姓的日常故事,单就其情节本身而言,这些故事可以说很简单,也很平常,平常到如果放在现实生活中就有被人漠视与忽略的危险。但是,这些简单、平常的故事在武歆的笔下不仅变得回环跌宕、引人入胜,而且还显示出其更深一层的意义。这一变化体现了叙述的力量,通过对故事、事件的叙述,武散在揭示故事、事件内在关联,使零散、碎裂、孤立的事件发生作用和联系的同时,也对故事、事件进行了勘探和再发现,从而在叙述的时空中让意义自行敞开。

书写城乡尹学芸

尹学芸,笔名伊雪,1964年出生,蓟县文化馆干部,20世纪80年代末开始发表文学作品,迄今已创作和发表文学作品200余万字。1989年10月,天津市作家协会在蓟县召开了"尹学芸小说作品研讨会"。根据其小说改编的电视剧《一个叫素月的女人》曾在中央电视台播放。现为天津作家协会会员。蓟县第七、八届政协委员,蓟县第九、十届政协常委。2017年12月,凭借《士别十年》获第十七届百花文学奖中篇小说奖。2018年8月11日,尹学芸的《李海叔叔》获第七届鲁迅文学奖中篇小说奖。2019年收获文学排行榜12月13日在上海发布,尹学芸《青霉素》摘得中篇小说榜第三。2020年11月,尹学芸当选天津市作协主席;2021年12月13日,任天津蓟州区政协副主席;2021年12月16日,当选中国作家协会第十届全国委员会委员。

尹学芸同时拥有城市与乡村两种不同的生活体验,这就使她的创作中包含大量的城乡书写。尹学芸笔下的城市生活与乡村生活大相径庭,城市充斥着欺骗和堕落,乡村却充满诗意和美好。城乡二元对立关系在尹学芸创作中的表现之一就是城市生活与乡村生活给人们的影响和感受截然不同,城市生活使人逐渐堕落,令人感到迷失、压抑,而乡村生活使人保持纯粹,令人感到安定、温暖。

城市生活的复杂晦暗在尹学芸笔下展现为人们常常为了个人的利益,不顾他人的得失,以他人的利益换取自己的利益。尹学芸通过其小说展露了这类城市生活方式的肮脏丑陋,其中又以城市官场作为主要曝光点。《天仙宫》中"我"为领导"老大"鞍前马后,"老大"却将天仙宫项目的款项吞入私囊,携公款消失得无影无踪,留下"我"陷入困境。《身后事》中刘柏顺为了让自己女儿顺利进入工作单位,将"国宝"虎食人卣赠与局长宋义,又因虎食人卣发生争执,引出宋义一系列的贪污腐败。然而,这两部小说所展现的黑暗和罪恶仅仅是城市生活的冰山一角。

城市生活的堕落和不堪还表现为城市对人性的异化。城市对金钱、地位的推崇引发人的欲望无限扩大,原本善良正直的人因此失去底线,道德沦丧。尹学芸试图揭露城市生活令人迷失、异化的可怕之处,对异化人性的城市进行强烈的批判,由此表达她对城市伦理构建的担忧以及对"城市病"的批判。尹学芸在小说《士别十年》中最大限度地展现城市人的堕落与沉沦,这种人性异化的强烈对比出现在人物郭缨子和苏了群身上。郭缨子十年间从青春朝气、初入职场的青涩少女"成长"为八面玲珑、处事圆滑的成熟女性。十年前郭缨子刚刚进入民俗研究所工作,她"看事物总是一厢情愿,见不得任何形式主义,眼里容不得一粒沙子",有着足够自觉的人性尊严。正因这种的正直刚烈,郭缨子无法忍受领导季主任的性骚扰,她奋起反抗,却因此陷入孤立无援的困境。这种极端的绝望和孤独使郭缨子患上了抑郁症,为了摆脱这种痛苦她选择自杀,幸好求生的本能占了上风,自杀未遂,事后郭缨子的父母动员了一切力量帮助她调动了工作岗位,离开了民俗研究所。而十年后,郭缨子让曾经共事的苏了群感到判若两人,当年不食人间烟火的郭缨子,居然脱胎换骨,成了左右逢源、见风使舵的办公室主任。曾经的刚正不阿变成如今的左右逢源,将城市对人的异化展现的淋漓尽致。

尹学芸通过小说《李海叔叔》描绘出乡村的质朴之美和真实的温情。《李海叔叔》中,"我"的父亲和李海叔叔在那个特殊年代结拜成兄弟,一起喝了鸡血酒。每次李海叔叔来"我"家做客,他都能得到最高礼遇:父亲穿上新衣提前攀上河堤等待,母亲不间断地烧火,姐姐不停歇地擀面,"只要李海叔叔一迈进家门,面条就得下锅,似乎让他多等一分钟,都是罪过。"而每年李海叔叔离开时,他的自行车都会挂上许多装满粮食的布兜和袋子,为了让李海叔叔满载而归,"我"们全家半年前就开始省吃俭用。李海叔叔家缺粮食,哥哥和"我"用自行车拉着上百斤小麦,千辛万苦送至叔叔的老家。而这所有的一切,爸爸未曾开口要求李海叔叔偿还。"我"们两家的真挚感情不仅饱含着华北大地的人文特色,而且展现出中华民族特有的"亲属"情怀①。而今,"我"与叔叔家的子女们在城市重聚,但现代商业冲淡了中国传统的血缘社会,人际间的隔膜比以前更易产生,"我"与李家兄妹的相聚只剩矜持和尴尬。乡村的质朴令人动容,乡村留存着城市匮乏的真、善、美,面对阴冷杂乱的城市,尹学芸选择将文化本体的诗意向往寄托于乡村中。

在采访中尹学芸曾提到,生活赋予她诸多灵感,她的作品中人物原型以及故事梗概皆是生活所赐。《菜根谣》中两位女性有着情感上的牵挂,但是她们也像野菜,接近时芒刺会伤害彼此,不能够妥协,就只能接受伤害。可是在她们心中,对方永远无法取代。虽然矛盾,却构成完整的故事走向。"冯诺的身上有我理想中女性朋友的影子。侠义、坚韧不拔,有一种骨子里的赤诚和担当,有一种昂扬的生活态度。即便被世俗的庸常遮蔽,也能在灰霾中闪出光亮。人生就是一个不断锻造和不断成长的历程,不管男人、女人、你、我、他莫不如此。冯诺一边在寻找儿时的伙伴,其实也在寻找遗失的自己。这种双重寻找不是物理意义上的,却是在物理意义之上。就像你说的,伶俐的失踪,促成了冯诺的成长。否则,她永远是那个披散着头发、穿着打补丁内裤、追情感剧的人。她跳出来了,她看到了曾经的自己。"

乡土作家秦岭

秦岭,甘肃天水人,现居天津,中国作协会员,著名作家,创作一级,曾就读鲁迅文学院第8届高研班。天津市文学院签约作家。出版作品有《皇粮钟》《断裂》《绣花鞋垫》《抚摸柏林墙》等六部。主要小说作品有《绣花鞋垫》《弃婴》《皇粮》《一头说话的骡子》《透明的废墟》《硌牙的沙

---

① 周清清.尹学芸城乡书写的转型[D].广西师范大学,2020.

子》《碎裂在 2005 年的瓦片》等,中短篇小说三十多次被转载或入选年度最佳小说选本。曾登上 2003 年、2007 年中国小说排行榜,获《小说月报》"百花奖"、第一届、第二届梁斌文学奖一等奖,四部小说搬上荧幕或戏剧舞台。

秦岭是客居津门的青年作家,他虽然在天津这个现代化的大都市工作、生活,娶妻生子,安身立命,已经成为一名新天津人,但他的小说写作依然可以看作"乡土文学",他在剪不断的"乡愁"中诉说的是甘肃天水一带的乡土故事,展现的是西北黄土原上农村人们的现实与理想、生活与命运。故乡是秦岭汲取小说写作素养与灵感的源泉,也是他表现的主要内容。在《绣花鞋垫》(《北京文学》2003 年第 11 期)、《不娶你娶谁》(《天津文学》2005 年第 4 期)、《烧水做饭的女人》(《长城》2005 年第 5 期)等小说中,秦岭叙述了西部乡村教师尴尬的生存状况。下乡支教老师艾关诗为了提高乡村中学的升学率,违心地接受了女学生的恋情和赠与他的绣花鞋垫,利用师生之间的恋爱关系为女学生补习功课,终于使女学生考上了中师。因此,在艾关诗利用师生恋爱关系帮助女学生补习功课这一行为的背后,昭示了西部乡村中学教师生存状态的恶劣与他们身份地位的低下,其中民办教师更是处于底层的位置。作为西部乡村基础教育的主体,他们是一个很优秀的教师群体,正如从赵祖国的身上,城里下来的支教老师艾关诗对乡村教师、尤其是乡村民办教师群体有了新的认识,"这里的教师尽管学历低,但视野并不见得像城里老师评价的那么狭窄,他们对教育教学宏观、微观领域的认识深度以及对有些问题思考和探索的广度,决不亚于城里的有些老师"(《绣花鞋垫》)。他们十分热爱教师这一行业,尤其是在经济大潮冲击着人们的生活和信仰的新时期,他们忍受着生活上的贫困,依然承担着教书育人、甘于奉献的社会责任和道义担当。

教师娶自己的女学生这一现象有悖于师道,但在西部乡村的特殊环境中,如同小说《不娶你娶谁》中表现的那样,西部乡村教师实际上面临着和赵五常一样的事业与生活的悖论,他们作为传道、授业、解惑的师者,在生活上却陷入困扰的怪圈中,他们要么娶自己的女学生而继续从事教师事业,要么为了维护师道尊严而不得不放弃这一事业而另谋出路,除此之外他们别无选择。在这一情况下,他们不娶自己的女学生又能娶谁呢?《烧水做饭的女人》中花儿以身体换取丈夫王世界正式教师的身份,也是在"殉道"的意义上体现了西部乡村教师的悖论,花儿的行为,已经突破了男人与女人可以承受的底线,在需要通过尊严与身体的出卖来换取正式教师资格的西部乡村中,秦岭表现了西部乡村教师的生命不能承受之"重",他们支撑起西部基础教育的同时,却被严峻的现实处境所压垮。在《碎裂在 2005 年的瓦片》(《小说月报》2006 年第 2 期)、《皇粮》(《小说月报》2007 年第 5 期)等小说中,秦岭表现了西部乡村农民对延续了两千多年的"皇粮"的必须承受之"重"。《碎裂在 2005 年的瓦片》中验粮员甄大牙家的房瓦年年修补而年年被砸就是一个典型事例。在甄大牙家房瓦的碎裂声中,包孕了农民无法选择的身份与命运所承受之"重"的最为深切的痛楚体验和怨愤宣泄①。秦岭也因对西部农村之"重"表现的深刻,以及由此体现的社会责任意识而成为受到人们关注和欢迎的小说家。此外,秦岭的短篇小说《坡上的莓子红了没》(《红岩》2005 年第 4 期)和《弃婴》(《作品》2006 年第 5 期)分别从西部农民精神信仰的深层特点和他们被迫遗弃病残婴儿的现实遭遇等方面进行了尝试和探索,其思想力度与表现格式有了更深的进展。

---

① 闫立飞.描写、叙述与故事——青年作家龙一、武歆和秦岭的中短篇小说创作[J].理论与创作,2009(04):67-70.

第二节　"津"剧创"津"彩

京　剧

《正气歌》

现代京剧《正气歌》是根据全国劳动模范、"蓝领专家"孔祥瑞的事迹创排的,意在弘扬当代产业工人的工匠精神,也是天津市青年京剧团排演的首部现代题材作品。

《正气歌》汇集了众多实力主创:李治邦、刘佳智、李娟共同编写,李慧琴执导,执行导演洪军,唱腔音乐设计祝福,打击乐设计崔洪,唱腔统筹王悦,编舞张浩,徐鸣团队任舞美设计、服装造型设计、道具设计,灯光设计王猛。演员方面则排出了名家新秀联袂的阵容:男主人公董江山由"梅花奖"得主张克饰演;董江山妻子蒋桂芝由"梅花奖"得主赵秀君饰演;董江山师弟魏利来由"梅花奖"获得者石晓亮饰演;董江山母亲由国家一级演员孙丽英饰演;蒋书怀由青年演员张金博、朱文成饰演;董江山之子董建设由青年演员安海洋饰演,董江山之女董晓云由田苗苗饰演。该剧共分6个章节,通过讲述临危受命,为南方受灾群众运煤;排议查险,抢修重要设备;为患病母亲熬制一千碗汤药;迎战海啸,保护国家财产以及抢救工友等动人情节,把一位有着工匠精神、丰富情感、坚持坚守的劳模形象呈现在舞台上。剧本创作过程中,主创人员深入天津港采风,广泛听取意见,数易其稿,从艺术角度、站在群众立场,生动讲述"工人专家"董江山工作、生活中的感人故事,把大家心中"蓝领专家"的形象树立于京剧舞台,也从港口变化、英模成长成才的缩影透视出改革开放取得的巨大成就。

作为纪念改革开放40周年献礼剧目,这是青年京剧团第一次排演现实题材的作品。剧组上下情绪饱满,干劲十足。大家说,出演英模是进行艺术创作的过程,也是受教育、实现思想升华的过程。青年京剧团团长孟广禄表示,文化发展的力量推动着人的思想,我们怀揣着对文化的责任与担当排演这部戏。全团上下,不论青年一代还是我们这一代,大家拧成一股绳,形成一股力量,希望排出一台有底气、接地气、有神气的好戏,把最好的语言、歌声献给党和人民。剧组全体人员表示,要以工匠精神投入排练,精雕细刻,精益求精,争取把该剧打造成经典剧目。

《楝树花》

在距离连云港20海里的地方,有一个只有两个足球场大小的岛屿——开山岛。它位于我国黄海前哨,战略位置十分重要,而当地人形象的称这座小岛为"水牢"。就是这样一座边陲小岛,王继才一守就是32年。20世纪80年代,王继才仅仅26岁,正值大好青春,但他与妻子毅然决然地留在了岛上,接受了守岛任务。夫妻俩与海为伴,没电没水,荒芜一片,条件艰苦,但他与妻子战胜了困难与孤独,把青春献给祖国,献给海防事业。2018年7月27日,王继才在执勤时突发疾病,经抢救无效去世,年仅58岁。他践行了生前的诺言:"我要永远守在开山岛,守到守不动为止。"

现实题材京剧《楝树花》根据全国"时代楷模""人民楷模"王继才的英雄事迹创作而成,讲述了王继才、王仕花夫妇驻卫黄海前哨开山岛32年,以海岛为家,夫妻相伴,坚持每天升起国旗,每天按时巡岛、护航标、写日志,与走私犯作斗争的感人故事。

为庆祝中国共产党建党百年,天津京剧院倾注心血创作《楝树花》,该剧与2020年入选文旅部全国舞台艺术重点主题创作作品计划,第九届中国京剧艺术节参演剧目、第十七届中国戏剧节参演剧目。天津京剧院是第一个将王继才、王仕花夫妇的英雄事迹以京剧艺术形式呈现于舞台的京剧院团。天津京剧院创造好故事，主动承担起实现中国梦的使命，承担文化责任。

天津市委宣传部、天津文旅局都对该剧十分重视，并予以支持，天津京剧院为了演好该剧目，精选主创团队，演出阵容既有剧院的青年领军人才担任主演，又有老艺术家鼎力相助。一流的主创阵容与实力派京剧班底的双重加持保障了该剧的舞台水准。该剧目由著名剧作家梁波担任艺术顾问，原太原市艺术研究院资深编剧赵爱斌任编剧，中国戏曲学院教授、京剧名家、国家一级导演陈霖苍任导演，江苏省演艺集团话剧院国家一级导演陈乐任副导演，南京京剧团国家一级导演、著名作曲续正泰担任唱腔设计，天津京剧院国家一级作曲李凤阁携青年作曲祝福担任音乐设计，江苏省演艺集团国家一级舞美盛小鹰担任舞美设计，浙江传媒学院资深服装设计师王笠君担任服装设计，中国儿童艺术剧院灯光设计师黎巍担任灯光设计，天津京剧院优秀化妆师赵佳任造型设计，天津京剧院国家一级演奏员孙永任打击乐设计。由天津京剧院一团团长、国家一级演员、中国戏剧梅花奖获得者、青京赛金奖获得者吕洋担任艺术监制并领衔饰演王仕花，著名京剧表演艺术家、国家一级演员、中国戏剧"二度梅"梅花奖、文华表演奖获得者王平出演王继才，天津京剧院院多位国家一级演员甘当绿叶托举剧目呈现。此外，王嘉庆、李宏、王晓睿、曹馨月在剧中均饰演重要角色。

《楝树花》服装考究，舞美与灯光不尽奢华但求真实写意，在小制作中还原开山岛的真实环境，规矩、克制的声、光、电设计运用烘托舞台环境、人物心境，舞台人物不多却各有看点，是原汁原味的京戏。人物设置上，《楝树花》不同于珠玉在前的其他同题材作品，而是选择"轻放"王继才的戏份，"重提"王仕花在剧中的篇幅，以王仕花为剧目主视角展开，讲述守岛人王继才背后站立着的"女主角"。32年时光，为人妻、为人母、为人媳，其中几多柔情、万般纠结，在舞台上一一道来，给剧目增添了许多值得细细品咂的味道。用130分钟的时间讲述守岛夫妻的半生，京剧《楝树花》不负观众期待。吕洋在其首部现代戏中的舞台表现可圈可点，唱功一如既往出色，对人物情绪的揣摩与表达也十分精准，对核心场次第五场中王仕花愧疚、委屈等种种情绪拉扯的状态给予饱满呈现，令人动容。

2020年初，在全力做好疫情防控工作的同时，天津京剧院积极开展《楝树花》创作筹备工作，提出"剧本立不住不停步，剧本不成熟不投排"的方针。2020年12月初，主创主演到开山岛采风，在王仕花的带领讲解下切身体验守岛的艰苦环境，后又根据采风感受，认真梳理修改剧本，数易其稿、反复打磨。天津京剧院要创作一台贴近时代、贴近生活、贴近现实，既大力弘扬爱国奉献精神又受观众喜爱、且能留在舞台上的精品好戏。

建组会上，陈霖苍表示，在王继才、王仕花的坚守精神的激励下，一定要以守正创新的创作态度排出一台好戏。吕洋和王平表示，要把王仕花、王继才演好，弘扬守岛爱国的精神。王仕花为《楝树花》建组专门录制了视频，并且为《楝树花》剧组发来贺信。王仕花表示，天津京剧院能创作排演这部戏，不单单是对王继才个人事迹的颂扬，更是对新时期广大共产党员爱国、担当、不忘初心的精神以及家国情怀的颂扬。梁波表示，王继才、王仕花虽然平凡但精神伟大，《楝树花》通过京剧的艺术形式弘扬这样的精神，讴歌英雄，启迪他人。

天津京剧院将以《楝树花》的创作为契机，在艺术创作上坚持守正创新，自觉承担起举旗帜、聚民心、育新人、兴文化、展形象的文化使命任务，为服务党和国家事业全局作出更大贡献。天津市委宣传部、天津市文旅局、天津市文联的相关领导肯定了该剧前期的工作成果，并鼓励主创们继续努力。习近平总书记评价王继才、王仕花夫妇："用无怨无悔的坚守和付出，在平凡的岗位上书写了不平凡的人生华章，我们要大力倡导这种爱国奉献精神，使之成为新时代奋斗者的价值追求。"天津京剧院将《楝树花》搬上舞台，承担文艺工作者的担当和使命，把时代楷模的故事讲给人民听，传递人民英雄的宝贵精神。32年无言坚守，铸就平凡人的伟大。正如剧中"这楝树花，不娇贵，在哪都能扎下根"所言，王继才、王仕花以

"楝树"般的坚毅牢守开山岛,年复一年巡岛、升旗,将奉献精神在黄海前哨挥洒。舍家护岛,留给儿女的是愧疚,享与爱人的是守护,点亮灯塔的是责任,扬起国旗的是奉献,献给祖国的是深爱。

《华子良》

《华子良》这出天津京剧院精心打造的新编现代戏享誉全国,成为新编现代戏的一座高峰,凝聚了一代人的心血,先后荣获多个大型重量级奖项。2001年首演至今,足迹遍及全国各地,20个年头演出逾五百场,所到之处无不被人称赞,精彩的演绎震撼着一批又一批观众,成为现代京剧里一出百看不厌的经典,也是天津京剧院的"镇院之宝","耍鞋""挑篓"等部分都已经成为脍炙人口的片段。

《华子良》取材于《红岩》并做了相应改编。《红岩》塑造了一群有着坚定共产主义信念而甘愿献出生命的英雄,他们的精神感动了人民,影响了后辈们的价值取向。华子良是一名平凡的共产党员,但他心怀共产党,有着高尚的革命理想和坚定的革命精神。为了共产党的事业和革命胜利,他装疯卖傻成功转入另一条战线。在小说中他虽然只是一个配角,但十分出彩,不辞辛苦与敌人斗争,以自己的力量保卫国家和心中的信念。从他的视角出发,见证平凡人身上的不平凡品质,为观众带来心灵上的震撼。华子良身上所承载的精神信念,正是全体共产党人的信念。《华子良》一剧告诉世人:不论时代如何变化,共产党人代表人民群众根本利益的宗旨不能变,为了崇高理想勇于接受任何考验和磨难的精神不能变,在任何环境中都能保持革命信仰的品格和意志不能变。

《爱国三问》

【暗场】

【飞机轰鸣炸弹音效】

【定点追光】

讲述人:1931年,九一八事变爆发,东北沦陷。

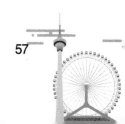

国难当头,山河破碎。南开师生悲痛万分,群情激昂。张伯苓在当晚即发表抗日演讲。随后,约三百名东北流亡学生,进入南开插班学习。南开系列学校掀起抗日救亡运动的高潮。

1935 年 9 月 17 日,南开大学的开学典礼上,张伯苓振臂高呼。

张伯苓:你是中国人吗?

众学生:是!

张伯苓:你爱中国吗?

众学生:爱!

张伯苓:你愿意中国好吗?

众学生:愿意!

讲述人:这振聋发聩的"爱国三问",鼓舞着南开学子共赴国难,更唤醒千百万中国人团结起来,共同投入抗日救亡的洪流。

这声如洪钟的"爱国三问",也令日军如鲠在喉,怀恨在心。

1937 年,卢沟桥的枪声震碎中国夜空。日军攻占北平、天津。南开校园上空,日军的炸弹呼啸而下! 南开大学、南开中学、南开女中、南开小学无一幸免,尽毁于战火。

62 岁的张伯苓闻讯,老泪纵横,悲怆不能自制。

仅仅过了半个月,另一个噩耗传来。

南开学子、中国空军飞行员张锡祜,驾机调防前线,中途为国捐躯。

他,正是张伯苓最小的儿子。

亲人殉难,南开被毁,故乡沦陷,大半个中国在受难。

张伯苓虽悲愤填胸,但他却说……

张伯苓:我早把这个儿子许给国家了。今日之事,自在意中,求仁得仁,复何恸为!

(唱)

南开人有肝胆无私无畏,

凌云志报国心坚不可摧。

说什么,遭轰炸,烈火焚,成灰烬,心血一旦毁,

能毁者,皆物质,越磋磨,越奋励,精神永不颓!

(白)

天津的南开毁了,还有重庆的南开,全中国,还会有许许多多的南开!

讲述人:随后,张伯苓守护着战火中硕果仅存的南开血脉,踏上了南渡之路。

　　　　南开中学迁至重庆。

　　　　南开大学与北大、清华,三校联合,弦歌不辍,缔造了西南联大的传奇。刚毅坚卓,传薪播火,与国同在,为中华保留读书种子。

　　　　众多南开师生,壮怀许国,投笔从戎,毅然奔赴抗日战场,与敌人浴血奋战,保卫家乡,保卫黄河,保卫华北,保卫全中国!

众学生(合唱):《黄河大合唱》

　　　　风在吼,马在叫,黄河在咆哮,黄河在咆哮。

　　　　河西山冈万丈高,河东河北高粱熟了。

　　　　万山丛中,抗日英雄真不少。

　　　　青纱帐里,游击健儿逞英豪。

　　　　端起了土枪洋枪,挥动着大刀长矛,

　　　　保卫家乡,保卫黄河,

　　　　保卫华北,保卫全中国!

讲述人:抗击侵略、救亡图存,也成为天津人民的共同意志和行动。

　　　　一寸山河一寸血! 英勇的天津人民,与亿万中华儿女一道,为国家生存而战、为民族复兴而战、为人类正义而战。

　　　　1945 年,中国人民抗日战争赢得伟大胜利!

　　　　在抗战结束后,被立案惩处的汉奸之中,没有一个是南开的毕业生。

人们说,从南开走出去的,都是有血性,有担当,铁骨铮铮的好孩子。然而,日本人败了,可国民党政府依旧昏聩腐朽,中国还是看不到希望,孩子们的血难道白流了吗?

张伯苓:不! 中国有希望,孩子们的血更没有白流!

讲述人:中国有希望? 这希望在哪里?

张伯苓:你还记得那些从延安到重庆沙坪坝来的朋友吗?

讲述人:您是说毛先生、恩来学长,还有他们的——同志?

张伯苓:是啊,中国的希望,就在他们身上啊,(唱)

只见那红旗漫卷东风劲,

只见那红星照耀九州同。

只见那杜鹃满山朝霞映,

只见那那翠竹凌云郁葱葱。

战歌如潮多汹涌,

响彻云山几万重。

热血抛尽为百姓,

民族岂能不中兴。

且待他改天换地风雷动,

且盼那一轮红日早东升!

张伯苓:同学们,你是中国人吗?

众学生:是!

张伯苓:你爱中国吗?

众学生:爱!

张伯苓:你愿意中国好吗?

众学生:愿意!

张伯苓、众学生(合唱):渤海之滨,白河之津,

巍巍我南开精神!

汲汲骎骎,月异日新,

发煌我前途无垠!

评 剧

《非常妈妈》

天津评剧院三团(原蓟县评剧团)创排演出的评剧《非常妈妈》参加全国基层院团戏曲会演。取材自现实生活的《非常妈妈》,讲述了 20 世纪 60 年代,一个来自农村的小保姆含辛茹苦把一对龙凤胎弃婴培养成人的感人故事。作品深刻展现了人间大爱,颂扬了无私真情和人性之美;剧本题材新颖,一个个感人的细节深深打动了观众。该剧曾应邀参加文化部举办的"喜迎十八大——讴歌伟大时代,艺术奉献人民"全国优秀剧目展演。

姚欣、颜全毅、王亚勋、张秀云、柯凡、王学锋等戏曲界专家点评了该剧。专家认为,《非常妈妈》改编自苏州滑稽戏《顾家姆妈》,成功融入演员特色、剧种特色和地域特色。《非常妈妈》中很多精彩的唱段是对《顾家姆妈》的拓展和丰富,使得人物更加立体丰富,整体剧集更加精彩动人。剧目发挥评剧大段唱的特点,爆发力强,演员表现得特别有张力和节奏感。剧团演员齐整、舞台经验丰富,舞台节奏好、配合好。故事中悲喜元素混合,既有残酷,又有温馨,真挚、流畅、感人,取得了很好的剧场效果和社会反响。小舞台,大制作,符合现实语境,把握笑点泪点。现代化建设并非只有进入城市一种选择,返回基层、走进乡村也是重要的方向,移植改编对基层剧团而言值得借鉴。

该剧演出深受观众好评。有观众表示:"《非常妈妈》笑中含泪、悲中带喜,展现了有民间味道的评剧风格。""这是一出让人看得津津有味又心生暖意的好戏。""故事很感人,演员表演很精彩。"微信公众号"新影戏曲台"在演出前发表导赏文章《一群平均只有 26 岁的年轻人,挑战了跨度近六十年的角色》,"国家艺术院团"在演出后发表了《颂扬母爱,呼唤真情——评剧〈非常妈妈〉》,分别介绍了剧种、剧团及剧目特色等,吸引一大批网友一睹为快。

评剧《非常妈妈》由赵海军、田敬阳等改编,李娟文、曹英等进行作曲唱腔设计,田敬阳、王秋明等导演,天津评剧院三团优秀青年演员王海燕、马泽天主演。该剧上演后即受到观众广泛欢迎,2012 年参加第八届中国评剧艺术节获优秀剧目奖,同年 10 月还应邀参加了文化部举办的全国优秀剧目展演。天津评剧院三团长期扎根群众,为农民送戏起早贪黑、不分寒暑,每年演出 300 余场,多次被评为"全国服务农民、服务基层先进集体"。

《红高粱》

天津是评剧的发祥地,天津评剧院作为该剧种的航标和旗手,扎根传统,不断创新,在天津大剧院歌剧厅重磅上演爱国主义评剧——《红高粱》。作为"庆祝中国共产党成立 100 周年舞台艺术精品创作工程"的入选剧目,该剧由中国戏剧"二度梅"得主、文华表演奖获得者曾昭娟领衔主演,并运用大戏剧、大舞台的理念,打开了戏曲舞台的格局。同时植根于评剧传统艺术,用朴实劲道的剧种特点和大气恢弘的舞台呈现,让这部蕴含着饱满的人物命运、人物个性的评剧,表达出继承传统又走进当代的艺术追求和攀升精神。

《海棠红》

《海棠红》是根据 20 世纪 30 年代评剧白派创始人白玉霜的亲身经历改编而成的评剧作品。20 世纪 30 年代,白玉霜以动人的曲调歌喉在天津走红,但那时天津政局动荡混乱,白玉霜不堪其扰,转而南下,远赴上海。白玉霜在上海仍是轰动一时的大家,却又遭到军阀迫害。时局混乱,艺人是普通人,像浮萍一样被雨水拍打,这种悲剧极具普遍性。白玉霜曾经主演过一部名为《海棠红》的电影,但因为社会环境混乱,电影胶片没能保留下来,剧作遗失。幸运的是,八旬高龄的李瑞环先生亲自操刀改编老戏,并由天津市评剧白派剧团的优秀白派传人王冠丽领衔主演,让观众欣赏到了好剧《海棠红》。

《海棠红》作为经典老戏,充分展现了白派风格和白派美学,老戏新编也必须量体裁衣,为角儿写戏。白派评剧唱腔独特,《海棠红》结构严密,情节扣人心弦,独特的唱腔与引人入胜的情节融合得恰到好处,这就是《海棠红》大受欢迎的重要原因。《马寡妇开店》《丑末寅初》《拿苍蝇》等唱段都展示了白派的独特唱腔和美丽。《赵芸娘》唱段中讲述了自己的悲惨身世,字字泣血,剧情走向高潮,调动了观众的泪点,台上台下皆是悲戚声。

天津市评剧白派剧团推出庆祝建党百年优秀电影展映季活动,评剧电影《海棠红》在海河剧院放映。该片是 2019 年由天津市评剧白派剧团拍摄的戏曲电影,根据评剧白派创始人白玉霜在 1935 年出演的电影《海棠红》重新编写,由天津市评剧白派剧团团长王冠丽领衔主演。新编戏《海棠红》有着深厚的现实主义功底,讲述动荡年代下普通艺人遭受的迫害,赞扬艺人不畏强权的铮铮铁骨以及人间真情。

《刘胡兰》

由天津评剧院三团排练的历史革命剧《刘胡兰》参加中宣部、文化和旅游部举办的"全国基层院团戏曲会演",受到观众赞誉。

评剧《刘胡兰》是根据少年英雄刘胡兰的事迹编写的,剧中以现实主义手法艺术地再现了刘胡兰在党的教育下的成长过程,以及她在险恶斗争环境中勇挑重担,面对敌人英勇不屈、视死如归的大无畏精神。该剧阵容强大:艺术指导徐培成,导演田敬阳、王秋明,音乐设计李娟文。此前,该剧在蓟州区各乡镇巡回上演,并在中国大戏院热身演出,几经加工磨砺,广受好评。

天津评剧院三团长期扎根基层,被大家亲切称为"庄户剧团"。此次参加"全国基层院团戏曲会演",演职员倾情投入,配合默契。扮演刘胡兰的青年演员鲁花朵,把握了刘胡兰的性格特质,既有少年的单纯质朴,又有面对顽敌针锋相对的气概。剧中扮演刘胡兰母亲的王海燕、扮演刘胡兰奶奶的贾桂云,也都表现出色。此外,剧中扮演国民党特派员的张立存、扮演反动地主的石廷璞、扮演地主婆二寡妇的王金红、扮演叛徒石五则的聂国兴等都为全剧增色。

天津评剧院三团团长王秋明表示,排演颂扬革命英雄人物题材的现代剧,具有重要的思想意义,也是基层院团的责任。演员要奉献好的作品,不辜负时代的重托与人民的信任。

《革命家庭》

天津评剧院大型现代评剧《革命家庭》荣获文华大奖。这是天津评剧院继《寄印传奇》《赵锦棠》之后,三度获得文华大奖。

评剧《革命家庭》以革命母亲陶承口述的书《我的一家》为蓝本,由著名编剧徐新华执笔,著名导演张曼君担任导演,著名编剧盛和煜担任文学指导,天津评剧院院长、"二度梅"获得者曾昭娟领衔主演。创作团队坚持高质量高水准的创作水平,经过先后22次修改打磨,运用多媒体技术呈现战时场景,使得舞台效果逼真且与演员表演有效融合,虚实结合,身临其境。该剧以家庭为单元,展开跨越漫长岁月的舞台叙事;以主人公方承(曾昭娟饰)的回忆来切入展开,给整个故事赋予了一种极易产生共情的情感基调,从而使作品呈现出一种调度自由的别致格式和浓情写意的表现风格。就像一幅波澜壮阔的长卷,不以慷慨豪壮示于万众瞩目之中,而是款款相惜地说与旧识故人听。一个普通的家庭,为信仰和革命事业所经历的艰辛、所付出的牺牲,在动荡年代里可能并不起眼,却代表了千千万万个相似家庭的选择。

该剧主演、著名评剧表演艺术家、天津评剧院党支部书记、院长曾昭娟坦言:"作为新时代文艺工作者,必须要站在当代人审美心理的高度来重新解读传统,用当代人的思维方式来建构起角色的血肉之躯和内在魂魄。《革命家庭》的创作紧紧抓住评剧剧种的特点,在家庭结构下的母子情、夫妻情、母女情、战友情等这样的情感交织的过程当中,表达出我们对艺术作品、对人物形象、对主题表达的一种新的意义。那一代共产党人,在民族危亡、国家危难的时候,不惜牺牲个人,不惜牺牲家庭,使得家碎换得山河整的这样一种精神,令人崇仰。唯有忠诚和赤诚的爱,才会使他们义无反顾地参与到革命之中。那么我们也通过剧中的'全家福',希望所有的观众能够从中感受到革命先烈们为我们带来的是什么,我们今天应该传承什么。""在排演《革命家庭》的过程中,我们也真切感受到百年党史的风雨兼程,英雄精神的历久弥坚,这些都激励着我们秉承艺术的守正创新、精益求精。"曾昭娟表示:"家是最小国,国是千万家。革命家庭的每一个足迹都值得我们永远去追随,因为这是一个一心装满国的家。"《革命家庭》叙事新颖、表达诗性、人物角色立体饱满、舞台表演符合美学,在保留评剧本身魅力的同时,更注重多元的表达方式和立体空间的打造。

天津评剧院以新时代文艺工作者的文化自觉和艺术追求,向党和人民献上了一份厚礼,以精品奉献人民的创作理念,用艺术的形式向党和人民宣读了文艺工作者对党忠诚的誓言。三年来,该剧主创团队不断打磨修改,多次邀请到来自京津等地的专家、学者共同观看演出,并在观演后对此剧进行深度研讨,广纳贤言,力求将这部作品打造成红色经典之作。曾昭娟表示:"让我特别感动的是,专家的意见,热心观众的意见,我们吸纳了很多,反复地打磨,小到唱词,大到演员的服装道具,所有的关心支持都是对于我们的鞭策和动力。天津评剧院全体演职人员是带着一份荣誉和责任,满怀激情地把最完美的作品展现在第十三届中国艺术节文华奖的舞台上。以我们天津文艺工作者最饱满的精神状态,展现给全国的评委专家和戏迷朋友们,为我们天津的文化事业争光,力争为天津评剧院64年辉煌历程再添一座沉甸甸的奖杯。"

话　剧

天津是孕育中国话剧的摇篮和土壤,李叔同、曹禺都生长在这片土地,黄佐临和焦菊隐等话剧名家也在天津度过少年时代,天津与话剧的缘份极深。津味话剧以天津为历史背景,将天津发生的扣人心弦的故事呈现在舞台上,赢得了观众的喜爱和追捧。话剧是文学的艺术、语言的艺术,津味话剧堪称北方唯一能与京味话剧相提并论的话剧流派。津味话剧塑造了极具天津风味的故事和人物,也充分展现了天津地域文化特色。已故著名戏剧表演艺术家路希曾言:"津味话剧不只是说天津话,而是要演出天津的风土人情,剧中人物也是典型的天津人性格,嘎巴利落脆,说话直截了当,办事干脆。津味话剧是天津人艺的长项,就像北京人艺演京味戏一样,别的剧团演不出那个味儿。"津味话剧中呈现的不只是故事情节,更承载了天津的历史、民俗风情、处事风格等,雅俗共赏、引人入胜。

人们对于津味话剧的钟爱是因为他们透过动人的故事,品味到了蕴含在故事中的情感和文化积淀。精品津味话剧就像一锅好汤,材料新鲜丰盛、火候掌握到位、烹调极富耐心和细心是汤鲜味美的秘诀。

《生死24小时》

《生死24小时》讲述的是天津市面对危险果断处理歌诗达赛琳娜号邮轮上疫情的故事。该话剧是根据真实事件改编创作的,人物、故事在现实生活中都有参考原型。剧情围绕天津与疫情的斗争以及天津政府保障人民健康安全展开。面对来势汹汹的新冠疫情,船上的人和城市中的人都要保护,亲情和疫情要做抉择,话剧中童国梁及其相关部门、"中建六局"及其相关企事业单位、社会各界爱心人士携手克服困难,以战时思维和状态解决疫情难题。从迎战到决胜,这场惊心动魄的应急处置行动仅仅用了24个小时。

歌诗达赛琳娜号上有四千多名游客,为了欢庆农历新年的到来正在举行盛大的宴会,但接连有乘客发热,欢乐的氛围戛然而止。在肆虐的疫情面前,天津迅速进入战时状态,积极迎战,主动接受这场考验,仅用24小时,这场应急行动就取得了胜利。

为了保证话剧质量,负责承办该剧的市委宣传部和演艺集团积极调动了津京沪浙的创作力量,天津人民艺术剧院的演员负责出演话剧。

《生死24小时》集结了国内一流的创作力量,由上海戏剧学院王伯男教授担任编剧、天津人艺一级编剧钟海担任导演、北京著名舞美设计师王琛担任设计、中央美院胡天骥担任多媒体视频设计、杭州作曲家孙有亮作曲,天津人民艺术剧院近70名演职人员参与创作演出。该剧在天津成功首演以来,引发了全市社会各界的关注和支持。天津人艺国家一级编剧钟海介绍说,《生死24小时》以举国抗疫为背景,将进港邮轮突发疫情作为对天津防疫工作的一次大考,采用了现实主义与浪漫主义相结合的手法,再现了抗疫过程中惊心动魄而又感人至深的事件和人物,以人物原型改编和事件重现的方式唤起观众情感上的强烈共鸣。

《蛐蛐四爷》

天津人艺大型津味话剧《蛐蛐四爷》是天津剧坛的一座高峰,1995年天津公演、1997年沪上演出、1998年晋京汇演、2000年赴台献演、2011年复排重现……声动大江南北,闻名海峡两岸。该剧不仅是天津人艺的经典保留剧目,也是受到全国观众认可的正宗津味话剧之一。

《蛐蛐四爷》根据著名作家林希的同名小说改编,话剧围绕蛐蛐这一文人和市民都热衷的娱乐项目展开,讲述了天津余家在军阀纷争的时期里由兴到衰的故事,由小见大,映射社会悲剧。本剧展示了20世纪20年代的天津风土人情和地方文化,呈现了天津市民的处事哲学及性格特征。曲折感人的故事、峰回路转的情节、诙谐幽默的语言、地道的民俗民风以及十多个性格迥异的人物构成了一部雅俗共赏的津味话剧,是一部凝聚了天津文化的精、气、神的时代佳作。《蛐蛐四爷》浓墨重彩地描绘了天津地域特色的蛐蛐文化,表面是在写斗蛐蛐,实际上是在写复杂社会背景下人心互斗的故事。

剧中有一段戏令人印象深刻,大少爷盘问四爷第一只"常胜大将军"(蛐蛐)的喂养方式,四爷用"贯口"说了一段"蛐蛐谱"中的内容,达到了台词与技巧,内容与形式的统一。本剧具有写实主义风格的布景设计也令人记忆犹新,第二幕"斗蛐蛐"一山堂的场景包含了灯笼,茶馆幌子以及栏杆等富有天津气息的装饰物,一方面体现了地方特色,另一方面也渲染了热闹的气氛。斗蛐蛐并非在堂前,而是在后厅,执事以"先看后报、再看再报"的方式一次又一次地进出一道门,进行斗蛐蛐的"现场报道",配以锣鼓点控制节奏,营造紧张的氛围的同时,让人有身临其境之感。

本剧的音响还融入了中国戏曲锣鼓的艺术特色:由第一幕"堂会",第二幕"一山堂"斗蛐蛐,第三幕"四爷受刑",到第四幕"余母剪断四爷手指",锣鼓贯穿始终,在推动情节发展、烘托气氛、把握节奏、渲染人物内心情感变化等方面,均起到了不可替代的作用。

《蛐蛐四爷》之所以被公认为是一部成功之作,必须要提到的是天津人艺的"老中青"三代演员塑造出剧中一批性格独特、栩栩如生的人物,构成了这部津味话剧十多个鲜活的人物形象。天津人艺的演员们用独特、鲜明"个性化"的人物行动把剧作的深意淋漓尽致地表现了出来,将人物命运变化的轨迹演绎得十分精准,震撼人心。

《闯江湖》

《闯江湖》是著名戏剧家吴祖光先生的压卷之作,是一部根据评剧新派创始人新凤霞大师早年在天津闯江湖卖艺求生的人生际遇以及所见所闻创作的现实主义题材的作品,而这部剧的创作灵感则来自吴祖光先生的妻子——新凤霞老师早年在江湖卖艺的经历。由于剧作内容与天津有着非常密切的关系,且剧作家吴祖光和评剧表演艺术家新凤霞信任天津人艺,相信他们的实力和能力,所以将这个剧本交由天津人艺排演。吴祖光先生一生创作了众多彪炳史册的优秀作品,与妻子合作改编的《花为媒》堪称传统戏翻新的典范之作;《风雪夜归人》成为众多剧种争相排演的经典名剧;他执导的《洛神》《荒山泪》等为后世留下了京剧艺术大师梅兰芳、程砚秋的珍贵资料。而《闯江湖》,作为一部骨子里带有天津基因的作品,早在20世纪80年代创排之初,吴祖光先生就找到了天津人艺,由新凤霞大师亲自担任艺术指导。《闯江湖》一经推出大获好评,观众和专家都被这部剧点燃了浓烈的情感。2019版《闯江湖》全剧采用写实手法创作排演,舞美延用 1980 年版设计方案,真实再现 39 年前的经典记忆,细腻刻画 20 世纪 40 年代的世态人情。新版《闯江湖》的排演不再放大戏剧化的冲突,将着力于展现生活原本的质感。剧中的人物不会用脸谱化的方式去表演,而是站在人物本身的视角去看他眼中的世界。整部剧围绕义亭班展开,三个家庭的悲欢离合与命运是该剧的主体部分。他们在生活的道路上相依为命,走南闯北,苦命挣扎,追求光明。剧中有悲有喜,悲能动人,喜能逗人。吴祖光擅于将悲喜情节与人物的性格和身份完美结合,因此每一幕之中都有悲喜因素,却不违和,相当自然。《闯江湖》中充满浓厚的天津特色。当时的天津被帝国主义侵占,这片土地上充斥着黑暗和不公,地痞流氓、恶棍、封建势力无恶不作。主人公们就生活在这种特定的环境之中。话剧服饰色彩明艳,选择了红绿搭配,虽然俗,但符合当时特定的社会背景。话剧中的叫卖声也采用了 20 世纪 40 年代天津的音调。从画面到声音全部采用写实手法,力求最大限度还原 40 年代天津的真实生活。方言承载着地域文化,运用纯正的方言更能彰显话剧的地方特色。在《闯江湖》中,频繁出现天津话,如:"介话我耐听""挺俊(zùn)的小伙子""真不是个玩意儿"等。津味话剧表现发生在天津的故事,展现天津的风土人情,但这个"津味"绝不是流于表面的生活模仿。味儿不是表面的东西,而是一种内蕴。津味话剧融合了作家和艺术家的风格,是他们共同打造的全新作品。

舞　剧

《津门舞韵》

2011 年 4 月 19 日,大型舞蹈专场晚会"津门舞韵"在天津大剧院亮相,这场演出也拉开了庆祝中国共产党成立 90 周年——天津歌舞剧院"红色经典"系列演出的序幕。《津门舞韵》融合了芭蕾舞、民间舞、古典舞等多种舞蹈艺术形式。在对传统艺术的重新解读时,编导邓林一贯的诗意现实主义也蕴含其中,充溢着浓郁的文化气息。在对《天边牧歌》《春江花月夜》等民族经典的创作中,编导尝试用民族芭蕾的表现形式演绎出中国传统文化的独特韵味。作为一场具有浓郁"津门"特色的舞蹈晚会,该剧目在主创方面启用天津歌舞剧院年轻的舞蹈编导,在题材上选择了很多反映天津当地生活特色的舞蹈作品,《泥人的事》就是在这样的题材背景下创作而成的。在当代舞蹈《搭档》的表演中,编导也有意识地加入了天津快板等津味十足的元素,在优雅和质朴中流露出独特的魅力。

《鲤跃碧莲》《舞扇》《天边牧歌》《千堆雪》《听雪》《中国红》《春江花月夜》《秋韵》《青花》《搭档》《拴娃娃》《泥人的事》《那时花开》《大红绸子舞起来》,这14个故事串成了一台大型舞蹈晚会。唯美、惊艳是整台晚会的主题。艺术的美永远超越想象,这是"津门舞韵"所呈现出的魅力。12段风格迥异的舞蹈,各自独立,却又似乎有着某种联系。它们一一串起,成就了一台融合津卫风韵与中华传统艺术瑰丽的艺术盛宴。

《春天的故事》

舞剧《春天的故事》礼敬改革开放40年。始自1978年的改革开放,给中国社会带来巨变。如今,40年一晃而过,这段波澜壮阔的历程对每个人都产生了巨大影响,艺术家们更是十分敏锐地捕捉到了这段历程带来的心灵悸动,开始了艺术创作和演绎。

由江东编剧、邓林任总导演兼编舞的舞剧《春天的故事》,以改革开放40年为着眼点,用舞剧艺术的表达方式,大写意地讴歌了这样一个人类罕见的壮丽时代。用舞剧艺术的形式、用肢体的语言来表现这样一个宏大的叙事,《春天的故事》的上演引来了各方的关注和兴趣。正像改革开放这一声春雷为中国社会带来了雷声滚滚的震撼一样,舞剧《春天的故事》也似一声炸响,把观者震得有些错愕。按照这个温暖的剧名《春天的故事》的提示,估计大部分观者都是揣着观看传统舞剧的心态走进剧场的,毕竟,这二位主创者为天津歌舞剧院打造的另一部舞剧《泥人的事》就曾在舞剧的"叙事"上获得过非常好的观赏效果,让观众们看得心满意足,因此沿着这样的思路来看舞剧《春天的故事》的观者大有人在。然而,这部作品却完全没有按照以往舞剧的叙事路线行进,而是选择了虚实结合的舞剧叙事,对要表达的内核展开了别具匠心的艺术演绎。

《春天的故事》着眼于改革开放背景下的巨变,在创作理念和手法上都融入了创新部分,将改革开放过程中的关键节点编排成历史舞剧,舞剧包括"惊蛰""都市""春天""母亲"四个部分,按照时间顺序呈现改革开放的历史过程。整部舞剧逻辑严密,融入了"安徽凤阳小岗村""深圳""经济特区"等热点事件,讴歌改革开放四十年。第一幕讲述的是安徽小岗村的包产到户,着眼于改革开放之初在农村问题上迈出的第一步;第二幕进入城市,表现深圳工业化建设的极快速度;第三幕又转入科学领域,表现"科学的春天"为中国大地带来的生机;第四幕是讴歌党、讴歌祖国、讴歌母亲、讴歌旗帜,用一个"母亲"的形象寄托了创作者们的激情。按说,这样一个"分散"的剧情,在结构上的安排是非常困难的,因为听上去这已经像是一个"舞蹈诗"的结构了。然而,创作者安排了一个从一而终的"母亲"形象,让她伴随着改革开放 40 年的时间成长。

舞 台 剧

《五四星火》

【大屏:觉悟社旧址】

【周恩来、马骏、邓颖超和刘清扬、郭隆真等同学,围在桌边,桌上烛火闪烁,旁边摆着一个瓦罐】

(烛光下)

周恩来:(主持会议,站在中央)同学们,就像咱们觉悟社社刊的创刊词里说的一样,我们应该号召广大爱国青年,本着革新的精神,求取大家的自觉,唤醒民众的觉悟,实现对中国社会的根本改造!(握拳动作,有力量)

邓颖超:(带头鼓掌)说得好! 说得太好了!

　　(同学们纷纷鼓掌)

马　骏:(也站起身,示意大家安静)同学们,现在天津警厅正在搜集所有
　　　　学生组织的情况。所以今后,我们觉悟社成员对外联络的时候,
　　　　一律用我们随机编号的谐音。

　　(众人窃窃私语)

A:这个办法好。

B:万一出现危险不会将真实身份暴露。

C:就算他们抓住我们,也查不到我们的真实身份。

D:那我们怎么选编号?

马　骏:(举起瓦罐)大家看,这个罐子里有二十个纸条,各位抽到的代
　　　　号,就是以后通信代号和笔名。

周恩来:如果大家没有异议的话,咱们现在开始抓阄。

众人:好!

　　【学生们开始抓阄】

　　(有一同学摊开纸张和笔做记录)

郭隆真:(站起来,展开纸条,上面写着"13")我郭隆真,抽到 13 号,那我
　　　　的代号就是——"石珊"。

　　【同学们鼓掌】

邓颖超:(站起来,展开纸条,上面写着"1")大家都知道,我原名邓文淑,
　　　　后来啊,我自己改名为'颖超',就是寓意着开始新的革命人生。
　　　　今天,我抽到的是一号,我又有了代号,就叫——逸豪。

　　【同学们鼓掌】

刘清扬:(站起来,展开纸条,上面写着"25")刘清扬,二十五号,那我就
　　　　叫——念吾吧。

　　【同学们鼓掌】

马　骏:(站起来,展开纸条,上面写着"29")马骏,二十九号,代号念九。

　　【同学们鼓掌】

周恩来：(展开纸条,上面写着"5")我是五号,那我以后就叫伍豪了。

【同学们鼓掌】

【剪影】

【舞台在旁白中缓缓收光】

【旁白】

从此,"伍豪"这个代号,伴随着周恩来走上革命征途。

觉悟社,20名初始社员,男女各半,是为男女平等、社交公开的先行。周恩来、马骏、邓颖超、刘清扬、郭隆真,都在其中。

觉悟社成立后的第5天,李大钊应周恩来之邀,来到天津演讲。这是觉悟社社员第一次系统接触马克思主义。从此,海河之滨燃起了一把驱散黑暗的火炬。

1919年9月,于方舟与安幸生、韩麟符、陈镜湖等人发起成立了新生社。

无数青年在天津觉悟、猛醒,奔赴新生,汇入红色激流。

【定点光起】

【大屏——学生游行街景】

【学生处起逆光】

【学生甲组上】

【大屏——街景】

张太雷：(上前一步)同学们,同胞们,列强在巴黎出卖了我们,他们出卖了中国,出卖了四万万中国人民,出卖了公理和正义,我们能同意吗?

【甲组跑出】

学生甲组：不能!

张太雷：我们当然不能! 可是北洋政府竟然能同意如此赤裸裸的羞辱。他们是列强的帮凶,是倭寇的走狗,帮着日本人要来当我们的家,做我们的主,我们能同意吗?

【学生乙组上】

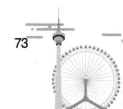

学生乙组:不能! 不能!

张太雷:我们当然不能! 国家有难,匹夫有责! 我,把名字改成张太雷,就
　　　是决心"化作震碎旧世界的惊雷",震醒痴顽! 我们中国人不能
　　　被人欺骗,不能被人愚弄,不能被人羞辱! 所以,无论是谁,要是
　　　敢亡我国家,灭我种族,我们就跟他们血战到底!

　　【学生丙组上】

学生丙组:血战到底! 血战到底!

张太雷:同胞们! 不要再沉睡了,都醒来吧! 让我们喊出心中的声音,喊
　　　醒身边的同胞,喊出中国美好未来的先声! 还~我~主~权!!

　　【学生处变光】

学生(合):还我主权!

张太雷:(情绪愈加高涨)严惩国贼!

学生(呼应):严惩国贼!

张太雷:保卫祖国!

学生(合):保卫祖国!

张太雷:爱我中华!

学生(合):爱我中华!

　　【尖锐哨声起】

　　【众人紧张往向侧方】

　　【舞台收光】

　　【"咚"铁门关闭声】

　　【监狱背景、一铁栅栏(光柱)】

　　【黑背景,有烟雾感】

　　【周恩来、马骏、于方舟、郭隆真也在坐牢】

　　【旁白】

　　爱国群众运动浪潮汹涌向前,觉悟社一直是反帝救亡的砥柱
中流。

　　1919年11月,天津一千多人游行演讲,声讨日本军国主义的暴

行,数万人两次举行国民大会,焚烧日货,高呼救亡。1920年1月,周恩来带领天津各校五六千学生奔赴直隶省公署请愿,结果遭到残暴镇压。周恩来、于方舟、马骏、郭隆真等二十多名请愿代表被捕,被羁押半年之久。

周恩来:(被围在同学们当中,拿着几张纸)同学们,铁窗和高墙,遮蔽不了真理的光芒。(扬了扬手中的纸)现在,我们更认识到了反动政府的狰狞面目。我们要高举马克思主义的真理之光,改良社会,欲救神州!

（同学们拿着纷纷记录,并频频点头）

于方舟:(年龄小于周恩来,先是鼓掌,激动地站起来)虽然进了监狱,但是我们心里一点也不慌。(朗诵诗)千古做完人,震撼三津。爱国不怕进狱门。(激动地)我愿做"渡人之舟",把咱们中国人民从水深火热中拯救出来。

马　骏:对,把咱们中国人民从水深火热中拯救出来。

周恩来:好! 那我们就继续绝食,绝不低头!

马　骏、于方舟:绝不低头!

【狱警端着饭慌张出】

狱　警:哎呦,行了行了,你们安静点吧,让上面听见了非得给你们点颜色瞧瞧。也不看看这是哪? 还这么大声嚷嚷。都进了这了,犯没犯法还不是上面的意思。

马　骏:光天化日,朗朗乾坤。若想给我们安上莫须有的罪名,必将受万民唾弃!

狱　警:这……哎……你们,我说不过你们,这是今天的饭。你们几个学生娃就将就着吃点吧……

周恩来:请你拿走! 如果市公署不听取我们的意见,我们绝不进食。

马　骏、于方舟:绝不进食!

狱　警:哎呀,不是我说你们,你们好好的年纪,白上了这几年学,何必非要搞什么运动……要我说,你们认个错,说几句好听的,上面兴许就给你们放了……

于方舟：做梦！

周恩来：我们学生做事纯本天良，公署请愿，何错之有！

于方舟：我们反对日本帝国主义侵略，何错之有！

马　骏：我们热爱自己的国家，为国民发声，何错之有！

周恩来：我们二十四名爱国学生被你们非法逮捕，我们要求法庭正式审判，而不是被你们长期关押。不同意我们的要求，就绝食到底！

狱　警：哎呦，小祖宗哎，现在全国抓你们都抓不过来，还想释放？！你们就消停消停，在这儿好好待上一阵，别闹腾了行吗？

【狱警将饭递给三人】

【三人相视后将碗掷于地】

狱　警：你们！咳，都是那个什么马什么主义害的！

【狱警下】

【三人学习剪影，三人研讨，周恩来奋笔疾书】

【旁白】

即使身陷囹圄，周恩来仍旧浩气凛然，坚持追求真理。

他组织读书团、演讲会，与狱友一起研讨马克思主义学说。大家被他深深地鼓舞与感召，斗志高昂。

周恩来还将自己与同伴在狱中的实况详细记录，写成3.5万字的《警厅拘留记》，成为五四运动中的名篇。

后来，周恩来在谈到自己的共产主义信仰时说："思想是颤动于狱中""一种革命意识的萌芽""是从这个时候开始的"。

【邓颖超、刘清扬等众学生出】

众　人：释放！释放！释放！释放！……

狱警B：干什么？！你们这是干什么？！

邓颖超：现在，天津社会各界都在鼎力营救那些爱国学生。我们一样也是学生，我们也要尽一份力！我们要替换关在里面的二十四个学生！

狱警 B:胡闹,滚滚滚……没听说还有自己往大牢里钻的! 快走! 再不走
　　给你们统统抓起来!

刘清扬:我们要替换关在里面的学生!

狱警 B:嘿呦……

【狱警 B 作势要掏出警棍,狱警 A 匆匆跑出拦住狱警 B】

狱警 A:哎呀,干嘛呀,干嘛呀,有话好好说,别动手……(转向学生)你们
　　干嘛来啦?

刘清扬:我们要进去,自愿坐牢,把里面的同学换出来!

邓颖超:你们抓人无罪名,抓人不审讯,让我们如何相信!

狱警 B:别跟他们啰嗦,统统赶走! (拔出警棍欲驱赶,狱警 A 拦)

刘清扬:同学们,咱们冲进去,把里面的同学救出来!

【狱警与众学生推搡】

【狱中起光】

周恩来:听,好像是颖超?

马　骏:还有刘清扬她们。

于方舟:她们怎么来了?

周恩来:他们是来救我们的。

于方舟:她们不怕么?

【枪声】

【众学生处暗场,手枪特写】

周恩来:怕,也不怕。

【次第定点】

邓颖超:我们怕,但怕的不是枪口,是怕斗争得不到胜利。

　　　　我们不怕,不怕流血,怕的是流出的血,不能使革命的花儿盛放。

　　　　我们今天的努力,就是为了明天的光明,是为了让千千万万的中
　　　　国老百姓从此过上幸福富裕的生活。

刘清扬:我们所做的一切,都是为了让中国老百姓不再受欺负,人人都能
　　　　当家做主!

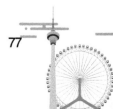

郭隆真:爱国不分男女,救国不能后人。我们宁可牺牲,绝不屈节!

马 骏:今日之中国,老百姓在呻吟,年轻人在流血,国土在沦丧,山河在破败,如若我们还不奋起救国救民,愧对列祖列宗,愧对子孙后代!

张太雷:中国之崛起,中国之觉醒,靠的就是我们年轻人的觉悟!

于方舟:只盼革命胜利之时,我们的国家必将会迎来一番光明天地!

周恩来:中国革命的道路必定是漫长和复杂的,我随时做好了舍身取义的准备!

(依次缓缓举起右手,宣誓状)

【7人缓缓走向台中聚集】

邓颖超:为了民众不再受苦!

于方舟:为了中国民富国强!

马骏、郭隆真:为了民族再造复兴!

张太雷、刘清扬:为了明天的希望!

周恩来:我愿意,

6人(合):我愿意!

众人(合):奋斗终生!

【众人定点】

【音乐】

【旁白】

　　觉醒年代,无数青年暗夜寻路,以身许国,甘将热血沃中华。

　　他们,用生命之火熔铸信仰永恒,融牺牲壮烈于明亮希望之中,英勇无畏地化作风雷,激荡出一个崭新的中国。

【场灯亮】

【天津少年宫合唱团《没有共产党就没有新中国》】

第三节　博物展览提升文化品味

奋斗的历程辉煌的成就

——中国共产党天津地方组织 90 年发展历程纪念展

展览中囊括展 600 多幅珍贵的历史照片,照片叙述了天津党组织从创建到领导革命斗争,从探索社会主义到开创改革开放和社会主义现代化新局面的漫长过程。该展览以天津自己的视角回望中国共产党的奋斗过程,同时也呈现了天津地方组织九十多年来取得的伟大成就,再现了天津党组织辉煌的 90 年、充满希望的 90 年。

在开启全面建设社会主义现代化国家新征程之际,回顾党领导天津人民走过的波澜壮阔的奋斗历程,从党的历史中汲取前行的智慧和力量,继承党的光荣传统和优良作风,激励和引导广大党员干部群众铭记历史、不忘初心、牢记使命,为中华民族伟大复兴而奋斗。

创新、自律、爱国

——李叔同的人格精神展

"自律、创新、爱国——李叔同的人格精神展"于天津博物馆开展。展览以"自律创新、爱国爱乡"为主线,以"身体力行"为信念,来解读李叔同一生所取得的令人瞩目的开创性成果。

展览共分四单元:

第一单元:世居天津。以经营盐业致富,同时热衷地方公益事业的李氏家族,为李叔同创造了衣食无忧、和善仁慈的成长环境。其广施善行、扶贫济困的义举,勤俭朴素、谦逊重礼的家风,促进了李叔同人生品格的形成。

第二单元:修身自律。弘一大师李叔同十分注重自身人格的培养,一贯尊奉中华先贤古训——"先器识而后文艺"。展现了他在归国任教以及出家之后所表现出的守时、认真、诚信的处世之道。

第三单元:锐意创新。随着新思潮的涌入,在各项事业中,他以创新的精神在近代中国文化艺术多个领域中所取得的开创性成就。

第四单元:矢志爱国。李叔同成长虽然处在中国的多事之秋,但他终生满怀爱国之志,相继走上艺术救国、知识救国、教育救国的道路,并以不懈努力,唤醒更多人们的爱国热忱。李叔同才华横溢,品德高尚,成绩斐然,是中国历史上的杰出人物。该展览介绍了李叔同的人生经历,梳理了不同时期李叔同的言行和处事风格,展现了李叔同的爱国情怀和爱乡情切,突出他为中国文化所作出的贡献,挖掘名人背后的精神,感受李叔同的人格魅力,学习他简朴生活、重礼重情的可贵品格。

燕赵大地
——京津冀民间收藏文化展

"燕赵大地——京津冀民间收藏文化展"举办地点在天津博物馆,主办方是天津市文物博物馆学会,承办方则包括天津博物馆、天津文博学会民间收藏专业委员会,北京、河北、天津收藏家协会三方共同协办此次展会。本次展览以民间收藏品为主,另外还有相应的历史照片,围绕与人们息息相关的衣、食、住、行、乐五大板块予以展示,冀希对清末民初三地的传统文化与民生百态,悠然回望……

本次展览分五大板块,"衣冠服饰"板块展出了北方汉族百姓服饰以及由满族服饰传承而来的旗袍,反映了芸芸众生的旧时模样。"饮食风味"板块以民间风味为主线,汇聚京、津、冀三地的美食精华,它得益于民,惠施于民,传承于民,成为不同阶层回味悠长的愉悦享受。"居住器用"板块通过展示三地的居室陈设、生活器用,呈现出居者的文化追求与享受。"行旅舟车"板块是京津冀三地区域发展的重要因素之一,特别是自古以来大运河的开凿与运营以及京张铁路的修建,都是中国交通史上的重要篇章。"娱乐休闲"部分则是全方位地介绍京津冀三区各式各样的娱乐生活。

金玉满堂
——京津冀古代生活展"艺术篇"

由首都博物馆、天津博物馆和河北博物院联合推出的"金玉满堂——京津冀古代生活展",共展出600余件文物,涵盖书画、陶瓷、玉器、织绣等文物种类,集合了三个博物馆的文物优势和特色。展览采用"同一主题、三个篇章、一册图录"的形式,主题分别为"居家""艺术""礼仪",分别在北京、天津、河北同时展出。通过这些精美的文物,讲述京畿大地的古代生活,解读三地人民的历史智慧,激励我们坚定文化自信,践行社会主义核心价值观,推动中国梦的实现。

在天津博物馆展出的"金玉满堂——京津冀古代生活展'艺术篇'"共展出190多件(套)珍贵文物,其中包含90多件一二级品,文物展品的时间远至新石器时代,近至清代。

"艺术篇"包含三个部分,分别是"理想意境""工匠精神"以及"巧夺天工"。艺术品不仅外观精美,工艺精良,最重要的是其蕴含了创造者的生活经验以及认知态度,反映了创造者的理想以及对美好生活的期待。"理想意境"单元通过诗书画印相结合的文人画体现出的古人对意境的追求,体现着古人美观与实用相结合、写意与写实相结合的理念。由实用品到艺术品体现了古人来源生活、提升生活、美化生活的追求。"工匠精神"单元从铜器铸造工艺、金银制作工艺、雕刻工艺、瓷器烧制工艺、髹漆工艺等方面进行展示,揭示出工匠精神是创造中国古代辉煌技术文明的思想源泉,它陶铸的敬业奉献、精益求精的精神成为各行业崇高的职业道德标准。"巧夺天工"单元从金银铜器、玉器、瓷器、绘画、特种手工艺品等门类对古代艺术精品进行展示,这些艺术品是古人智慧的结晶,是中华优秀传统文化的载体、传播者。"艺术篇"中汇集了天津博物馆、首都博物馆、河北博物馆珍藏的汉代、宋代、明代、清代等精品文物。从最初的基本生存,到文明的发展、艺术的诞生,古人在生活中不断探索,不断从生活中发现美、提炼美、创造美。整个"艺术篇"借由各种具有实用功能的生活器具,以及抒发内心情感的书画作品,展现出京津冀古代人民对美好的生活的追求与向往,展现出中华民族优秀的传统文化对艺术的深远影响。

丹心慧眼护国门
——天津文物进出境管理成果展

该展览由"鼎新革故——新中国文物进出境管理制度的创立与探索""津门卫士——天津文物进出境管理""与时俱进——新时代天津文物进出境管理"三部分组成,梳理了天津文物进出境管理工作六十余年来伴随着我国文物保护工作历程。该展览展出的内容包括各个时期文物入境或出境工作的审核文件、照片、重要文物等,通过这些留存的文件物品,展现天津文物以及海关部门严密的工作机制和工作流程,突出其对文化遗产保护作出的卓越贡献。特别是党的十八大以来,文物工作者和海关工作者牢记习近平总书记关于文物工作的重要指示精神,认真履行职责,坚守在防止文物流失的国门关口,用实际行动践行着"国门卫士"的光荣。

文物的留存见证了灿烂文明的发展,是滋养精神的雨露,是加强民族一体感和向心力的重要途径。文物最特殊的地方在于不可再生性,这也注定了要注重对文物的保护。面对先辈留给我们的宝贵的文化遗产,我们必须要做好文物进出境管理工作,禁止和防止文物非法进出口,这不仅关系到国家文化遗产保护工作,更关系到国家文化安全和主权。加强文物进出境管理,遏制文化遗产非法交易,已成为全社会的共识。

守望文明百年荣光

——天津博物馆 1918—2018

2018 年是天津博物馆成立 100 周年,回望百年,我们的文博先辈以博物馆为平台,抱定为国为民的理想,开辟了"阐明文化、发扬国光"的新局面,为博物馆奠定下雄厚的基础。值此百年华诞,开展主题展览,回顾往昔峥嵘岁月。展览分为三个部分,分别是"与世相接""砥砺前行""汲骎日新"。通过珍藏的文史资料详细展现不同时期具有代表性的人物、事件等,向博物馆人表达崇高的敬意。展览以纪念百年前,严智怡(严修之子)及其一批仁人志士,为阐明文化,发扬国光而创办中国首家"公办民助"性质的博物馆——天津博物馆。天津博物馆的建设表明了近代中国是在实践中探索,在探索中践行,不断开启民智,陶冶人民情操。

交融肇兴

——辽金时期的天津

中国古代辽(契丹族)金(女真族)两个少数民族政权与宋并立,独特的历史背景造就了天津游牧文化与农耕文化融合的历史面貌。女真族设立金中都(现北京)是天津成为首都门户的标志。得益于得天独厚的地理条件和地理位置,天津的漕运业以及盐业以极快的速度崛起。

展览共分两大部分。第一部分"南北对峙"表现了辽代天津的主要特点,以海河为界,北宋与辽南北对峙,但民间在生产生活与经济文化上一直都在交流融合,在以蓟州为代表的天津北部地区,目前尚有大量佛教遗存。

第二部分"天津发轫"讲述了金统治时期,都城移至今北京,天津开始成为首都门户,军事和政治地位提升。金代因盐业发展的需要,在天津武清县北设置宝坻县。随后,天津设立直沽寨,为保障首都物资的运输通畅,金章宗开挖由三岔河口至通州的运河——天津河。金代成为天津城市聚落发轫的起点。

辽金时期文化遗存展现了天津包容万象的特色,该展览的意义在于全方位呈现天津地区的历史文化以及包含在内的文化交融。

中国民间艺术的瑰宝
——天津博物馆藏杨柳青年画展

杨柳青年画是中国传统民间木版水印年画,出产于天津杨柳青镇及其周边村庄,创始于明代末年,清代中晚期达到鼎盛。其特色是将木版套印与彩绘相结合,画风受文人画的影响,或明艳浓烈,或清雅隽永,描画细致。杨柳青年画不但品种多样,题材也非常广泛,艺术成就非凡。展览分为"传统题材年画""古典小说题材年画""戏曲故事题材年画""现实生活题材年画"四个部分,通过84件文物集中展示了年画这种民间艺术的魅力。

柳青年画题材多样,大致分为历史故事、文学典故、民间传说、戏曲故事、风俗时事、格言劝诫、仕女娃娃、花鸟鱼虫、风景名胜、农家生活等;同时还能够与时俱进,不断涌现歌颂新生事物的内容。在艺术表现上,它吸取了中国古代绘画的传统表现方法,受宋、元院体画和明代人物画的影响较深,造型、服饰、色彩都明显体现出宋、元、明绘画特点的痕迹。杨柳青年画的构图,注重装饰性和形式美,画面对称、均匀,虚实统一。2006年杨柳青年画被列入第一批国家级非物质文化遗产名录。

红色记忆
——天津革命文物展

为庆祝中国共产党建党一百周年,按照市委宣传部部署安排,天津博物馆近期策划推出"红色记忆——天津革命文物展"。该展览由市委宣传部和市文化和旅游局主办,中共天津市委党校、天津市档案馆协办,天津博物馆承办。展览地点为天津博物馆四楼,展厅面积为 2200 平米,展览中文物、文献、实物近 1200 件,照片、图表等共 400 余幅,多媒体显示屏、彩色投影、音响设备 12 个,场景复原景观 2 个。展览分为四个部分。

序　风雨如晦盼日出

第二次鸦片战争后,天津逐渐沦为半殖民地半封建城市,天津民众遭受着深重的苦难与屈辱,青年学子和有识之士开始了救亡图存的探索。1917 年,十月革命一声枪响,给中国送来了马克思主义;1919 年,五四运动为中华民族实现伟大复兴提供了动力和信心。

第一部分　开天辟地

从中共天津地方执行委员会的成立到白色恐怖中的不屈斗争,从给予日寇的沉重打击到同国民党反动派进行的英勇抗争,天津人民和全国人民一起赢得了中国革命的伟大胜利。重点展品有 1920 年周恩来在《新约全书》上给入狱代表孟震侯的题字、吉鸿昌就义前写的遗嘱、群众出版社印行的抗日军政大学讲义之一——《唯物论辩证法》、1949 年毛泽东主席在开国大典时穿过的绿呢制服等。

第二部分　奠基立业

中华人民共和国成立后,中国共产党带领天津人民建立、巩固新生政权,向社会主义过渡并很快确立了社会主义基本制度。共产党的正确领导与天津人民的建设热情相碰撞,使得社会面貌发生了翻天覆地的变化。重点展品包括 1952 年中国人民志愿军一级战斗英雄杨连弟在抗美援朝战场使用的军用工具挎包、1955 年天津试制成功的第一只国产手表、1958 年朱德视察海河闸综合水利枢纽工程的题字、1963 年周恩来题《根治海河为民造福》手迹等。

第三部分　富国裕民

天津全面贯彻党的十一届三中全会精神,在市委、市政府的领导下,天津在改革开放的新时期发展得又快又好。重点展品有邓小平亲笔题词"开发区大有希望"、2000 年 9 月 28 日跳水运动员桑雪在第 27 届奥运会女子双人 10 米跳台跳水比赛中夺得天津奥运史上第一枚金牌等。

第四部分　复兴伟业

党的十八大以来,在以习近平同志为核心的党中央的坚强领导下,天津市各级党组织和广大党员干部群众坚持以习近平新时代中国特色社会主义思想为指导,全面贯彻落实习近平总书记对天津工作提出的"三个着力"重要要求和系列重要指示批示精神,立足新发展阶段,贯彻新发展理念,构建新发展格局,适应把握经济发展新常态,以五大发展理念为引领,坚持以人民为中心的发展思想不动摇,推进"五位一体"总体布局和"四个全面"战略布局在天津扎实实施。重点展品有 2019 年 1 月 17 日习近平总书记视察朝阳里社区时接见的老战士杜志荣身着的军服、张伯礼院士"人民英雄"荣誉称号奖章等。

展览中陈列了大量的文物、史料、文献、视频等资料,以全面、动态的方式呈现红色记忆。漫长的历史岁月中,从革命年代到解放天津,再到改革开放,进入新时代,海河儿女在中国共产党的领导下,历尽千辛万苦,走过千山万水,创造了无愧于时代和人民的傲人成绩。在开启全面建设社会主义现代化国家新征程、向着第二个百年目标迈进之际,让我们铭记历史、不忘初心、牢记使命,更加紧密团结在以习近平同志为核心的党中央周围,增强"四个意识"、坚定"四个自信"、做到"两个维护",万众一心、开拓进取、顽强拼搏,为全面建设社会主义现代化大都市、再创天津新辉煌而奋斗。

中华百年看天津

　　"中华百年看天津"展示的是鸦片战争后的百年时间里天津这座城市身上的历史痕迹以及天津经历的风风雨雨,展现天津人民反抗侵略,争取民族独立的气魄。

　　"中华百年看天津"涉及抵御列强侵略、经济发展、文化融合、政治变革、新民主主义革命等内容,呈现天津工商业发展曲折之路以及与中西方文化碰撞的过程。

国家荣誉
——中国女排精神展

展期:2020 年 10 月 1 日—12 月 31 日
展厅:天津美术馆三楼 3、4 号展厅
主办:天津市委宣传部、天津市体育局、天津体育学院
承办:中国排球学院、天津市排球运动管理中心、天津美术馆

　　2020 年 9 月 22 日,习近平总书记在教育文化卫生体育领域专家代表座谈会上指出,体育是提高人民健康水平的重要途径,是满足人民群众对美好生活向往、促进人的全面发展的重要手段,是促进经济社会发展的重要动力,是展示国家文化软实力的重要平台。"国家荣誉——中国女排精神展"是对习近平总书记讲话精神的生动诠释和积极践行!

　　2019 年新中国 70 华诞前夕,习近平总书记会见获得第十三届女排世界杯冠军的中国女排运动员、教练员代表时指出,广大人民群众对中国女排的喜爱,不仅是因为她们夺得了冠军,更重要的是她们在赛场上展现了祖国至上、团结协作、顽强拼搏、永不言败的精神面貌。女排精神代表着一个时代的精神,喊出了为中华崛起而拼搏的时代最强音。为了弘扬女排精神,发展体育事业,天津市委宣传部、天津市体育局、天津体育学院

特举办"国家荣誉——中国女排精神展"。

本展览共五个部分,囊括了大量的实物、照片等,以不同角度和层次展现女排几十年的拼搏历史和辉煌成就。展览还展示了天津女排的奋斗历程,体现了天津女排在传承和发扬中国女排精神中发挥的重要作用。

第一部分"祖国至上"。本部分共分为"铭记初心为国争光""牢记嘱托赤心报国""不负韶华勇攀高峰"三个单元。主要体现了在党和国家领导人的关怀下,中国女排从1981年至今坚守拼搏为国的梦想,永葆昂扬向上的斗志,为祖国争光,为民族争气。中国女排十次获得世界冠军,这是中国女排的历史巅峰时刻,是对女排精神的完美演绎。

第二部分"团结协作"。本部分共分为"使命在肩奋斗有我""勠力同心众志成城""并肩携手同舟共济"三个单元。团结一心、同舟共济,是女排精神的永不改变的信念。

第三部分"顽强拼搏"。本部分共分为"艰苦创业砥砺前行""拼搏进取百折不挠""薪火相传接续奋斗"三个单元。此部分主要讲述了中国女排发扬"竹棚精神",靠着百折不挠、英勇顽强的拼搏精神,在极其艰难的情形下创造了一个个奇迹。历年女排运动员们顽强拼搏的精神,激励着一代又一代年轻的女排姑娘们,不断去挑战自我、战胜自我,超越自我、为奋斗精神赋予了新的时代色彩。

第四部分"永不言败"。此部分包含了三个单元。中国女排有过辉煌,有过低谷,但不变的是永不言败的精神。2019年中国女排在第十三届女排世界杯中敢打敢拼,以十一连胜卫冕世界杯冠军,为祖国和人民赢得了新的荣誉。中国女排树立了自强不息的榜样,全国人民学习女排精神,展现中国力量,为实现中国梦而努力奋斗。

第五部分"海河回响"。本部分共分为"栉风沐雨玉汝于成""锐意进取百炼成钢""植根沃土继往开来"三个单元。主要讲述了自1956年建队以来,天津女排刻苦训练、努力攀登、披荆斩棘、接续奋斗,向着冠军的目标不断冲击,一次次创造奇迹的故事。天津女排成绩的取得离不开领导的关怀、球迷的关心和社会各界的支持。天津女排牢记人民的嘱托,不负亲人的期望,用特有的方式诠释着天津的城市精神。展览还在展区专门铺设了一块真实的排球场地,战术板、照片联动装置、光影书台、雾幕装置等一系列高科技手段为展览增添新魅力。此外,展览还设置了问答环节,通过互动、讲解和竞猜,让观众现场亲身体验排球运动,深入了解排球比赛规则和发展历史,寓教于乐。

"寻物""寻技""寻知"
——天津市第六届民间艺术展

民间艺术凝聚了民间艺人的智慧和辛劳,寻找民间艺术作品就是在寻找艺术创作的技能和知识,"寻"是为了"展",展现民间艺术的魅力。会场布置并非只是单一的展示,而是对环境布置做了调整,让参加展览的观众一边游览一边观赏,全方位、多角度地感受民间艺术和传统文化。

展览向社会征集各类作品,共征集和邀请到各类作品计 600 余套,共 1000 余件作品,包含了剪纸、葫芦、风筝、面塑、泥塑、糖塑、彩塑、石雕、玉雕、掐丝工艺、纤维艺术、工艺画等艺术门类。经过天津市文学艺术界联合会、天津市民间文艺家协会专家组的精心挑选和认真评审,最终共 200 件(套)作品在众多参评作品中脱颖而出。

展览突破了传统民间艺术展览形式,体现游览式的布置风格,增强了环境与艺术品的融合,同时深挖工艺内容与人物内涵,通过大量的实地走访和资料采集,把艺术品从创作构思到选料制作,从工艺创新到艺术内涵,从技艺传承到心路历程,构建出立体化的艺术感受。众多能工巧匠的手艺传承和各地方民间艺术的汇集,使得天津的民间艺术在全国处于一个重要和独特的位置,天津不但是各类型民间艺术集大成的地区,也是一个不断融合、创新、发展的地区。天津文化的包容性、实用性和特殊性,让天津民间艺术展现出璀璨的光芒。

"我和我的祖国"

——天津市民间艺术主题创作精品巡展开幕

为庆祝中华人民共和国成立 70 周年,天津师范大学雅艺楼展览馆举办"我和我的祖国——天津市民间艺术主题创作精品巡展"。

展览是天津文艺界"我和我的祖国——庆祝中华人民共和国成立 70 周年系列活动"的一项重要内容,也是天津市民间文艺家协会深入开展"深入生活扎根人民"主题实践活动的一次集中展示。展览涵盖了彩塑、面塑、木艺、手绘、织绘、布雕、石雕等三十余个门类的作品四十余件。其中,既有王玓、常诚、陈文军等民间艺术大师的特约之作,也有天津市中青年艺术新锐的新创作品,展览充分展示了天津市民间艺术的实力和水平。展览聚焦"庆祝中华人民共和国成立 70 周年"这一主题,注重主题性和艺术性统一,以不同的艺术形式讴歌中华人民共和国成立 70 年来所取得的辉煌成就,讴歌人民顽强拼搏的进取精神,展现人民对美好生活的向往,寓意美好。

第三章

津门记忆　原创节选

记录城市的变迁也是回望历史的一种独特方式。纪录片以写意的方式呈现城市的发展过程,因此具有极高的审美价值。城市的变迁里存储着太多人的记忆和经验,纪录片的形式唤醒的既是共同情感,也是个人体验。

纪录片的叙事技巧能够使内容以更巧妙的方式呈现,叙事结构则凝聚着思想和逻辑,因此,纪录片也是现实题材作品中一颗璀璨的明珠。本章节选择近年来有影响力的天津纪录片脚本,以期多角度、多主题展示天津现实题材的创作成果。

第一节　新丝路之作

《赶大营》

六集电视纪录片《赶大营》是一部还原真实历史事件的鸿篇巨制。纪录片通过中外学者的研究视野和当年"赶大营"的后裔亲身经历,讲述了清代天津杨柳青商人群体白手起家、艰苦创业的励志故事,整部纪录片展示的传奇情节,勾画的悬念爆点,摄人心魄,引人入胜。影片通过视觉元素的摄影语言、故事元素的戏剧性表现、听觉元素的音乐诠释、后期制作的编辑技艺、空间符号的象征意蕴、时间元素的穿越与活化、数字"动漫"的穿插再现、以及无人机航拍语言的大场面调度,表现了娴熟的技术和新颖的影视技巧。

作为近代中国的重大历史事件,"赶大营"也是天津市的重大历史事件,纪录片彰显出重大的历史价值和学术价值,在当代中国"一带一路"国际合作倡议下具有特别突出的现实意义。

《赶大营》分集梗概

第一集:《万里戎机》

清末,大清帝国边疆危机叠生,尤以东南海疆和西北边塞为甚。在"海塞防之争"中,陕甘总督左宗棠力排众议,提出"东则海防,西则塞防,二者并重"。

最终,左宗棠的主张获得了慈禧太后的认同。光绪元年(1875),左宗棠被慈禧太后任命为钦差大臣前往新疆部署西征阿古柏,督办一系列军务大事。

新疆人烟稀少,气候恶劣,路途遥远,西征军前线总指挥刘锦棠向左宗棠提出招募商贩,随军出行,出关经商,以提供军用所需。这条新颖的谋生之路吸引了数百名杨柳青人。他们带上生活所需品、药品、工具等,跟随西征军向着新疆进发,这就是著名的"赶大营"。

"赶大营"浪潮中去新疆谋生的杨柳青人有上万多人,现如今在新疆的"赶大营"后代已有六十多万人。在疆津商诚信经营,不屈不挠,缔造属于天津人的商业传奇,也传达着属于天津人民的家国情怀。"赶大营"的领军人物安文忠也从一无所有的落魄船工,成了堆金叠玉的富商巨贾。

本集以日本学者中生胜美、赶大营安文忠后代安向阳、天津非物质文化遗产传承人兼第六代泥人张张宇为主线,层层推进,同时,辅以国际著名史学家、汉学家的宏观讲述。第六代泥人张"赶大营"的大历史背景和安文忠跌宕起伏的财富故事,依托于一个个真实的、鲜活的人物故事,在观众面前徐徐呈现。

第二集:《西出阳关》

一百四十多年前,天津的杨柳青商人远赴八千多里外的戈壁滩,在新疆开荒,创造财富,创造奇迹。他们在大漠孤烟的边疆,在饥餐渴饮的驼道跋涉,用自己的智慧,架起了一座天津与新疆之间的财富桥梁。

这一路上艰辛几何? 苦难几许?

瑞典斯德歌尔摩大学亚洲、中东与土耳其研究系的教授 Jan 与斯文·赫定基金会会长 Hakan,在梳理瑞典探险家斯文·赫定的探险日记时,有了新发现。

尔冬强作为独立摄影师,扛起他的相机,走上了长达十五年的个人"新丝路"。这十五年基本上都是尔东强一个人奔波在这条丝绸之路上,他对丝绸之路的热爱和好奇支持着他数十年的旅途,这份热爱,源自先辈的勇气和坚持。

天津著名画家已经 82 岁高龄,为了用笔触生动地展示"赶大营"故事,数次西出阳关,踏上写生之路。从 2009 年到 2016 年,他已经走了三万多公里。这是他第五次到西北地区进行采风。

两位瑞典学者的新发现,一个游子身上所烙印的"远方基因",一位耄耋之年的天津画家再次上路。他们的故事共同交织,为观众呈现西出阳关的艰辛,也充分展现了天津人走向远方的信念和勇气。

第三集:《商业传奇》

83 岁的王自立,77 岁的石丽莹都是"赶大营"津商的后裔。两位耄耋之年的老人在揭开家族历史的同时,也为我们展现了一段辉煌传奇的商业传奇。这段传奇中,商业故事激荡着时代风云。

左宗棠在西定新疆之后主张实施利民政策,大力发展农业、畜牧业,安抚流民。随军进入新疆各地的天津小商人逐渐扩大了商业规模,发展成了坐商。随后的 30 年间,"赶大营"进入全盛期。每年都有数以百计的杨柳青人进疆。

作为近代经济中心,通江达海的天津,也是当时全国出口商品的主渠道。依托这一优势,再加上经营智慧,天津商人在新疆开拓属于自己的天

地:发开设工厂、发放银票、收购畜牧产品等,天津商人创立的商业圈很快成为主流。天津商人在新疆开设了三千多家规模不等的商铺,涉及各行各业,体系完善,从业人员有三万人之多。而这些津商店铺大多集中在喀什噶尔、伊犁、塔城等地,"数百万资本者比比皆是(1940 年茅盾《见闻杂记》)"。

一段段商业传奇的背后,是当时新疆以天津为桥梁同世界市场联系起来,天津把工业文明的成果与西域分享,为西域带来财富和发展。

第四集:《百艺进疆》

"赶大营"的浪潮持续了长达半个世纪。在这半个世纪的时期里,数以万计杨柳青人从天津去往新疆。他们与新疆共同发展,同呼吸共命运。

杨柳青人不远万里,前往新疆经商,思乡之情在欢聚佳节最为浓烈。文丰泰京货店是将杨柳青年画带入新疆的先手,随后各大商号也引入杨柳青年画予以售卖。杨柳青年画广受欢迎,兴盛时期,在疆的销售量一年能达到百万张。这其中不乏著名的戴廉增、齐健隆年画店的作品。一开始,年画的主要消费者是汉族人民,后来,新疆人民也感受到了年画之美,欣赏和赞扬汉族美学,也加入了年画消费队列。其中"祥林""格景"是最受欢迎的品类。

年画进疆,戏曲也进疆。一大批戏曲家在"赶大营"时期前往新疆传播戏曲文化,不仅成立了河北梆子"吉利班",更是培养了许多优秀的少数民族戏曲艺人。

天津是近代文明传入中国的基地之一。新疆历史上第一座电影院、第一家照相馆,都是由津商开办的。

天津人的种菜手艺、美食、建筑工艺等,也伴随津商进入新疆。

本集以摄影家赵来清、作家李颖超、民间美术史论家王进的故事为主线,讲述天津与新疆的深情厚谊。

第五集:《驼铃声声》

"德兴合"京货庄是由阎檀于 1876 年一手创办的。那时,他加入"赶大营"的浪潮,随军来到新疆,开辟新天地。"德兴合"负责在天津和新疆之间运输货物,骆驼是主要的货运工具,运输一次货物的货运价值高达100万大洋,货量巨大,每次都需要几百峰骆驼。"德厚堂"是呼和浩特最大、最出名的驼商,"德兴合"的商货都由它来承运。

诚然,"德兴合"只是众多津商中的一个。"赶大营"兴盛时期,每年行走在天津和新疆之间的骆驼都有十万峰之多,而货物重量高达三万吨。即便后来贸易走向衰落,骆驼数量都在一万峰之上,驼铃声声,响彻昼夜。

本集通过天津"赶大营"津商"德兴合"后裔阎凤林与呼和浩特驼商"德厚堂"后裔曹贵生的故事,讲述天津商人在古老商道上,演绎出的一段开拓与跋涉、欢欣与失败的时代故事。故事里,有津商驼队响彻在古老丝绸之路上的驼铃声声,也有开辟"汽车之路"的尝试与努力。

1933年,"绥新长途汽车股份有限公司"开始运营。公司总部设在天津法租界五号路,行车路线与驼队所走线路大致相同。1934年11月到1937年5月,绥新汽车公司往返客运1177人次,货运14万9561千克。

当时,经由绥新线路驼运或者汽车运输的商货,向西可抵达哈萨克斯坦、中亚,乃至欧洲,向东可以抵达天津,并经由天津港,通达世界。在那个并不太平的年代,津商在草原丝绸之路上开启了一段新的旅程。

第六集:《丝路新梦》

本集主要讲述新一代天津人在新时代续写传奇、逐梦丝路的故事。

安启虎,赶大营第一人安文忠在新疆的第五代。继承了家族的为商之道,如今他在乌鲁木齐经营着地产生意。这些年安启虎与光影结缘,参与拍摄了十几部影视作品。梦想、好奇和开拓的勇气,交织而成的津商传奇,在安启虎的心里生根拔节,长出乡愁。后来,安启虎决心投资拍摄电影《赶大营》,再现天津人那段拓荒兴业的故事。

十几年前,蔺青因为催收账款踏上新疆,现在他成为新疆天津商会会长,再铸津商辉煌是许许多多大营客心中升起的新时代愿景。

远在丝绸古道深处的和田,维族女孩热依木古丽最喜欢吴鹏老师的语文课,在她和同学们看来这位来自天津南开中学的援疆老师的身上充满魔力。于田艾提卡尔清真寺南侧一片占地37.86公顷的老城区,当地人称之为"于田老街"。首饰匠人穆罕穆德·买买提一家十一代人都住在这里。

塔城中国最西部的边陲小城。天津眼科医生汪建涛又一次回到这个熟悉的地方。2015 年作为援疆医生汪建涛来到塔城额敏县兵团九师医院。

六月的埃及烈日炎炎，与天气一样火热的还有建设中的苏伊士经贸合作区项目工地。公司会议室里行政总监阿米拉正与同事们讨论对优秀员工进行奖励的考核标准。

沙特麦加中铁十八局的工作人员为了修建铁路时常穿越人迹罕至的沙漠，宿舍营地里备好了烧烤、手抓饭，沙特的艾哈麦德·朱哈米宣布他的人生大事，邀请大家去巴哈拉镇参加他的婚礼。

每时每刻都有人踏上人生中最重要的旅程，向着梦想前行，一座城市也是如此，一个国家正在路上。

百艺进疆

【解说】

新疆，阿勒泰。

一场大雪过后，万物静默如谜。河谷里，全是寂静碰撞寂静的声音。

天津摄影家赵来清来到喀纳斯，开始了又一次创作。新疆犹如一个磁场，吸引着他在最近十年间，五十多次来到这里，拍摄了六万多张照片。

天津杨柳青木版年画博物馆，这里是国内规模最大、最具专业性的木版年画博物馆，七个展厅，珍藏着自明代以来的一万多张杨柳青年画精品和 6400 多块画版。

天津民间美术研究者王进来到这里，力图发现这些年画与"赶大营"之间的关联。

2016 年中秋节前夕，作家李颖超回到伊犁河畔的老家。沉睡多年的记忆，突然振翅飞起，壮丽地归来。

浩瀚无垠的感召、呼唤，一天比一天有力地提醒着他们，在各自的领域里探寻。他们的探寻共同交织,为我们揭开一段"百艺进疆"的旅程。这段旅程中,有民间的努力,也有时代的脉动。

半个多世纪里,1.5万杨柳青人踏上"赶大营"的热潮。新疆与天津缘起于"赶大营",缘续于"赶大营"。天津杨柳青人把艺术作品、工业文明等带进新疆,并在新疆续写理想和传奇。

伊宁市的汉人街,就是由当年"赶大营"而来的杨柳青人开辟的。20世纪初,这里是伊犁地区汉族人口最多的居住区和商业区。当时汉人街上的居民95%以上都是津商。李颖超的童年就是在汉人街上度过的。

【采访】赶大营后裔　作家　李颖超

(童年时我每次带着弟妹们,一走到这个巷口,那维吾尔族小朋友就全部跟在我后边,喊着我的乳名燕燕回来了,燕燕回来了,记得当时这是一家汉族人。这条巷子有三户汉族,一户回族,其他的都是维吾尔族,关系非常融洽。我们扎耳朵眼呢,就是几个十几岁小女孩,到一家维吾尔族家里,然后呢那个阿姨就给我们拿缝衣服针,拿两粒黄豆,就这样磨着耳朵,一直到我们没有知觉了,那缝衣针"哗"一下就过去了,然后给我们一人弄几个面疙瘩,过得完全像一家人一样。到了这条巷子口呢就是到了爷爷家了,每到春节过节的时候,我们都是被爸爸妈妈领着,花枝招展地就回家来了,然后我们的大大、大娘了,老婶了,伯伯了,全部都聚在这个大院子。大院子等于是我们小孩子的天堂。)

【解说】

清末民初,李颖超的爷爷从杨柳青来到新疆谋生,后来落脚在伊犁。

【同期】

(爸爸,妈,我回来了。)

【解说】

质朴的父亲从小在伊犁河边长大,最爱唱的就是这首《伊犁河之歌》。"亲爱的伊犁河,美丽的家乡,幸福的天堂,十三个民族的儿女,为你劳动,为你歌唱。"

【同期】

（我们用热情烧烈火耶，煮出的奶茶令人醉）

【采访】赶大营后裔　作家　李颖超

（从爷爷辈上，家里就一直在讲这些事情，新疆啊，很多的，就是说，它的风俗呀，生活习惯什么的，全都是赶大营这一拨老人他们带着过来的。之前呢，我一直在报社工作，所以我当时就在报纸上一直连载。）

【解说】

正是伊犁河畔的文丰泰京货店，通过"赶大营"之路，首次把杨柳青年画带入了新疆。

天津，上吞九水，中连百沽，通达渤海。海河、运河，滋养着整个城市。

明初，心灵手巧的手艺人为杨柳青带来艺术气息。这位手艺人最初只是为了避难来到杨柳青，雕刻一些门神、灶王爷等雕刻艺术品，颇受民众喜爱。

永乐年间，得益于大运河，杨柳青拥有了精致的水彩和纸张，一些能工巧匠、丹青高手也因运河之兴留在杨柳青，参与到年画制作中。这使杨柳青年画艺术日臻奇妙，在乡间美术中，独树一帜。乾隆年间开始，杨柳青年画作为贡品进入了皇家视野。

清代中晚期，天津杨柳青镇从事年画业的工匠有三千多人。可谓"家家会点染，户户善丹青"。

20世纪初，杨柳青年画引起了俄罗斯汉学泰斗阿里克院士的注意。1907年，阿里克来到杨柳青，购买了大量年画带回了圣彼得堡，并以世界文化的宏观视野，思考中国民间年画的价值。

1923年，王树村出生在古镇杨柳青。他从小就对精雅、华美的杨柳青木版年画非常着迷。

【采访】民间美术研究者、王树村之孙王进

（他说是从14岁开始，抗日战争时期吧，就开始搜集整理这些个东西，他也是自小喜好，他这一辈子收集的年画类（作品）呢，应该有个8000至9000件，现在现存的呢，一部分精品在各博物馆里，现在中国美术馆有个民间艺术馆,他捐赠的一大批东西都在那里陈列。)

【解说】

20世纪80年代,王树村受中国文化部委派,赴莫斯科、圣彼得堡等地博物馆,整理中国年画珍品。1990年,王树村与阿里克的学生——俄罗斯科学院李福清院士一起,合作编辑出版了《苏联藏中国民间年画珍品集》。

王树村一生撰写了民间艺术研究著作五十余部,共三百多万字。1983年3月他在《年画之路——杨柳青和新疆》一文中写道:杨柳青"赶大营"的商贩每年都将大批杨柳青年画运到迪化,再由迪化运往各地发售,远的达到和阗以西,故杨柳青到新疆是一条"年画之路"的说法并非虚构。

年文化是农耕时代中国人的智慧体现,年画则在年文化中一枝独秀。在送旧迎新的日子里,吉瑞喜庆的年画给人们带来了安慰、鼓励、希冀,为年助兴,为生活助兴。杨柳青人不远万里,前往新疆经商,思乡之情在欢聚佳节最为浓烈。文丰泰京货店是将杨柳青年画带入新疆的先手,随后各大商号也引入杨柳青年画予以售卖。杨柳青年画广受欢迎,兴盛时期,在疆的销售量一年能达到百万张。这其中不乏著名的戴廉增、齐健隆年画店的作品。一开始,年画的主要消费者是汉族人民,后来,新疆人民也感受到了年画之美,欣赏和赞扬汉族美学,也加入年画消费队列。其中"祥林""格景"是最受欢迎的品类。王进正在整理的这批杨柳青年画,就是典型的"祥林""格景"。

【采访】民间美术研究者王树村之孙王进

(这幅画是杨柳青专门为新疆地区所做的,有关他们地方特色的一种年画。因为新疆人那时候不喜欢什么人物啊,包括一些个鸟兽啊很多东西,就是静物比较多,而且他们的颜色特别单纯,就是以蓝、墨啊这种比较稳一些的色彩,不喜欢大红大绿。因为咱们当初北方和新疆的文化是不通的,通过年画我们把天津的文化带到了新疆,和新疆的文化有一种融入。所以说他们一点点接受了杨柳青年画的这个风格之后呢,也希望咱们创作一下他们风格的东西。这张画是非常有特点的。它的创作应该是在光绪年间。是解放以前吧,新疆的一个亲属从新疆又把它带回来的,给到王树村手里,王树村又把他一直保留到现在。)

【解说】

天津杨柳青年画博物馆,收藏着一幅珍贵的年画。从这幅年画上可以清楚地看到"出嘉峪关,新疆全图,卫伊犁河"的字样。

据说,这是一位"赶大营"的民间画师创作的。这位画师跟随左宗棠的军队作地图之职,后来到了伊犁,就把当时伊犁的市容描写下来。回到杨柳青后,把图样交给了戴廉增画店进行刻版、印刷。

【采访】作家中国文联副主席冯骥才

(大批商贩到新疆去的时候,他也一定要把年画带去,为什么,因为部队的人,还有这些商贩他们本身要在新疆,要在那做商业的活动,甚至要到当地开店,他们要住在当地,到了过节的时候,他们有(贴)年画的习俗,不贴年画是不可能的。是吧,不可能的。所以他们一定要把年画带去。所以我们现在也发现了一些杨柳青年画出现在新疆的这种风景,这是个很有意思的现象。因为到了清代末期,一些木版年画开始注意表现异地的风光。新疆的地区就是说我们杨柳青人到那以后,他们有这种开放的精神,要把新疆的这种异地的风光反映到年画里边,同时也把杨柳青年画带出去,形成了一种文化的交流。)

【解说】

当夏季风降临到吐鲁番盆地的时候,火焰山仿佛是一块炽热的红铁。赤裸在阳光下的地面达到摄氏50度以上。唐代诗人岑参途经于此,曾写下"火云满山凝未开,飞鸟千里不敢来"的诗句。

吐鲁番盆地是古丝绸之路上的重要节点,孕育了财富和繁盛。来往于丝绸之路的商人、艺人,为新疆带来了丰沛的滋养,形成了灿烂辉煌的西域文化。

一百多年前,吐鲁番这个文化交融的大舞台上,迎来了一批天津的戏曲艺人。

【采访】天津戏曲研究专家甄光俊

(因为天津啊,是北方戏曲的大码头、集散地,天津这个地方集中了很多的优秀的戏曲艺人,但是演出呢,可以说是用不了那么多的人才,所以他正好去新疆有展示的机会,他们就投奔到新疆去了。到新疆以后,主要是演武戏。演的都是《三侠五义》啊,《施公案》啊,《彭公案》啊,这些个故事情节比较抓人,台词比较少,以展示身段动作为主的。当地的少数民族看着也新鲜。)

【采访】赶大营后裔新疆天山电影制片厂退休职工王自中

[他们(少数民族)也跑去看戏去,有时候看戏一看(演员)嘛,就是挂着黑胡子髯口,黑的白的,咣咣咣一敲,哎呀,哈东西嘛那个,"白胡子出来嘛呛呛呛"。敲的那个,咱们(敲的)家伙什嘛,"黑胡子进去嘛当当当。"]

【解说】

天津是个"戏曲大码头"。天津人爱听戏,也会听戏。身处异乡,听到久违的唱腔,自然十分亲切。于是,津商纷纷为艺人们添置"行头",安排住宿,组织演出。大批戏曲艺人开始奔赴新疆。河北梆子很快风行新疆各地。1913年,迪化(今乌鲁木齐)的第一个河北梆子戏班"吉利班"成立了。这个班子是由天津艺术家何金侠、王希增等人一手建立的。随后,天津的王奎升、杜宝林等艺人,也纷纷抵疆,进入该班。二十年后,吉利班在湘王庙旧址建立了迪化最新式的演出场所——光明戏院。吉利班还培养了几位优秀的少数民族演员。

【采访】天津戏曲研究专家甄光俊

(学生中比较典型的就是达吾提,他是维吾尔族的青年。他是拜这个何金侠为老师,跟他学习。何金侠教他武生戏,教他练功夫,各种身段,又教他武花脸,这个扮成花脸。这个达吾提很小,少年时代,扮上戏以后很喜欢。天天拼命地练汉语,跟汉人打交道,学习汉人的这个舞台的经验,学习舞台这个艺术,所以他把北方的戏曲传播到这个新疆,而且传播到少数民族中间去了。)

【采访】赶大营后裔新疆乌鲁木齐职业大学教务李富泉

(这个地方就是三角地,这个在几十年以前挺繁华的,对面这个,这就是天山剧院,这个唱京戏,四大名旦之一的程砚秋来,就在这唱过三天戏,唱的是汾河湾。)

【解说】

京剧名伶程砚秋唱腔幽咽婉转、月白清明、绿水荡漾,博得满堂彩。当时,王自中的父亲就在台下看戏。

【采访】赶大营后裔新疆天山电影制片厂退休职工王自中

[他(父亲)喜欢拉弦,茶前饭后的,几个哥们凑一块。他拉,他那几个哥们跟着唱。他呢,也是票友。再就是我妈妈也是戏迷,我妈妈光那个唱片有几百张,有一块钱一张的,还有大的,一块六一张的,我都记得特清楚,什么二进宫啊这些,成套成套的,一本一本的。程砚秋那次来(新疆)呀,我伯伯在玉华香甜食店,所以就把他带到玉华香甜食店吃了一次点心,那时玉华香的点心就是大八件、小八件啊,还有酸梅汤,再一个呢,吸取了俄罗斯的格瓦斯,那是挺地道的。程老板一吃,嗬,没想到远离京城、天津,在迪化能吃到这么地道的小八件,真是没想到。这么一说呢,那我伯伯的心里可是美滋滋的,对吧,程老板都能肯定这儿的点心,那别人还有什么话说呀。]

【解说】

现在玉华香甜食店已无踪迹可循,但是"三角地"的繁华在一位老人的记忆中依然鲜活,仿若昨天。他就是王自中的哥哥——王自立。

【采访】赶大营后裔新疆人民医院腹外科专家王自立

(三角地,三角地,夜市最繁华,有戏班子,有夜宵,有甜食店,有茶座,非常繁华。我左手这就一个有名的,冯家的点心铺,叫什锦香,什锦香,点心铺,天津人,卖嘛呢,卖咱天津的糕点,大八件小八件,槽子糕、大薄脆,等等,非常有名。)

【采访】赶大营后裔原新疆外经贸厅工作人员冯大同

(我们家就是糕点世家,我的祖父叫冯子祥,孔子的子,祥瑞的祥,迪化城里你一说冯三爷,百分之八九十的人都知道。我的祖父他年轻的时候就在咱们天津学徒。)

【解说】

天津是码头城市,五方杂处,八方来客,美食汇聚。这里的风味小吃不下百种,不少源于明清时代的技艺流传至今。1907 年,杨柳青人冯子祥带着一身好手艺,来到新疆谋生。

【采访】赶大营后裔原新疆外经贸厅工作人员冯大同

(我的祖父就是带着手艺进的疆,是天津的正宗手艺。我们家这个水晶饼,手拿不起来,做的时候这个面油糖一点不含糊。用油和面,和好了以后擀开,再抹上油一层一层一层,精工细作,绝对是足料足工。比如说要 100 个鸡蛋,99 个鸡蛋都不做,一定是要够分量,一定是烧到一定的火候。你看着很完整很漂亮,一层一层酥皮啊,手一捏就碎了。底下有一层麻纸,要提着这个麻纸,这才能拿起来,吃的时候入口就化,那可真叫讲究。我的父亲叫冯德仁,道德的德,仁义的仁,在乌鲁木齐也是竖大旗的糕点技师。)

【解说】

天津是近代文明传入中国的基地之一,中西文化在这里碰撞,进行最早的化学反应。张绍祖,又一次来到天津图书馆查阅资料。从 20 世纪 80 年代开始,他就致力于天津电影史的研究。在搜集资料的过程中,张绍祖发现:天津是中国最早出现电影院的城市之一。

【采访】天津文史专家天津现代职业技术学院副教授张绍祖

(天津,它有法租界,也就是说它在这个 1896 年,世界电影诞生半年来的时间,就开始啊,在我们天津放映了。当时很简单,放映的电影呢,它是和烟火呀、杂耍呀,就是和一些曲艺的节目,交织在一起的,这一部片子也都不长,一两分钟的时间。)

【解说】

这本出版于 1898 年的《津门记略》,详细记载了当时天津的市井娱乐生活。

其中"近年又添外洋灯影"的文字,指的正是天津电影的出现。

【采访】天津文史专家天津现代职业技术学院副教授张绍祖

[1907年1月8号(天津)《大公报》的广告当中,登出来权仙茶园呢,在这一天正式改名为权仙电戏园,电戏就是电影,权仙电戏园就是权仙电影院,它标志着天津第一家电影院的诞生。]

【解说】

20世纪30年代,天津电影业进入发达时期,全市有三四十家影院同时营业。

同一时期,远在3000多千米外的迪化,也就是今天的乌鲁木齐,津商建起了新疆的第一座电影院。

【解说】

1928年,商人韩慕颜的私人观影用品——手摇电影放映机,从天津运到了迪化,除此之外,三部英国的无声影片也随之而来,这成为新疆电影史的开端。

1932年,坐落在迪化大十字街附近的新疆的第一座电影院——德元电影院开业了。影院由天津商人杨元富开办,刚一开张就引起了全城轰动。电影院颇受人们欢迎,每晚都座无虚席。影院上映了诸多国产影片,譬如《火烧红莲寺》《壮志凌云》《孤城烈女》等经典作品。

1934年,杨元富购置了一台苏联的大马力发电机,并在大十字街的商号周围全部安装了路灯。有历史资料记载,每到夜晚,灯光亮起,群众都游走在大十字街周围,十分热闹。

【采访】中国社科院中国边疆研究所研究员马大正

(津商他在做买卖的过程中,把现代文明也带到了新疆。这就领风气之先。这个应该说挺难得的。交往、交流、交融吗,是吧!你有了交往有了交流,它最后要达到交融。通过文化的交融,才能有民族团结。)

【采访】中国社会科学院学部委员历史学部主任刘庆柱

(一个国家的稳固,国家的认同,很重要的就是经济基础,经济啊,文化,文化是软实力。你带过去这些东西,他认同你了,他觉得这是好东西,他接受了,就增加了凝聚力,有些东西是潜移默化的。这次赶大营,实际就是个经济活动,它带来的副产品是什么呢,就是文化的交流,就是中华民族的认同。)

【解说】

深入地了解和友好地交流才能传达真正的情谊。正是基于这样的交流,天津和新疆才能传递幸福,成为坚不可摧的整体。蓝天下,苍山负雪。喀纳斯如同一幅水墨长卷。赵来清走入了画卷之中,捕捉着光和影。这位天津人,在新疆经营着一家服装公司,也是天津新疆商会副秘书长。但是十年前,赵来清放下了自己的生意,拿起镜头上路了。这十年来,他在新疆累计行程已经超过十六万公里,拍摄了六万多张照片。

【采访】天津摄影家赵来清

(在 140 年以前,天津人就来到了这片土地,对于新疆的经济是有很大的带动的,我也是受到了感染。为什么喜欢新疆呢,这个我感觉,真的说不太清楚,好像这一片神奇的土地有一个磁场,时时刻刻在吸引着我,使我不断地背起行囊,来到这里。我呢是计划用 15 年的时间拍摄新疆,完成我一个新疆梦。)

【解说】

这个连赵来清自己都说不清楚的磁场,或许就是曾经足迹满天山的天津人交融在新疆大美的山川之中、浓郁的色彩之中、瑰丽的文化之中的深情。所以他一次又一次地到来,一次又一次地体味。于是,他的每一幅作品也都饱含深情,他的镜头望向一张张淳朴面孔后的更深处。

这一次,赵来清把镜头对准了图瓦人。

清晨的河谷,雾气蒸腾,村庄已经醒来。禾木仿若一个"云间的部落"。图瓦人就悠闲地生活在这里。传说 13 世纪初,成吉思汗率蒙古大军途经喀纳斯湖,便深深地爱上了这个仙境般的地方。于是他把一支近卫军留了下来,为他看守这片"人间天堂"。后来,曾经席卷欧亚大陆的蒙古帝国陨落了,喀纳斯的这支军队也被人逐渐遗忘。这些蒙古族士兵慢慢变成了以打猎与放牧为生的图瓦人。

数百年来,图瓦人一直过着几乎与世隔绝的生活。他们勇敢强悍,精通骑术,擅长滑雪。

阿勒泰,是人类滑雪运动的起源地之一,其冰雪运动的历史,可以追溯到一万两千年前。至今,在喀纳斯每年长达7个月的漫长冬季里,图瓦人仍然沿用着古老的滑雪方式,行走在深山大雪之中。

从八岁起,毛皮滑雪板就成了图瓦人玛力琴出行、劳作的好伙伴。走进玛力琴的家,各式各样的奖杯和证书,让人无法把它们和一个生活在大山深处的牧民,联系在一起。2008年至今,玛力琴在新疆乃至亚洲滑雪大赛上,获得了十多个滑雪冠军。现在,玛力琴又有了新的目标:踩着毛皮滑雪板,在世界滑雪锦标赛中夺得冠军。

【采访】图瓦人玛力琴

[上的时候是呛着,下的时候是顺着,那样就滑下来了。这是牛的皮子。最快能滑多快,最快能(时速)60吧。]

【解说】

中国,广土众民。经过始终不懈的互相沟通,"中国人"才有了一个共同的归属感。赵来清相信,前赴后继来到新疆的天津商人,怀抱着开放和热情,不断沟通、融合,真正把生活和生命,都安放在了新疆。

初秋,距乌鲁木齐200多千米的新疆昌吉州奇台县,江布拉克万亩旱田已进入收割的尾声。这里出产的小麦,色白质优,远近闻名,用奇台面粉做出的面食筋道香甜。拌面自然也就成了奇台的特色美食。与新疆别处不同,奇台拌面配菜特别多。各色菜码经常会摆满一大桌。这各色蔬菜,无声地记录着曾俯身田间的天津菜农们的辛劳。

在奇台县西北部有一个叫杨柳村的地方。这里有3700户,9300多口人。村里大部分都是杨柳青人的后代,至今已繁衍了五六代。王作臣老人的爷爷王万全,就是左宗棠收复新疆后,"赶大营"来到奇台的。

【采访】赶大营后裔新疆昌吉奇台县杨柳村村民王作臣

(这有几家子天津人在这儿,来得早,他们在这儿种菜,新疆没人会种菜,光会种粮食,他们来到这呢,就是帮人家弄些地打工挣个钱。种的这春菜夏菜秋菜,萝卜白菜豆角这一类,这些个蔬菜嘛,种子呢,是在口里带来的。)

【解说】

70岁的任志忠,来到乌鲁木齐的小西门。当年小西门外的"菜园子",是乌鲁木齐主要的蔬菜生产地之一。种植这片菜地的菜农,大多是天津杨柳青人。

【采访】赶大营后裔新疆天山电影制片厂原行政办主任任志忠

(这一片地方啊,原来地表层水源比较丰富,离这个西大桥、乌鲁木齐河也比较近,土地也比较肥沃,所以我的爷爷奶奶来最早在这落脚,通过河北会馆,租用他们的辎重啊,开垦这个土地。慢慢有了资金以后就自己单独买土地了。)

【解说】

种菜与种大田作物不一样,属园艺技术。天津是退海之地,地表水苦且咸,杨柳青周边吃水种菜都是运河水。现在,天津杨柳青的农民,还是以种菜为主。有着600多年种植历史的沙窝萝卜,是当地名产。因又脆又甜,俗称"赛鸭梨",充足的水分使它一摔即裂。

一百多年前,"赶大营"的杨柳青人带着种菜手艺来到新疆。当时,新疆地区除了洋葱、胡萝卜、土豆、番茄之外,几乎没有其他蔬菜。杨柳青菜农把家乡带来的菜种播撒在新疆的土地上,采用家乡的种菜技术,精耕细作。种类繁多的蔬菜,大大丰富了新疆人民的餐桌。谢彬,别号晓钟,湖南衡阳人。1916年,他以北洋政府财政部调查员身份赴新疆调查。后来他在《新疆游记》中描述:迪化蔬菜,种类繁多。天津人在农历十一月,掘地为窖,播种其中。等到春融冻解,则移植畦间。所以,春出之菜,无不应时入市。这让疆内一向擅长种菜的湖南人、湖北人,都自觉望尘莫及。

【采访】新疆社会科学院历史研究所副研究员贾秀慧

(种菜技术比较熟练、而且规模比较大,影响比较大的就是天津的这帮菜农呀这些人。他们对新疆的蔬菜种植业起了很大作用,这样就改善了新疆民众的饮食结构,餐桌上有绿色的菜,比较丰富,品种多一些,对人民的生活健康也有好处。)

【解说】

种类繁多,又供应及时,天津菜农在新疆开拓出一片天地。任志忠的爷爷叔伯逐渐开垦出近四十亩土地,种植的蔬菜供应了当时迪化城内四分之一的人口。任家菜园子一时远近闻名。任家也被称为"边城种菜世家",至今已传续了七代人。为了留住家族的百年历史,任志忠花费四年的时间走访亲戚,查阅史料,撰写出完整的家谱和一部《任氏西迁新疆百年史》。

【采访】赶大营后裔新疆天山电影制片厂原行政办主任任志忠

(伊犁地区有几个老弟兄,乌鲁木齐有一些,大概加起来有近三百人,已经七代了,你想我已经是第四代了嘛。)

【解说】

新疆,伊犁,惠远古城。

清光绪九年(1883)开始,天津商人纷纷来到惠远经商。当时城内以钟鼓楼为中心,大街小巷商铺林立,商贾云集。当时惠远居民80%是杨柳青人。城内店铺三四百家,其中九成以上是杨柳青人开设的。所以,惠远也有"小天津"之称。

晏海发1944年出生在慧远古城的老街上。爷爷晏恩钰光绪年间来到慧远,开设钰泰和当铺。

【采访】赶大营后裔新疆伊犁霍城县退休教师晏海发

[钰泰和的寓意就是和气生财,稳如泰山,惠远城(当铺)就我们一家。]

【解说】

与晏恩钰几乎同时来到惠远的,还有会芳园的创始人——宫德铭。

【采访】赶大营后裔新疆伊犁霍城县退休教师晏海发

[现在在这个位置嘛,就是慧远城誉满全疆的会芳园(饭店)遗址。它的主人是天津杨柳青人,宫德铭。]

【解说】

宫德铭 14 岁开始,在天津梅盛德饭店当学徒。光绪十五年,也就是公元 1889 年,宫德铭来到新疆。四年后,他在慧远创办会芳园。会芳园的经营面积 2000 平方米,造型和布局是典型的天津式样。饭厅都是檐廊式建筑,青砖对缝,格扇门窗。会芳园厨艺独具匠心,尤以烧烤席 120 道菜肴名扬全疆。

天津是退海之地,古有九河下梢之说,盛产鱼、虾、蟹。天津人讲究吃"鲜",津菜也擅长烹"鲜"。会芳园也把天津"河海两鲜"的烹饪技艺引入新疆。

经过苦心经营,会芳园饭店越干越红火,规模也越来越大,大到可以同时容纳四十桌,近四百人吃饭。生意红火时,每天饭店盈利都超过一百两白银。

【采访】赶大营后裔新疆伊犁霍城县退休教师晏海发

(将军府的大小官员都在这用餐,因为他做得好嘛,就都在这吃,将军府所有的官员,各个衙门,还有这个锡伯营、新满营的那些士兵,到那天放假都来他这用餐,尝一尝。)

【解说】

会芳园不光经营津菜。创刊于 1910 年的《伊犁白话报》,是新疆的第一份报纸。虽然一年多的时间就停刊了,但是它却记载了会芳园里的一件新鲜事:"会芳园内新开照相馆,照一张四寸大的照片要花白银一两。二尺五寸大相,价银一十五两。"

命运为天津和新疆搭起了桥梁,与世界接轨的天津在命运的指引下,将工业文明传递给了新疆。喜新的天津人,其实也最念旧。

一场冬雪过后,乌鲁木齐人民公园银装素裹。这座中国古典园林风格的公园,始建于清乾隆二十年(1755)。园内的丹凤朝阳阁即将迎来又一次修缮。

"赶大营"后裔刘荫梁,正翻看着一本稍显陈旧的小书,这是他的哥哥刘荫楠所写的《乌鲁木齐掌故》。这本被誉为"乌鲁木齐百科全书"的小册子,总能引起刘荫梁老人对哥哥的怀念。

【采访】赶大营后裔新疆乌鲁木齐职业大学退休教师刘荫梁

(2003年我哥的书再版,这个第一册再版,第二册又出来了,这两册同时出版,在乌鲁木齐新华书店搞的发行式,咱们这个乌鲁木齐电视台都去采访,现在这个书已经没有卖的,这个书现在已经传到美国,美国有咱们新疆和杨柳青的华侨,在那订下的。)

【解说】

刘荫楠在《乌鲁木齐掌故》中,对丹凤朝阳阁进行了详细介绍。

1918年到1922年,新疆督军、省长杨增新借修建纪念纪晓岚的"阅微草堂"之名,从天津请来能工巧匠,耗资数十万元修建了"丹凤朝阳阁"建筑群。"丹凤朝阳阁"建筑群仿照北京故宫太和殿建造,全部为榫卯结构,巍峨壮观。精美的木刻和彩绘,别具一格。当时,津商担任了"丹凤朝阳阁"的主要负责监造人。整个工程,从总设计到木工领工,都是天津杨柳青人。

在这幅1947年的"清末迪化城区示意图"上,繁华的十字街一侧的八条巷子被称为"文化巷"。这是当年天津人在迪化城的主要居住地。以王恩荣为首的天津工匠,为津商建造了华北建筑风格的四合院。这些四合院都是砖木结构,屋顶是两坡水的,青色方砖铺地,房屋前廊后厦,布局合理。室内设有火炕,可供冬季取暖;家具也都是天津式样。整个住宅,从房屋到室内装饰,都是天津工匠一手设计和制作的。

【采访】赶大营后裔新疆乌鲁木齐职业大学退休教师刘荫梁

(我们家的四合院很典型,整个是王恩荣师傅设计的。王恩荣师傅也是咱们天津杨柳青赶大营的后裔。他做的这个家具呢,可丁可卯,很少用钉子。他的油漆活做得好,他做油漆活给我的感觉呢好像是庖丁解牛一样,不是刷油漆的,他是艺术表演,当时那个时候他穿的是白纺绸的裤褂,袖子一挽,油漆一油,整个活儿干完之后呢身上一点油漆都没有。)

【解说】

每年农历正月十五,杨柳青古镇的街道上都会热闹地上演传统社火表演,祈愿新的一年风调雨顺。

【采访】作家中国文联副主席冯骥才

(天津这个城市很有意思,它作为一个大城市,它在民间的花会特别兴盛。不仅市区,各个乡镇,包括杨柳青镇,花会都非常发达。就是说大家守望相助,天津人很讲情义。所以呢,花会是人们在大型的活动里边,比如丰收啊、庆典啊、节日啊,在这个时候,人们一个表达内心欢乐,是吧,表达这种喜庆的心情,主要是一个自娱的,也是娱人的一种文化方式,让大家欣赏,争奇斗艳,这是天津文化的一个特点,所以天津的花会特别发达。)

第六集:丝路新梦

【字幕】新疆昌吉奇台县

【解说】

二月的奇台一身新雪,风色荒寒地看着时间转移。

建于1775年的瓮城,是奇台的老人。它曾经看着众多天津商人在清末、在民国,迢迢万里结伴而来。今天,它又迎来了一位与天津有关的商人。

【同期】王晨和安启虎走进瓮城

(奇台古城子还是厉害,还是非常厉害。在当时来说的话,应该说是响当当硬邦邦。古城子它就是过去老奇台。奇台设立县治以后改的叫古城子,还是开始就叫古城子。它是这样。县治在现在的老奇台。靖宁城以后在那儿1773年建县,在那儿建县以后1889年县治迁到现在这个古城子。当时文丰泰在这儿的时候,也是很大的一个商号。文丰泰总号在伊犁,然后在奇台设分号。)

【解说】

安启虎,安家在新疆的第五代后人。继承了家族的为商之道,如今他在乌鲁木齐经营着地产生意。这次回奇台,安启虎并不是来寻找商业机会,而是要开启一个文化项目。这个项目里,有他的乡愁。

【字幕】天津滨海国际机场

【解说】

春节刚过,几位天津援疆教师,即将踏上去往和田的旅程。有的人即将出发,有的人早已抵达。新疆,新一代的天津人,依然迢迢万里赶赴,如同收到召唤。等待他们的,将是一场久别重逢。

【同期】天津夏季达沃斯论坛

【解说】

充满创新活力的达沃斯论坛被誉为"世界经济风向标",重量级嘉宾们正在分享的是关于中国与世界,关于"一带一路"的经验感受。达沃斯时刻也是世界倾听中国故事的格林威治时间。

【采访】天津泰达投资控股有限公司董事长张秉军

(经过八年的奋斗我们泰达苏伊士经贸合作区一期1.34平方千米已经完全建成了。在这里工作的埃及员工有两千多名,我们每年为埃及政府能够提供两个多亿埃磅的税收。这里的投资额大概是10个多亿美金。)

【解说】

"同盛和"是第一批赶大营的勇士,现如今"同盛和"的天津老宅成为了博物馆。"同盛和"的新一代接手人蔺青则在他人生中续写了赶大营的传奇。

蔺青在书香门第中成长,他的父母都是高级知识分子,执教于南开大学,但他并没有像父母一样从事教育工作,反而走上了经商的道路。20世纪80年代,蔺青从摆摊开始起家,短短十年间就成为滨江道商街枭雄。但他并没有就此停下脚步,他辗转于北京和广州,成立了公司,创立了自己的服装品牌,年销售额达到1.5亿元。

2004年,蔺青来到新疆收货款。这次短暂而又偶然的停留,成为他开拓新天地的契机。

【采访】新疆天津商会会长蔺青

(当时来到小西门让我想起最初我们在滨江道做生意的那种场景,

很凌乱。所以说我们选择这个地方就是因为我们有最早在滨江道的从商经验。我们准备复制这种经验所以当时还想起来在滨江道的时候甩货,1280元卖800元。就是当时的那种感觉。)

【解说】

十几年前的小西门犹如未及良耕的沃野。蔺青接连盘下汇丰、西部当代,用以经营女装批发,品牌货源优势加之引入新的商业管理模式,让两座商场闪电变身成为当年小西门的颜值担当。之后蔺青又先后在新疆多地租赁、收购了十几家商场,投资更渐趋多元,涉及地产、酒店、物流、旅游开发等领域。

2010年对于蔺青来说具有独特的意义。这一年他当选了新疆天津商会会长,这意味着他将续写"赶大营"的传奇故事。

【字幕】新疆乌鲁木齐

【同期】机场迎接参加亚欧论坛的客人

【采访】新疆天津商会会长蔺青

(今天来的一部分人,他们前期还没有参加我们这个事,我们商会有这么七八个人,时间很短。但这些东西都源于我个人的经验,我很清楚这件事怎么更直接,怎么速度更快,怎么能达到这个效果,也就是说我们能够用一个月干别人半年的事。)

【解说】

蔺青,决心把新疆津商带上更大的舞台——"第五届中国—亚欧博览会"。

博览会期间,蔺青执掌的新疆天津商会将主办一场重要活动,"一带一路"亚欧合作发展论坛。

【同期】新疆天津商会会长蔺青

(我们有五六年的时间放弃了好多我自己生意的事。我们最早的时候可能是花自己的钱干自己的事。我们这五六年的时间实际是花自己的钱干大家的事。但最终就是大家分享,我们也有这份使命和责任。)

【字幕】亚欧博览会会址

【同期】蔺青演讲

（我们已经在新疆计划建设新丝绸之路、万国博览园、丝绸之路贸易中心。一百多年前津商就有赶大营的壮举，最早就走的丝绸之路。今天津商要继续传承赶大营精神，重走丝绸之路，再铸津商辉煌。谢谢大家！）

【采访】新疆天津商会会长蔺青

（赶大营是一种精神。我们走到现在也是一种精神，包括毅力。在咱们天津骨子里的那种不服输、不服气、还想不比别人差的精神，可能也是个性在激励我们。有些事就是不能丢面子，可能也激励我们要把一些事干好。）

【解说】

新疆，如同一个召唤，吸引着人们走向远方，寻找全新的生活。

一百多年前，"同光之初，西师再出，惟天津商人首蒙霜露，冒锋镝（dí），随大军而西"，一百多年后，许许多多像蔺青这样的"新大营客"从渤海之滨走到西域之疆。岁月轮转，越来越多怀揣梦想的人走上了这条道路，历史的道路上绽放着新的渴望。

【同期】安启虎进入安家大院

【解说词】

天津，杨柳青，安家大院，青砖黛瓦海棠依旧，岁月的念想里，安启虎拼图着家族过往的起落沉浮。

清末，安文庆紧随哥哥安文忠的脚步来到新疆，在"旱码头"奇台扎下根，打理着文丰泰奇台分店的生意。民国时期，奇台安氏举家迁居乌鲁木齐。1965年出生的安启虎，从小就经常听家中老人讲起津商"赶大营"的故事。

【采访】新疆天津商会副会长赶大营后裔安启虎

（安文忠，他当时来的时候带的是侄子，还有一个弟弟叫安文庆。我们家是安文庆一家子的后人，跟安文庆是一家。安文庆是安文忠的二弟。

我们应该是在文丰泰商号,伊犁是当时的一个总号。)

【解说】

这些年安启虎与光影结缘,参与拍摄了十几部影视作品。梦想、好奇和开拓的勇气,交织而成的津商传奇,在安启虎的心里生根拔节,长出乡愁。今年,安启虎决心投资拍摄电影《赶大营》,再现天津人那段拓荒兴业的故事。

【采访】新疆天津商会副会长赶大营后裔安启虎

(赶大营这个事件慢慢浮出水面,包括这个电影。这个成长过程慢慢地走到今天,我觉得这个节点也到了,包括现在赶大营这件事,安家的后代写安家人的故事。但这个更重要的是不只说安家人的事,咱们以安家的这个节点来说这个故事情节。更重要的是讲这个情怀,大的情怀我是从家族情怀出发,从这个国家的责任出发,更上到一个高度。当时一百多年前天津人来到新疆发展经济,百艺进疆。整个这个大的环境我觉得我应该去说它应该去做这个事情。)

【字幕】奇台直隶会馆

【解说词】

安启虎选定祖辈们生活过的奇台,作为这部钩沉家族往事电影《赶大营》的主要取景地。

【同期】原新疆昌吉州奇台县史志办主任王晨

(尤其是这个画,这个雕梁画栋。)

【解说】

王晨,退休前一直在奇台史志办工作。奇台的前世今生,他如数家珍。在王晨看来,这座修复之中的直隶会馆,依然回响着一百多年前津商的故事。

【同期】原新疆昌吉州奇台县史志办主任王晨

(天津的和河北的商人,就在河北的直隶会馆,全到这里议事。你们的先祖安文庆老先生可能就经常出入这里。这个材料全部要用原来的,包括一砖一瓦,一百多年过去了,你看这整体还是非常好的。)

【采访】新疆天津商会副会长赶大营后裔安启虎

（我认为赶大营就是一种闯荡精神，做人有情有义，做事诚信为本。按现在的话说，就是一个情怀吧，情怀就是家国天下。）

【解说】

远在丝绸古道深处的和田，南倚万山之祖昆仑虚，北临死亡之海塔克拉玛干沙漠。它记载着久远、丰美的人类文明的荣耀。这里生活着维吾尔族、汉族、回族、哈萨克族等21个民族210多万人口。2010年，中央启动新一轮对口援疆工作，天津对口援疆地区从喀什调整为和田地区的策勒、于田、民丰三县。

【同期】吴鹏老师上课

（她是一个思妇形象，写得多逼真啊。梳洗吧，充满希望地洗好了；梳洗吧，独倚望江楼，独自一个人"独"写出她的心情对吧独倚望江楼怎么倚啊靠着。）

【解说】

维族女孩热依木古丽最喜欢吴鹏老师的语文课，在她和同学们看来这位来自天津南开中学的老师的身上充满魔力，枯燥的课业原来也能如此欢乐。

【同期】新疆和田地区天津高级中学语文教师吴鹏

（唐代有一种叫"叉手礼"听说过吧，跟现在我们的作揖差不多。唐代人这样叉手礼。温庭筠一叉手成一篇韵文，他叉八次手能成八韵，所以温庭筠有个外号叫"温八叉"这个，名字不太好听是吧。）

【解说】

和田地区天津高级中学是天津市投资2.24亿元在原和田二中基础上建设的。2013年8月落成启用，现有3000多名学生就读。同时天津市还重点选派了二十三名优秀教师参与教学管理。短短几年间，和田地区天津高级中学已经成为当地最好的学校，高考上线率达到100%。

【同期】新疆和田地区天津高级中学语文教师吴鹏

（同学们现在听的这个作品呢其实就是温庭筠传颂至今、演绎至今的代表作"菩萨蛮"。今天被搬上了银幕,被广大人民了解。伴随着这个歌声,今天我们的课就到此为止,下课。)

【同期】捐书

【解说】

教师节这天,一场捐赠仪式在学校体育馆进行,天津援疆教师领队邢成凯代表母校天津中学捐赠图书和礼仪服装。

【同期】新疆和田地区天津高级中学副校长邢成凯

(它代表着天津市天津中学全体师生的一份心意,目的就是希望咱们同学们能够接受更好的教育,能够享受更好的资源。同学们,虽然天津和和田相隔万里,但是两地人民的心是紧紧地连在一起的。)

【同期】家访

【解说】

吴鹏老师未满周岁的女儿远在天津,他把新疆的学生们当做自己的孩子,援疆里的每个周末都是他的家访时间。

【同期】古丽妈妈切西瓜倒茶

【解说】

热依木古丽是一家人最心爱的小女儿,爸爸在县草原站上班,妈妈是全职主妇。

【同期】接待吴鹏老师

("您准备得太丰盛了,给您添麻烦了。""习俗嘛,没事没事,我们维族人的习俗就是这个样子。客人来了嘛,要好好地照顾。""谢谢,真好吃。谢谢,我自己来。")

【解说】

古丽就要参加高考了,孩子的梦想也是一家人此时最大的心事。

【同期】送书

(给你买了一本《论语》,这是《论语》的全解,有翻译。)

【解说】

来到古丽家,吴鹏老师还特意为心爱的学生带来了精心准备的礼物。

【同期】学生（维吾尔族）热依木古丽

（我想去天津上大学，因为那里有你，我可以去找你，然后就不陌生嘛。对那个城市也不会那么害怕吧！毕竟是一个女孩子去内地上大学。然后可以去找你，还有亲切感。天津有很多大学等我，必须得到天津来。到那个时候咱们在天津再重聚好吧！）

【同期】大漠风沙中车行

【解说】

孙少起不顾漫天黄沙，再次前往策勒。塔克拉玛干意为"远去的家园"，作为世界上第二大流动沙漠，它也意味着未知和死亡。策勒毗邻塔克拉玛干沙漠，被黄沙裹挟，弥漫着危险的气息。

【同期】天津凯润集团董事长孙少起

（像这天气嘛，每年的三月中旬到六月中旬说来就来。你看咱刚才走得好好的，说来就来。过这个季节就没有了就这个风沙了。这能见度得有五十米吧。严重时候能见度只有三米，有时候还有龙卷风。最厉害的龙卷风，你看我们第一批的指挥部十个帐篷，一阵风过去光剩铁橛了，基本上我的家里头同学们一听说上和田来，就感觉又上前线了。）

【解说】

孙少起在黄沙肆虐的荒漠书写属于他的绿洲传奇。

【同期】孙少起进入大棚

（怎么样？今年长得可以，柄有点长，还得通风，一加强通风这柄就短了，产量就更高了。）

【字幕】天津西青区

【解说】

孙少起是知名农民企业家，在天津西青区有一座占地 5500 亩的循环农业示范园。种植、养殖，田间地头里的门道，孙少起是样样精通。现在他还在科研专家的帮助下，引进了世界一流胚胎移植技术培育屠宰率高、肉质鲜美的"天津黑牛"。他走上援疆之路，还要从 2010 年 7 月说起。那一年，孙少起作为天津农业的实力派，随政府部门组织的援疆考察团第一次来到新疆和田。

【采访】天津凯润集团董事长孙少起

（当时来了三个企业，最后看到了当地的情况以后，那两个企业就撤了，最后我们企业就固定在这儿了，而且我们做到了八月份，当月签约当月开工，实现了八十天就把菇正式种出来。）

【解说】

南疆戈壁上第一次种出了菌菇，这份喜悦，慢慢变成背负在孙少起肩上的使命感。他开始了和田创业的艰辛历程。援疆第二年，孙少起投资近两亿元，建设了食用菌科技示范园，园区占地达 1500 亩。在孙少起记忆里，策勒的春天是风沙不知倦怠地问候。工地上架起的帐篷一次次被狂风吹倒，无奈之下，他只好把办公室搬进了"地窝子"。

【同期】天津凯润集团董事长孙少起

（这个地方就是我们 2011 年开发戈壁的时候的地窝子，老百姓称之为地窝子。这是过去我办公的地方。那边还有一百米五十米长的宿舍，我们一个宿舍住三十到五十个人，也就是说我们在这里头整整待了三年多，包括工人整整待了三年多。）

【解说】

住在"地窝子"的幽暗日子里，孙少起没有抱怨彷徨，在认定的道路上，他用信念支撑，倔强地在戈壁荒滩上种树，在塔克拉玛干接天的沙漠中谱写壮丽诗篇。

【同期】天津凯润集团董事长孙少起

（你看整个这都是盐啊，所以说把它的盐层都得挖掉，一直挖到这个卵石这，还得往下挖一米，把土换走了以后才能种树。你看咱那个棚里头都往下挖一米八到两米换的土，否则的话种什么也不长整个戈壁上种树都是我们的技术。）

【同期】塔克拉玛干沙漠

【解说】

和田地区于田县，继承了古代于阗的名称，1959 年因简化汉字改为于田。克里雅河不舍昼夜,逝者如斯。这里曾是丝绸南道中心,佛教东传必经之地。清人褚延璋曾写道:"毗沙府号古于阗,葱岭千盘积翠连。大乘西来留法显,重源东下问张骞。"宋朝起,于田人由佛教、摩尼教改奉伊斯兰教。著名的于田艾提卡尔清真寺,距今已有八百多年。清真寺南侧,是一片占地37.86公顷的老城区,当地人称之为"于田老街"。这里至今仍然保留着维吾尔族传统民居型态。

【同期】老街人生活百态

【同期】加工金饰捶打声

【解说】

穆罕穆德·买买提,是老街上最出众的首饰匠人。制作首饰是家族生意,从祖辈算起,已有二百多年的历史。

【采访】老城居民(维吾尔族)穆罕穆德·买买提

(我干这一行已经第三十六年了,我是家里的第十一代金匠。)

【同期】王炳建带领工作组穿行在在老街中

【解说】

王炳建是天津援疆指挥部于田工作组副组长。为了即将开始的老街修缮改造,王炳建每天都和工作组的同事们穿街过巷、走访调研。时间久了,王炳建也和乡亲们成了朋友。

【同期】天津援疆指挥部于田县工作组副组长王炳建

(像他这种居住环境现在我觉得不适合在这里住,一个是整体设计,还有一个安全隐患,对吧?改造以后肯定居住条件比现在好得多,改造以后的老城,第一它要适宜居住,你比如说,基础设施比较齐备,适宜人居住的老城。第二咱要引进一些新的业态,新的业态就是解决大伙未来发展问题。一些个依托于咱传统维吾尔的一些个手工业实现就业和创收。)

【解说】

老街年华垂暮,颓旧失修。这次修缮改造是改善民生与保护传统并重。工作组为老屋旧舍逐一登记建档,将有历史文化价值的建筑细节编号入册。未来在保留原有街巷肌理的基础上,于田老街将根据原住民的意愿引入工匠作坊、民宿、商街等新鲜元素。

【采访】老城居民（维吾尔族）穆罕穆德·买买提

（这里将来会成为旅游文化街。到时候我把房子整理好敞开大门欢迎朋友们，给大家展示自己的手艺，把家族手艺传下去。我们终于可以离开没有下水道、没有厕所的旧房子了。旧房子容易塌也会造成事故，我们很高兴就要住新房子了。）

【解说】

新疆塔城，中国最西部的边陲小城。时任天津医科大学眼科医院副院长汪建涛又一次回到这个熟悉的地方。2015年，汪建涛作为援疆医生来到塔城额敏县兵团九师医院。援疆一年他为九师医院创建了眼科中心，做了612台手术。

【同期】查房询问病人病情

【同期】准备手术刷手

【解说】

汪建涛是国内权威的眼科专家。他曾在美国南加州大学多赫尼眼科研究所从事四年的博士后工作。虽然汪建涛的援疆工作已经结束，但他和塔城结下了深挚的情谊。每当九师医院遇到困难，汪建涛都有求必应。有时还专程从天津赶来为当地患者诊治。最近半年来，这已经是汪建涛第三次来塔城了。

【同期】进入手术室

（你干嘛？不要动阿姨，不说话啊。有一点不舒服？你这样很危险，你这样深呼吸，别动来动去啊！）

【解说】

连续十台手术从午后做到了凌晨。第二天一早，汪建涛又来和同事们查房了。

【同期】和哈萨克族病人交谈

【采访】患者（哈萨克族）加惹斯

（"没什么不舒服吧！""没有，谢谢谢谢！你们从这么远的地方来，你们辛苦啦,谢谢!")

【同期】下乡义诊车行

【解说】

杰勒阿尕什镇距离县城25千米,镇上一万三千多人,医疗条件十分落后。

【同期】搬东西搭建临时眼科给病人诊治

【解说】

听说有天津专家来义诊,一大早村民们就从四面八方赶来。从上午十点到下午四点,汪建涛没有离开诊室一步,直至看完最后一位病人。

【采访】援疆医生汪建涛

(我们很多时候那病人挤得我们进不了房间,所以就在这种情况我有时候很感动,说句实在话,我们在城里当医生没有这种感觉,就是说你很多病人看病很容易,但这里的病人看病相当难。所以有的时候他两只眼睛瞎了他都不会去看病,有医生下去了,你是专家到了这种环境下面去帮他去做这种事情他就知道这个病是有治的。)

【解说】

对口援疆是党中央作出的重大战略决策。天津市委、市政府忠诚使命,不负重任,始终紧密结合当地实际开展援疆工作,以就业、教育、医疗、交流、维稳为重点,2010年以来先后投入援疆资金32.31亿元,实施项目458个,共选派援疆干部560多名。天津人如同回到久别的第二个故乡,与一百四十多年前"赶大营"的勇气和开拓精神重逢。在天山南北,津疆两地人民一起共建家园。

策勒,孙少起的农业园里,700多亩黑皮杨青郁俊挺,成为戈壁上最美的风景。400多座温室大棚也迎来丰收的喜悦时刻。

【采访】农民(维吾尔族)阿卜杜热伊木

(今年我们包了这个温室大棚种黄瓜,现在丰收了,预计能赚五万多元。黄瓜长得特别好,明年我要继续种,收成一定会更好。)

【采访】天津凯润集团董事长孙少起

(我要想挣钱我不会到和田,家里有五千多亩地,我想怎么干怎么干。看到现在和田绿色的果实,说句心里话,七年的心血没白费,起码我给咱天津人民争了气了,没给天津人丢面子。在这个戈壁滩上,哪怕绿起一棵草来我感觉都是一个奇迹。)

【同期】老街

【解说】

于田老街上,有些生活仿佛亘古不变。老人在自家门前缝衣织补,年轻妈妈抱着孩子纳凉。场院中嬉闹的古丽巴郎,韶华舞流年。岁月轮转,生活总会给人们惊喜和变化。

【同期】老城维族歌舞

【同期】牧区牧民家跳舞

【解说】

结束了一天的义诊,杰勒阿尕什镇的牧民邀请汪建涛来家中做客。这里的笑容与歌声一样,朴直、天真、一任天然,这里的风物水土更寄存了援疆医生汪建涛人生中最珍贵的记忆。

【同期】中埃泰达·苏伊士经贸合作区扩展区揭牌仪式

【解说】

2016年1月21日,中国国家主席习近平在开罗同埃及总统塞西,共同为中埃泰达苏伊士经贸合作区扩展区(二期)揭牌。中国提出的"一带一路"倡议和埃及苏伊士运河走廊计划,两国战略在此相逢,开始续写新的丝路故事。

20世纪80年代,天津泰达在滨海新区的盐碱滩上拓荒,如今的滨海新区早已成为发展的黄金地段,得益于这数十年的经验,如今的泰达早已成为成功的开发者。天津泰达不仅发展天津,更是心系祖国。天津泰达主导运营苏伊士经贸合作区,吸引六十多家企业入驻,累计销售额高达5.7亿美元。合作区体系完善,囊括酒店银行以及游乐场,集娱乐和休闲于一体。

【采访】埃及苏伊士运河管理局主席第一助理纳萨·弗奥德（Nasser Foaud）

（我们向中国学习经验，中埃泰达苏伊士经贸合作区成功吸引了投资者的关注。而在泰达到来之前，这里只有几个零星的厂房，是一片无人问津的沙漠，现在这里变成了工业园区。）

【同期】扩展区项目施工现场

【同期】埃及泰达投资公司副总经理李代新

（现在有三到四家企业已经宣布正式加盟到合作区这个队伍当中来，所以我们在今年年底之前必须要把扩展区两个平方千米的基础设施把它做完，在企业正式建设之前我们要把工作面提供给他们，所以这项任务时间紧、任务重，希望大家要加倍努力把这个工作做好。）

【解说】

李代新是埃及泰达中方负责人。从一期项目启动，到新的扩展区建设，李代新经历了"埃及泰达"的每一个重要时刻。

【采访】埃及泰达投资公司副总经理李代新

（2011年埃及动乱期间，由于路上不安全道路进行了封锁，导致合作区内居住的中国人出现了缺水缺粮的这种现象。我们的埃及员工每天冒着风险在苏伊士城里采买粮食物资，然后冲过六七道关卡把粮食送我们的手中。）

【解说】

天津人在埃及种下了一个新丝路的梦想，患难时的情谊，携手同肩地前行，梦想之种在呵护培育中萌芽、生长。

周一上午十点，埃及泰达的管理层例会准时开始。

【同期】公司例会讨论

（我建议从一个部门中最多选出两个优秀员工或者团队，但是我认为两个人或团队都来自一个部门是不公平的。）

【解说】

今天的会议内容是研究决定如何根据绩效考核对优秀员工进行奖

励。现在公司一半以上的员工来自埃及,他们与埃及泰达共同成长。

阿米拉是 2008 年第一批加入泰达的埃及员工,从前台接待员做起,八年后阿米拉已升任公司行政总监。

【采访】埃及泰达投资公司行政总监阿米拉·阿罕穆德

(我八年前来到埃及泰达担当前台接待工作,当时的情形与现在完全不同。这些年来埃及泰达蓬勃发展,我和公司一起成长,我的薪水也涨了三倍多。)

【解说】

阿米拉的家在距离公司 40 千米外苏伊士城,丈夫穆罕默德在一家报关公司工作。夫妇俩和岳父岳母住在一起,两个儿子调皮可爱。

【采访】阿米拉·阿罕穆德

(在泰达工作之前我还租房住,现在我有两个孩子了,有了自己的房子还有车,不是我丈夫的是我自己的,是我的个人财产。很多事情都改变了,就连我的性格都改变了。)

【解说】

六月的埃及烈日炎炎,同样为扩展区建设而努力的还有当地的游牧部落贝都因人。生性不羁的贝都因人对这片沙漠了如指掌,有了他们的护卫,泰达人的埃及之路也增添了一份保险。

【采访】贝都因人贝德埃德科利

(泰达人来到这里工作很尊重我们的传统和习惯,我们之间相处得就像一家人,他们就是我们的朋友,我们愿意为泰达工作,泰达给我们提供了很多好的工作机会,让我们有了不错的收入,现在还在合作区新建了酒店游乐场等很多旅游设施。)

【解说】

夕阳下的红海,每朵浪花上,都浮着一根闪光的羽毛。一场分享会,热闹地开始了。中埃员工分享着他们关于泰达的故事。那是属于他们共同的关于家园的记忆。

【同期】埃及泰达投资公司员工穆罕默德·汉森

(我的梦想是泰达更多地盈利。对我而言更重要的事情是我们大家是一个团队,共同努力让泰达成为最棒的。)

【同期】泰达之歌

(歌词大意:在生活中,让我们彼此紧密无间手牵手,我们能克服一切问题。我们聚集在一起建设发展这片土地,在泰达你不会一个人,我们永远在一起。)

【解说】

麦加,伊斯兰教圣城。

朝觐的穆斯林乘坐中国制造的列车往返于米纳、穆茨达里法、阿拉法特山之间。2010年运营的麦加轻轨是世界上最繁忙的铁路,创造了单向每小时运送11万人次的世界最高载客纪录。它的建造者是总部位于天津的中铁十八局集团有限公司。

为了修建铁路,中铁十八局的工作人员经常需要穿越人迹罕至的沙漠,陷车会不时发生。

驾车去麦加的法迪·哈桑和撒里姆·阿布都是两个热心的年轻人,看到陷车特意折返赶来帮忙。

【采访】沙特人法迪·哈桑

(中国人现在在沙特修建铁路是善举,真的非常好。在路上只要看到他们车抛锚,我们一定会停下来帮助他们。)

【采访】中铁十八局沙特公司经理刘文俊

(有时候在路上开着车的时候,在沙漠深处没有油了,沙特人会主动地把他油箱里的油抽出来给你。如果你陷车碰上他们的话,他们都会主动伸出援手。)

【解说】

建设中麦麦高铁是开行于麦加、麦地那两座圣城间的沙特第一条双线电气化高铁,全长450.25千米,设计最高时速每小时360千米里每小时。

【采访】麦麦高铁项目常务副总经理成红斌

[这个项目是我们和当地两家公司共同联合来实施的,在这三家公司中我们(中铁)十八局是唯一一个国际性公司,也是唯一一个在这个项目之前承担过高速铁路施工任务的公司,现在从麦加到麦地那,如果沿着高速走的话得五个多小时。如果坐铁路的话,高速铁路完成以后就不到两个小时。]

【采访】麦麦高铁项目负责人艾哈麦德·朱哈米

(我自始至终参与了麦麦高铁这项工程,不仅是我,我想每一个参与这项伟大的工程的人都从内心感到自豪,我为能参与其中而感到自豪。)

【解说】

宿舍营地里备好了烧烤、手抓饭。今晚艾哈麦德·朱哈米特意邀请了中国同事,宣布他的人生大事。

【同期】麦麦高铁项目沙方负责人艾哈麦德·朱哈米

(公司所有的人都来,不管是中国人、外国人还是沙特人,所有的职员都来。我邀请公司所有的职员,包括中国朋友和沙特同事去巴哈拉镇参加我的婚礼,7月24日是我婚礼的好日子。)

【解说】

埃及的法罗斯岛上,曾经有座灯塔巍然屹立在亚历山大港外一千五百年。在漫长的时光中,它见证了我们对于未知世界无止境的渴求和好奇心。从人类决定走出非洲开始,梦想就一直提醒着我们别忘了更广阔的世界。

曾经,中国人向西前进,探索文明。曾经,天津人不远万里走进新疆,不断开拓,谋求发展。今天,天津人仍然满怀希望,走上新的丝绸之路。今天,"一带一路",海陆并进,在世界的掌声中接续历史,启航未来。

【采访】美国伍德罗威尔逊国际学者中心基辛格中美关系研究所主任戴博

("一带一路"作为中国依据本国国情提出的方针政策应该会成为21世纪最受人瞩目的壮举之一。其实施过程中融资至关重要,涉及区域内的所有国家都有可能从中获益。欧亚大陆拥有全世界最大的陆地面积,属丰饶之地,同时也存在着许多问题。目前人类具备了全面开发利用这片土地的技术能力,在这个循序渐进的过程中,中国将会起到非常重要的积极作用,这是毋庸置疑的。世界对此充满期待。)

【解说】

出发,不管是探寻过去世界的信息,还是与今日的种种相遇交集;出发,不管是寻找家园,还是安放心灵;每时每刻,都有人踏上人生中最重要的旅程,向着梦想前行。

一座城市,也是如此。

一个国家,正在路上。

【解说】

天津人,习惯把过年营造成一个极特殊的、美好的可以触摸的时间和空间。他们把对生活的渴求与热望,融入这些年俗文化当中,通过津商带入新疆。

【采访】赶大营后裔原新疆外经贸厅工作人员冯大同

(正月十五、五月端午、八月十五、春节,这几个大节,有龙灯、有狮子、有社火,这老乌鲁木齐老天津人都知道。这些文化是哪儿来的,全是咱们天津杨柳青的人带进来的。家家贴门神,家家贴对联。)

【采访】赶大营后裔新疆阿克苏工会职工技术协会原办公室主任潘柏林

(一个过年,几乎把这个百艺进疆好多内容都涵盖了。满街摆的是卖年货的,什么小孩玩的,卖花脸的,卖刀枪剑戟的,卖吃食的,那种热闹劲,那种场面是我们印象中很难忘的。)

【解说】

一年一度的杨柳青元宵节灯会,又开始了。每年,千年古镇杨柳青祥瑞、红火的元宵花灯,都会吸引十万多人前来。这些花灯如同杨柳青年画一样,意趣横生地组成一片浓烈丰盈的景象,呈现出人们心中一整年的向往。

百年前,从这里出发,走上"赶大营"之路的天津人,他们的向往是什么呢?是否也和今天的我们一样呢?

李颖超带着这些思考,准备写下新的故事。在新疆人民出版社担任文学编辑的李颖超,2006年,探访了数十位伊犁津商后代,出版了《新疆津帮》。这本书如一颗石子,激起了无数"大营客"后代心中的波澜。

【采访】赶大营后裔作家李颖超

(书出来了以后卖得非常好。熟悉的老人一传十、十传百的一下售罄了。那么好多人家都去书里找自己家的商号,然后自己家的什么爷爷呀,什么祖父呀,都找到名字了。)

【解说】

研究越深入,想要记录的心情就越迫切。李颖超将天津"赶大营"的故事,列为了自己未来最重要的写作计划。这一计划中,有写作的喜悦,也有保存的力量。

【采访】赶大营后裔作家李颖超

(本身我就是杨柳青人的后代,那么我这一代人不做的话后面的人他就不知道津商怎么样进新疆,然后为新疆作出过什么样的贡献,在新疆留下了什么样的痕迹。我觉得这一代人,新疆应该不会忘记他们,天山也不应该忘记他们。他们就应该留下自己的足迹,留下自己的名字。)

【解说】

摄影,是持续的凝视,然后发现、感动。赵来清的行摄之路,还在继续。他还将继续走向新疆,以赤子的姿态,将熔铸在那里的天津人的深情,延伸到未来。2017年春节期间,中国美术馆举行了"杨柳春风——杨柳青古版年画精品展",其中大部分展品为王树村的收藏。王进参与了这次展览的策划。他希望有更多人了解杨柳青年画的历史;了解年画的杨柳春风是如何度过了玉门,抵达了西域;了解这抵达背后,广阔深远的融合与交流。

《闪耀之夜——天津建卫 618 周年晚会》

为纪念天津建卫 618 年,天津广播电视台特举办《闪耀之夜——天津建卫 618 周年晚会》,邀请嘉宾,回望历史,共同畅想未来,书写明天。

直播时间:2022 年 6 月 18 日 19:30

直播时长:约 202 分钟

地点:天津广播电视台

主持人:杨澜、李大卫、杨婷婷、裘英俊、李一纯、孔钰钦

1. VCR 晚会总片头   时间 1 分 20 秒

2. LIVE 开场秀

【驶向闪耀的天津】:《开往早晨的午夜》 张碧晨   时间 4 分 46 秒

3. LIVE 开场白   全体主持人   时间 5 分钟【主舞台】

【站位】画左至画右依次:孔钰钦   李一纯   李大卫   杨澜   裘英俊
　　　　　　　　　　杨婷婷

杨　澜:亲爱的观众朋友们,大家——

全体主持人:晚上好!

杨　澜:这里是"闪耀之夜"天津建卫 618 周年晚会的直播现场。

　　　　　天津,山容海纳。时光在这里斧凿万叠山,踏歌千重浪。山风海涛之间,澎湃着奋斗的时代之音。一座城,壮美与灵秀交融,传统与现代交织,东方与西方交辉,历史与未来交响。

李大卫:天津,河拥海抱。九水出燕山太行,从这里开始,所有水流将不念过往,共同以海河的名义,东流入海。京杭大运河的千年舟辑,为天津载来烟火人间、满城锦绣、文华物宝和传奇命运。

裘英俊:天津,是中国唯一一个有确切生日的城市。1404 年 12 月 23 日,明成祖朱棣颁令,在这里设卫筑城。从此,这座"天子渡口",得名"天津",拱成京畿,镇守海门。

杨婷婷:618 载春秋,一粟沧海。天津,见证了南北融通、东西汇流,也见证了近代百年的风云激荡、觉醒与变革。开放、包容、多元、创新,

融入城市血脉,绵亘永续,生生不息。

　　618 岁的天津,踔厉奋发,风华绝代,时刻精彩!

李一纯:天津,是近代中国看世界的窗口,也闪耀着工业文明的璀璨光辉。中国近代民族工业于此发轫。新中国成立后,天津工业也孕育了诸多"中国第一"。第一块手表、第一辆自行车、第一台照相机等等,都诞生在这里。

孔钰钦:血脉里流淌着的工业基因,为这座城市融入特有的风骨和记忆,刻写不朽的荣耀与功勋,筑就发展的根基与底气。如今,"制造业立市",步履坚实,足音铿锵。

　　618 岁的天津,与时代同向,与祖国同行,初心不改!

杨　澜:天津,以智筑港,以产兴城,智联世界,货通天下。津城、滨城交相辉映,构建新发展;人工智能与实体经济深度融合,引领新未来;"买全球""卖全球",国际消费中心城市的新航向,激发更稳定、更恒久的新动能。

　　618 岁的天津,高质量发展,渐入佳境,活力澎湃!

李大卫:天津,每一朵浪花,都携带着惊涛的力量。逐梦星海的大国工匠,奥运赛场上的青春力量,守艺传薪的不坠之志,无悔逆行的平凡之躯,以及撑起屋檐之下一方烟火的你我。奋斗,许岁月以不朽荣光。

　　618 岁的天津,因你而闪耀!

杨　澜:云涌潮起海天阔。新时代的天津,直挂云帆,全新启航!今晚,我们的舞台也是一艘极具科技感的巨轮,乘风破浪,闪耀而来。

　　那么,我们就一同登上这艘"闪耀号",庆祝天津建卫 618 周年,感受这座城市的高光与微光,唱响这座城市的光荣与梦想!

　　闪耀之夜,群星璀璨,就让我们即刻启航!有请张萌、李逸轩,一同唱响《你好天津》!

4. LIVE《你好天津》 张萌+李逸轩 时间3分22秒

【表演秀落版:表白天津·手写祝福】

天津,初见乍惊欢,久处亦怦然。——张萌

5. 张萌留台采访 杨澜+李大卫 时间2分钟【主持台】

杨　澜:感谢张萌、李逸轩为我们带来的精彩表演,刚刚歌曲中有很多耳熟能详的天津美食,像老豆腐、嘎巴菜、煎饼果子听的我都有点饿了,并且歌曲中还有非常多的天津美景推荐,可以说是一本天津旅游攻略了。我都想去看一看、逛一逛,打卡美景,感受浪漫。让我们再次欢迎张萌(张萌主持台站定),请张萌跟我们观众打个招呼吧!

张　萌:大家好,我是天津女孩张萌。

杨　澜:咱们张萌是地地道道的天津姑娘。这次回到家乡的舞台,为什么会选择演唱这首《你好天津》呢?

张　萌:我生于天津,长于天津。天津人爽快、包容、务实、幽默。这些城市性格都深深地烙印在我身上,同时,歌中唱到的天津美食、美景、水土风物,也滋养着我。所以,我想把我的家乡,唱给更多的人听,也诚挚邀请更多的朋友,来到天津,感受天津的美好。

李大卫:那张萌作为我们天津姑娘,您会为618岁的家乡,送上什么祝福呢?

张　萌:你好,天津!此心安处是吾乡。愿你历经沧桑,永葆天真模样。

杨　澜:再次感谢张萌。(张萌退场)刚刚歌曲演唱过程中,大屏幕上展现了很多天津的元素,这些视频来自于我们"你好天津"网络短视频大赛的参赛作品。"你好天津"是由天津市委宣传部、天津市委网信办、天津海河传媒中心主办。"你好,天津"网络短视频大赛仍在继续,大赛以"致敬美好时代、祝福伟大祖国、讴歌奋斗精神、点赞幸福生活"为主题,面向全网征集体现"天津人、天津事、天津情、天津景"的短视频,讲好天津故事,辉映时代梦想,记录美好生活。

李大卫:大赛自 2021 年 11 月 23 日正式启动,目前共收到参赛作品近 20 万件,全网总播放量近 50 亿次。"近者悦,远者来"。无论初识、重逢,亦或相守;无论念念不忘,还是心向往之,越来越多的人津津乐道,共享美好。

杨　澜:我们的晚会也开辟了"闪耀天津 618"分话题征集活动。您可以在 5 个网络新媒体平台,编辑话题"#你好天津""#闪耀天津 618"发布短视频,你的作品就可能亮相晚会主舞台,还有机会瓜分百万大奖。

李大卫:另外,还可以在"你好,天津"话题评论区写下对天津的表白与祝福,表达对天津的热爱。精彩留言将在晚会的大屏幕上以弹幕的形式呈现。

　　　　大家快快行动起来吧!

　　　　接下来,我们就把舞台交给一位实力唱将。有请周深,为我们带来《好好生活就是美好生活》。

　　6. LIVE《好好生活就是美好生活》　周深　时间 3 分 42 秒

　　7. 周深留台采访　杨澜+李大卫　时间 2 分钟【主舞台】

杨　澜:谢谢周深带来的精彩表演,请移步这边。周深空灵、真挚的演唱,带领我们一同感受到了生活的美好。想问下周深是第一次来天津吗?感受如何呢?

周　深:我非常喜欢天津这座城市。天津是一座宜人舒适,又有着满满人间烟火气息的城市。天津是一座好好生活,同时也在努力创造更美好生活的城市。这里处处活力澎湃,生活多姿多彩。

李大卫:周深,今年是天津建卫 618 周年,为这座古老而又年轻的城市送上您的祝福吧。

周　深:你好,天津! 618 载春秋,芳华依旧,初心不改,再启璀璨征程。

杨　澜:谢谢周深的祝福,稍后周深还会带来一首歌曲,我们让他先去准备一下。在这里提醒大家可以登录津云客户端、天津卫视微信视频号等平台观看晚会直播。也可以通过上微博,搜索#天津 618

闪耀之夜#进入"实况讨论",边看边聊获取更多幕后故事!

杨　澜:接下来,让我们共同期待周深为我们带来的《征途》。

8. LIVE《征途》　周深　时间4分26秒

【表演秀落版:表白天津·手写祝福】

汇聚梦想之光,闪耀美好生活——周深

9. 串词　杨澜+李大卫　时间3分钟【主舞台】

李大卫:再次感谢周深。一首歌,唱尽了岁月来路,也点亮了未来征途。

杨　澜:天津,因河而生,向海而兴。蜿蜒73千米的海河穿城而过,与京杭大运河交汇。明清时期,海河就是中国北方最忙碌的"黄金水道"。

李大卫:如今,货船已经不再驶入市区,全球货物,吞吐万汇,云集天津港。
　　　　这座全球第八大港,是京津冀及"三北"地区的海上门户、"一带一路"的海陆交汇点。全球港口每装卸40个集装箱,就有1个来自天津港。

杨　澜:天津,奔涌着中国经济的澎湃活力,也见证着国家战略的擘画、落笔。

李大卫:智慧赋能,天津正由"海港",变身"智港",迈向人工智能先锋城市。智能科技,为618岁的天津激发新引擎,释放新活力。智慧,也融入了这座城市的肌理。一切,在这里都被重新定义。

杨　澜:万物互联,智慧城市重塑着人们对于未来生活的浪漫想象。

李大卫:未来感十足的浪漫天津,吸引了一位宇宙穿梭的时空旅人。他即将落地天津,与你相见。

杨　澜:那么,我们就有请萧敬腾,带来充满奇思妙想的《萨哈星球》。

10. LIVE《萨哈星球》+《海芋恋》　萧敬腾　时间7分32秒

【表演秀落版:表白天津·手写祝福】

山河浪漫,气质非凡。天津的万千美好,如梦奇遇,妙不可语。——萧敬腾

11. 串场　李一纯+孔钰钦　时间4分钟【主持台】

李一纯：再次感谢萧敬腾带我们领略天马行空的想象,感受甜蜜似幻的爱恋。在这里提醒大家可以登录津云客户端、天津卫视微信视频号等平台观看晚会直播。也可以搜索"#天津618闪耀之夜#"进入"实况讨论",边看边聊获取更多幕后故事!

孔钰钦：我们刚才说到,天津,是一座智慧之城、浪漫之城。其实,天津也是一座理想之城、绿色之城。

李一纯：是的。绿色正成为天津人美好生活里最厚重的底色。875平方千米湿地保护区内,万物并育,有灵且美。每年,全球上百万只候鸟造访天津,悠然觅食,放心歇脚。

孔钰钦：153千米海岸线,严格保护。736平方千米绿色生态屏障,满目苍翠,绿意涌动。发展,不失温度。人与自然,和谐相处。不再一味向上,追求高度,飞速奔跑;而是横向沉淀,滋养幸福与喜悦。这是天津特有的城市美学和"舍得"之道。

李一纯：1400万人民,在这里守护自然,共享美好。1400万人民,在这里追光逐梦,热烈、滚烫!无数怒放的生命,循着光的方向,勇敢飞翔。一座城,因此闪耀万丈光芒!

孔钰钦：接下来,天津籍歌手张碧晨将再度登场,用她刚柔并济的钻石音色,倾情献唱《光的方向》,点燃城市之光,传递天津力量!

12. LIVE《光的方向》　张碧晨　时间3分05秒

【表演秀落版:表白天津·手写祝福】

不管飞了多远,家乡天津始终是我情之所系,心之所念,光之所向。——张碧晨

13. 串词　李大卫【主持台】

李大卫：谢谢张碧晨带来的精彩表演!她的歌声总能直击灵魂,给人以无穷力量。

　　　心已滚烫,向着远方,倔强飞翔!正是这样的信念,激发无限活力,聚集磅礴力量,令天津熠熠生辉,流光溢彩。一座城,处处

跳动着发展的音符,时刻都有活跃的创造。

今晚,我们在精彩的表演当中还会有达人竞技,由我们的闪耀嘉宾体验具有天津特色的各项拿手绝技!那接下来,让我们把时间交给互动舞台,英俊、婷婷,看你们了!

14.互动第一轮:天津传统美食制作　裘英俊+杨婷婷+张萌+刘洪端+赵惠芬　时间 10 分钟【互动舞台】

裘英俊:欢迎来到"闪耀之夜"天津建卫 618 周年晚会的互动舞台。主舞台的表演精彩不断,当然同样精彩的还有我们的互动环节。

杨婷婷:今晚我们将会有 4 轮互动,由我们的闪耀嘉宾体验具有天津特色的各项拿手绝技!那话不多说,赶快有请本轮的体验者天津姐姐——张萌,欢迎!

【分舞台互动流程】

1. 开场 talking:艺人自我介绍

2. 达人亮相:自我介绍+技能展示+教学

3. 介绍整体玩法:在限定时间内考验艺人的学习成果

4. 艺人限时小考

(艺人上场)

张　萌:大家好,我是张萌,很开心来到天津建卫 618 周年晚会的现场。

裘英俊:张萌作为天津人,你在外工作的时候,除了家人,天津什么最让你想念?

张　萌:乡愁,总是从胃开始的。我最想念的,就是天津美食。(简单分享自己喜欢的家乡美食)

杨婷婷:说起天津美食,张萌真是如数家珍。看来,家乡的味道不仅留存舌尖,也始终印刻在张萌心里。

裘英俊:咱们天津,地处九河下梢,渤海之滨。河海两鲜,珍馐美味,过去有句美话:吃尽穿绝天津卫,美食里,蕴含着一座城市的幸福滋味,也是凝结着天津人的生活哲学。

杨婷婷:没错! 品味天津,不妨就从美食开始。我们马上开启第一轮互动环节,有请两位美食达人上场!

裴英俊:欢迎两位,先跟观众朋友们打个招呼,介绍一下自己吧。

赵惠芬:大家好,我是来自天津狗不理包子技师赵惠芬。我在狗不理工作
　　　　也有 20 多年了,现在已经成长为狗不理包子五星级技师了。

裴英俊:张萌一般喜欢吃什么馅的包子?

张　萌:(艺人根据实际情况回答)

裴英俊:那您平常在家会自己包包子吗?

张　萌:(艺人根据实际情况回答)

杨婷婷:好的,我们这边的师傅也介绍一下自己吧。

刘洪端:大家好,我是来自天津桂发祥麻花技师刘洪端。1985 年,我如愿
　　　　进入桂发祥上班,一干就是三十多年。

杨婷婷:麻花咱们天津人都知道,张萌之前有看过怎么搓麻花的吗?

张　萌:(艺人根据实际情况回答)

裴英俊:两位都在自己的岗位上工作了几十年。那如何把美食做得又快
　　　　又好呢,请两位分别给我们现场演示一下。张萌也可以同步学
　　　　习,稍后需要从两者间选择一个自己更有把握的项目进行小
　　　　考哦。

杨婷婷:好的,那我们先请刘师傅给我们展示一下吧。

　　　　(刘洪端制作 1 个麻花进行展示)

杨婷婷:张萌是第一次这么近距离地看制作麻花的过程吗?

张　萌:(艺人根据实际情况回答)

杨婷婷:太快了吧,都还没看清呢。刘师傅要不也教教我们和张萌做一
　　　　下吧。

　　　　(达人教学,艺人学习并简单尝试,主持人同步进行提问)

杨婷婷:哇,刘师傅好灵活的手艺。想问一下刘师傅,搓麻花的过程有什
　　　　么讲究吗?

刘洪端:搓制麻花非常有讲究的,首先是对条,搓馅,将馅放在条上,从头
　　　　开始,右手里搓,左手外推,双手提起,迅速合拢拧花掐嘴成型!

整个过程看似简单,实际上从角度,力度和速度上,都要紧密配合,每个动作连在一起,环环相扣,一气呵成!

杨婷婷:张萌学得怎么样?你觉得难吗?

张　萌:(艺人根据实际情况回答)

杨婷婷:看得我都馋了。看完了刘师傅的精彩展示,赵老师那边准备的得怎么样了呢?

裴英俊:一直准备着呢,虽然刘师傅很厉害啊,但是我们赵老师也是毫不逊色的。

我们有请赵老师给我们露一手吧。

赵惠芬:没问题!

（赵惠芬制作 1 个包子进行展示）

裴英俊:赵老师一捏一个准,真是又快又好,连每一道褶花都非常美观啊。

请赵老师也教教张萌尝试做一下吧。

（达人教学,艺人学习并简单尝试,主持人同步进行提问）

裴英俊:想问一下狗不理包子有什么特别的地方吗?

赵惠芬:狗不理包子外形美观,包子褶花匀称,每个包子都有 18 道褶。刚出笼的包子,状若凝脂,鲜而不腻,清香适口。品尝时,第一口就能吃到皮和馅,直到最后一口依然是有皮有馅。

裴英俊:张萌上手做包子的感受如何?

张　萌:(艺人根据实际情况回答)

裴英俊:我看到张萌刚在一旁学得很认真啊,我感觉你已经掌握技能了,你觉得自己更擅长哪一个项目呢?接下来我们可是要考你的。

（艺人进行选择完成限时一分钟小考）

张　萌:虽然我很喜欢吃狗不理包子,但我想选桂发祥十八街麻花作为我的小考项目。

裴英俊:张萌大胆预测一下自己一分钟能做多少个麻花呢?

张　萌:(艺人根据实际情况回答)

裴英俊:好的,这一轮的小考题目是:限时一分钟内,张萌与赵老师进行比拼,看谁卷的麻花或者包的包子又多又好。因为张萌是新手,做得肯定没有那么快,我们允许刘师傅在旁边辅助她。

杨婷婷:都准备好了吗？现在,张萌和刘师傅组成了桂发祥组,赵老师一个人就是一支队伍的狗不理包子组,究竟谁在一分钟内做得更快,做得更多呢？让我们拭目以待！一分钟倒计时开始！

(一分钟挑战计时)【大屏倒计时素材】

【前】杨婷婷根据艺人制作情况进行互动

杨婷婷:赵老师那边做得怎么样了呢？

【后】裘英俊根据赵老师制作情况进行介绍

杨婷婷:时间到,两位老师辛苦啦,擦一下手吧。我看到张萌做了 N 个。英俊,你那边做的情况怎么样？

裘英俊:我数数,赵老师做了 N 个。赵老师太棒啦。

杨婷婷:虽然张萌的手速和成果无法与熟练的师傅们相比,但是已经做得很不错了,可以跟我们分享一下你的学习心得吗？

张　萌:(分享学习窍门,体验心得)

杨婷婷:说得太好啦,希望张萌以后能够给大家多多推荐咱们天津美食。

裘英俊:其实像这样的天津传统美食,我们还有很多,大家熟知的耳朵眼炸糕、煎饼果子、锅巴菜等等,欢迎大家来我们天津品尝美食。感谢像刘师傅和赵老师这样的一群人,在自己热爱的领域里默默付出和执着坚守,才让天津的美食风味得以传承发展。我们也谢谢张萌和两位达人,请移步台下稍作休息。

(张萌、达人退场)

杨婷婷:接下来一小段广告,稍后更加精彩。

15. 虚拟　下节精彩+广告口 1+开关版　时间 5 分钟(暂定)

16. 第二篇章　LIVE 奋斗之光篇章开启词　李一纯+李大卫+杨澜+孔钰钦　时间 2 分钟【主持台】

【站位】画左至画右依次:李一纯　李大卫　杨澜　孔钰钦

杨　澜:欢迎回来！这里是"闪耀之夜"天津建卫 618 周年晚会直播

现场。

孔钰钦：同时在这里再次提醒各位观众朋友们，"你好，天津"网络短视频大赛仍在继续，您可以在新媒体平台，编辑话题"#你好天津"发布短视频，即有机会瓜分百万大奖，大家快点一起参与吧，让我们一起记录天津，记录美好

杨　澜：福利之后，我们闪耀继续！

　　　　新时代，是奋斗者的时代。那些在劈波斩浪中开拓前行的担当，那些在披荆斩棘中开辟天地的拼搏，那些在攻坚克难中创造业绩的奉献，那些在悠悠岁月中温暖深情的守护，汇聚成天津的无限精彩！

李大卫：生活的真谛从来都不在别处，就在日常一点一滴的奋斗里。每一个岗位，都是成就人生的舞台；每一个生命，都能书写不凡的华章；每一滴汗水，都将成为天津故事的最美注脚。今晚，我们就用奋斗之光，照亮人生，闪耀天津，辉映我们壮阔的时代！

杨　澜：接下来，让我们把舞台交给曾经走过迷茫，却始终步履不停、奋斗追梦的张远，带来一首《嘉宾》。

17. LIVE《嘉宾》　张远　时间5分33秒

【表演秀落版：表白天津·手写祝福】

人生海海，去爱，去热爱，去成就平凡生活中的英雄梦想！——张远

18. 张远留台采访　杨澜+李大卫　时间2分钟【主持台】

杨　澜：感谢张远的精彩表演。其实，爱也是一种信念。在人最沮丧、最失意的时候，爱总能为你注入无穷的力量。人生最曼妙的风景就是，奋斗路上，有爱人且以青春共未来；岁月回首，与爱人且以深情共白头。再次欢迎张远，向天津的观众打个招呼吧。

张　远：天津的观众朋友们，大家好。我是歌手张远。

李大卫：张远应该说是天津的老朋友了。天津也见证了张远的奋斗与成长。

张　远：没错。我2014年参加过天津卫视的戏曲真人秀《国色天香》。

最终,我闯进了总决赛,并获得了第三名。这对我来说,是莫大的鼓励和认可。也一直激励着我奋斗逐梦的脚步永不停歇。坚守自持,终将闪耀。希望我的经历,能给每一位正在奋斗的追梦人更多勇气。

李大卫:没想到张远与天津有这么一段励志故事!相信你的经历,也会鼓舞很多年轻人。那么对于618岁的天津,张远将会送上什么祝福呢?

张　远:你好,天津!信念不灭,奋斗不止,梦想终将照进现实!

杨　澜:说得太好了!谢谢张远的分享。也祝福你的音乐人生更加绚烂!

李大卫:618年,以梦为舟,踏过风浪,天津用奋斗定义更好的时光。船到中流,更当奋楫击水三千里;遇见风雨,"何妨吟啸且徐行"。这,就是勇敢,是敢于尝试、勇于突破的少年胆气,也是不撞南墙不回头的一腔孤勇,更是天生傲骨不甘平庸的梦想呐喊!

杨　澜:有请才华横溢的胡彦斌,带来《你要的全拿走》《我敢》,唱响青春之火为梦而燃!

19.LIVE《你要的全拿走》+《我敢》 胡彦斌 时间7分钟
【表演秀落版:表白天津·手写祝福】
祝你勇敢,祝你一生向前。你若决定灿烂,山无遮,海无拦。——胡彦斌

20.串场 杨澜+李大卫 时间1分钟【主持台】

杨　澜:感谢胡彦斌的燃情献唱。茫茫人海中,有许许多多普通的人,他们有着不同身份,从事着不同的职业,在自己平凡的世界中,平凡地活着。

李大卫:浩渺宇宙里,我们生如微尘,每个人都是无名之辈,却都是自己生活中的主角。那个满身疲惫仍咬牙坚持的你,那个再苦再难也没有放弃的你,那个努力奋斗热爱生活的你,那个坚守岗位默默发光的你,那个逆行出征迎难而上的你,那个为抗击疫情拼尽全力的你,特别了不起!

杨　澜:生而平凡,心向璀璨。正是无数个这样的你,成就了一个闪耀的
　　　天津,奋进的中国。

李大卫:接下来,有请唐汉霄带来《无名之辈》,致敬每一个努力奋斗
　　　的你!

21.LIVE《无名之辈》　唐汉霄　时间3分33秒
【表演秀落版:表白天津·手写祝福】
　　致敬,所有挺身而出的"无名之辈",守一座城,护一方人。——唐
汉霄

22.串场　李一纯+孔钰钦　时间4分钟【主持台】

孔钰钦:谢谢唐汉霄带来温暖人心的演唱。刚刚,大家应该看到了,我们
　　　的舞台上出现了很多的网友弹幕。这些都是来自"你好,天津"
　　　话题评论区广大网友对天津的表白与祝福。

李一纯:"你好,天津"网络短视频大赛仍在继续,您可以在各大新媒体平
　　　台,编辑话题"#你好天津"发布短视频,即有机会瓜分百万大奖,
　　　大家快点一起参与吧,让我们一起记录天津,记录美好。

孔钰钦:刚才舞台上的花式表白,是千千万万的网友在为最爱城市打
　　　call。现实生活中,你的无畏奋斗和无悔守护,是对这座城市最深
　　　情的告白。

　　　　在天津,平均5人中就有1人是志愿者。崇德向善,无私奉
　　　献,化为城市基因,融入血脉。一座城,大爱涌动,无限温暖。

李一纯:在天津,人人都是守护者。守护家国,守护生命,守护山河无恙,
　　　守护人间皆安。

孔钰钦:生活、梦想、奋斗的1400万人民,是这座城市最生动的风景,最恒
　　　久的光芒。这座城市,也细心守护着每一个温暖的笑容,每一个
　　　奋斗的身影,每一个幸福的家庭。

李一纯:筑梦天津,无畏闪耀!天津,为每一个梦想助力喝彩,让每一份创
　　　新活力都充分迸发,为每一份奋斗铺就人生出彩的舞台。

孔钰钦:敢于发光,敢于照亮!以热爱之名,创造自我,启程远方!有请杨

坤登场。

23. LIVE《无所谓》+《生命像块石头》　杨坤　时间 6 分 07 秒

【表演秀落版:表白天津·手写祝福】

心中有梦,眼中有光。只要在路上,就没有到不了的远方。——杨坤

24. 串词　李大卫【主持台】

李大卫:感谢杨坤精彩的表演。这些年,杨坤在音乐创作的道路上一直不断探索。他独特的创作风格和细腻的情感表达,每次都给我们耳目一新的感觉,果然追梦的人永远年轻。接下来,让我们把时间交给互动舞台有请英俊、婷婷!

25. 互动第二轮:天津行业达人技能　裴英俊+杨婷婷+张远+韦国发+郭志刚　时间 10 分钟【互动舞台】

裴英俊:欢迎来到"闪耀之夜"天津建卫 618 周年晚会的互动舞台,接下来我们开启今晚第二轮互动环节。

杨婷婷:欢迎本轮的惊喜嘉宾——张远。

【分舞台互动流程】

1. 开场 talking:艺人自我介绍

2. 达人亮相:自我介绍+技能展示+教学

3. 介绍整体玩法:在限定时间内考验艺人的学习成果

4. 艺人限时小考

张　远:大家好,我是张远,很开心在这里和大家见面。

裴英俊:欢迎张远,欢迎来到天津。首先想问一下张远平时休息的时候一般会干什么?

张　远:休息的时候会玩玩电脑吧,有时候和兄弟们一起开黑,没事也会购购物。(可根据实际情况回答)

杨婷婷:是的,网络让我们的生活更加丰富,可以看到现在桌上摆的这些道具,张远你猜到我们这轮的互动的内容了吗?

张　远:我看这边应该是一些快递打包的材料,另一边的不太了解。

裴英俊:没错,这些都是本轮体验的道具,是不是很好奇。话不多说,我们

马上有请两位达人上场!

裘英俊:欢迎两位,先跟观众朋友们打个招呼吧。郭老师先介绍一下自己吧。

郭志刚:大家好,我是来自物流企业天津宝坻仓仓储组长郭志刚。

裘英俊:想问一下郭志刚,现在正是618大促期间,大家都在网上买买买,你们应该也很忙碌吧?

郭志刚:是的,每到双十一、618大型促销活动时候,也是我们物流最忙的时候,如何保证大家购买的商品快速又完整的到达各位手中,打包的时候其实有很多的注意事项,比如说瓶类酒类、生鲜,我们京东都有特定的打包方式与流程,稍后我也可以为大家展示一下。

裘英俊:那张远最近618有没有买买买呢?

张　远:(艺人根据实际情况回答)

杨婷婷:好的,那也请韦老师介绍一下自己吧。

韦国发:大家好,我是来自天津市电子信息技师学院的教师韦国发。

杨婷婷:据我所知,韦老师非常的厉害,曾获得过国际技能大赛金牌以及第45届世界技能大赛银奖,虽然我们现在经常用电脑,但我们能看到都是制作好的网线,一时看到这些部件还挺手足无措的,等会两位都会展示一下平时如何操作的,张远也可以同步尝试学习下,毕竟等下你可是要选一位老师和他比赛的哦。我们先请韦老师先给我们展示一下吧。

　　(韦国发网头制作技能展示,主持人同步进行提问,艺人学习并简单尝试)

杨婷婷:韦老师手速真的相当快啊,可以跟我们简单介绍一下水晶头接线的操作步骤吗?

韦国发:首先我们需要先剥去电缆外皮,按白橙橙、白绿蓝、白蓝绿、白棕棕的顺序理齐4对线芯,插入水晶头中,然后用压线钳用力压紧就好了。

杨婷婷:那操作过程中有哪些环节需要特别注意呢?

韦国发:剥去电缆外皮的时候得注意不要把刀片直接剪到根部,然后接线
　　　　一定要又快又准,这就需要通过多练习啦。

杨婷婷:小小的网头,制作起来也是个细致活呢。很多男生喜欢在网上买
　　　　一些零件,然后自己在家来组装电脑之类的小电器,想问问你的
　　　　动手能力怎么样?

张　远:(艺人根据实际情况回答)

裴英俊:好的,接下来我们请郭老师给我们展示吧。

　　　(郭志刚打包技能展示,主持人同步进行提问,艺人学习并简单尝
试)

郭志刚:这个是我们最常用的包装箱,主要用于服装鞋帽等不易碎的物品
　　　　寄递。

裴英俊:我看到旁边还摆放了瓶子,可以跟我们讲讲这个应该怎么打
　　　　包吗?

郭志刚:这个是易碎品(瓶子),首先会在气柱袋充气,装入酒类袋口折叠
　　　　整齐并用胶带固定好,然后装入纸箱。如有空档,用充气袋或气
　　　　垫膜填充满,以酒不晃动为准,最后我们会封箱贴单,完成包装,
　　　　等待发运。

裴英俊:谢谢郭志刚的展示。现在张远的学习结束了,我们现在来考考你
　　　　怎么样?

张　远:可以呀,两位都非常厉害!人生,就是要有难度才有意思嘛,所以
　　　　我选择韦老师的项目进行小考!

裴英俊:那我们谢谢郭志刚的精彩展示,请郭志刚移步台下稍事休息。

杨婷婷:这一轮的小考题目是:张远和韦老师谁能够更快速地完成1个网
　　　　头制作,使其链路可以传输,以至灯光亮起。

裴英俊:大家准备好了吗?记得先按前面的计时器噢。3、2、1开始!

　　　(计时开始,网头制作完成后需要按桌上的计时器按钮停止计时)

杨婷婷:哇,韦老师已经完成啦,这也太快了吧!张远那边还在继续,有点
　　　　难办的样子,韦老师不如我们去帮帮他吧。

裘英俊:恭喜张远成功制作一个网头!非常不容易地完成点亮灯光的任务。

杨婷婷:是的,在这个过程中你有什么感想吗?

张　远:(分享学习窍门,体验心得)

杨婷婷:说得很好啊,真的是每个岗位都不平凡,每个人都不普通。

裘英俊:一条条网线,连接千家万户,连接世界,连接未来。感谢千千万万个像韦老师、志刚这样平凡却不普通的劳动者,让我们体会到了平凡中孕育的伟大。我们也谢谢张远和达人,请移步台下稍作休息。

接下来一小段广告,稍后更加精彩。

26.虚拟　下节精彩+广告口2+开关版　时间5分钟

27.第三篇章　LIVE传承之光篇章开启词　李一纯+李大卫+杨澜+孔钰钦　时间2分钟【主持台】

【站位】画左至画右依次:李一纯　李大卫　杨澜　孔钰钦

杨　澜:欢迎回来!这里是"闪耀之夜"天津建卫618周年晚会直播现场。

李大卫:福利不停,群星闪耀,我们的晚会精彩继续!

618年的时光打磨,雕琢了天津这座非凡的城市。

如果您喜欢传统文化,可以来天津。辽代古刹独乐寺,已经卓然而立,等待了你千年。世界三大妈祖庙之一的天后官,海门慈筏八百年。明清古韵的古文化街上,珍藏着天津卫的童年记忆。五大道上,800多幢小洋楼,风姿各异。一步,便可纵览万国风情;一楼,即能讲述百年风云。

杨　澜:如果您想看见艺术之美,可以来天津。千年古镇杨柳青,精致华美的木版年画,炽烈地渲染出丰盈富丽、繁盛饱满的生活热望和心灵向往。泥人张彩塑,绵延196年,六世传承,代有名家,穿越历史,惊艳时光。

河海汇聚的天津,融合重铸着南北文化,能工巧匠,在天津代代传承。

孔钰钦：如果您想品味生活之乐，可以来天津。世间万象，春秋家国，悲欢离合，都化作了茶馆里、戏台上的一颦一笑，几曲长歌。天津是戏曲大码头，也是北方曲艺之乡。这里也诞生了大批曲艺名家。只有在天津站得住脚的角儿，才能走向全国。

李一纯：618年，传承之光常在，创新之火不熄。

接下来，我们有请面孔乐队，带来《英雄》，致敬那些守艺、传薪，为天津留住美、留住记忆的平凡英雄！

28. LIVE《英雄》　面孔乐队　时间4分42秒

【表演秀落版：表白天津·手写祝福】

平凡铸就伟大，英雄来自人民。天津的每个你都了不起！——面孔乐队

29. 串场　杨澜+李大卫　时间4分钟【主持台】

李大卫：感谢面孔乐队带来充满力量的表演！在这里再次提醒大家，可以登录津云客户端、天津卫视微信视频号等客户端观看晚会直播。也可以通过上微博，搜索"#天津618闪耀之夜#"进入"实况讨论"，边看边聊获取更多幕后故事！

杨　澜：巍巍华夏，泱泱九州，我们的文化五千年从未断流。恢宏的历史创造了博大精深的中华文明，留下了灿若繁星的文化瑰宝。

李大卫：中华文化，薪火相传，代代相守，积淀着中华民族最深沉的精神追求，也是中华民族生生不息、发展壮大的丰厚滋养。

杨　澜：坚守艺术，就是守护记忆。传递薪火，亦是传递心灵。

李大卫：天津，拥有国家级、市级非物质文化遗产数百项。比如，杨柳青木版年画、泥人张彩塑、风筝魏、京剧、相声、京韵大鼓、中医制剂等。

在天津，一系列富有创新、富有成效的政策举措激活了传统文化，守护着非遗技艺，点燃了人们蕴藏心底的文化自信。

杨　澜：人民非遗，人民共享。天津加强非物质文化遗产保护和传承，坚持创造性转化、创新性发展，积极培养传承人，激活非遗活力，绽

放非遗魅力。

李大卫：非遗之美，找到传统文化和现代生活的连接点，绽放时代光彩。越来越多的人，走近非遗，了解非遗，感悟非遗传承人的工匠精神，感受中华优秀传统文化的魅力。

杨　澜：也有越来越多的年轻人，用新颖的方式，弘扬中国文化，传递中国价值。接下来，我们把舞台交给 VAVA 毛衍七，看她如何让传统与流行进行碰撞，将百年传承、千年积淀的传统国粹化身国潮！

30. LIVE《CX330》+《我的新衣》　VAVA　时间 6 分 42 秒

【表演秀落版：表白天津·手写祝福】

守艺，即守忆。传承，亦新生。天津文化生生不息，华彩流芳。——VAVA

31. 串场　李一纯+孔钰钦　时间 3 分钟【主持台】

李一纯：感谢 VAVA 毛衍七的精彩表演，将我们的闪耀之夜氛围感拉满！

孔钰钦：在下一个精彩节目开始前，我还要再次提醒各位观众一定要持续关注我们晚会，今天我们的晚会还准备了很多惊喜的福利！

李一纯：没错，我们的"你好，天津"网络短视频大赛仍在继续。您可以在新媒体平台，编辑话题"#你好天津"发布短视频，即有机会瓜分百万大奖，大家快点一起参与吧，让我们一起记录天津，记录美好。

孔钰钦：618 年，漫漫岁月，在一座城市流过，镌刻下荣光。

李一纯：一方烟火，四季枯荣。时间匆匆，在我们身上碰撞，便镌刻出了故事。

孔钰钦：时间都去哪儿了？时间，写在了祖国大地上，从渤海之滨到海河之畔，从雪域高原到大漠孤烟，从脱贫攻坚到乡村振兴。时间为尺，岁月为证。

　　　天津，以国之大为大，以百姓心为心，不负韶华，不负人民。

李一纯：时间都去哪儿了？时间，写进了成长的年轮中，刻在了父母的皱纹里，融入了茶米油盐的人世间。岁月不居，时节如流。有请王铮亮,带领我们一同叩问时间,聆听岁月。

32. LIVE《时间都去哪儿了》　王铮亮　时间 4 分 16 秒

【表演秀落版:表白天津·手写祝福】

没有人可以逃出岁月,但永远有人无惧岁月。愿你不负时光,活出津

彩!——王铮亮

33. 王铮亮留台采访　杨澜+李大卫　时间 2 分钟【主持台】

杨　澜:感谢王铮亮带来的深情演绎。时间是最忠实的记录者,也是最客
　　　观的见证者。它丈量着前行的步履,标注着奋斗的艰辛,沉淀着
　　　精神的价值。时间都去哪儿了? 时间不是答案,但所有答案都藏
　　　在时间里。再次欢迎铮亮,和观众朋友打个招呼吧。

王铮亮:天津的观众朋友,大家好。我是歌手王铮亮。很高兴再次来到
　　　天津。

李大卫:铮亮说再次来到天津,看来您也与天津有着不解之缘。

王铮亮:是的。我小时候第一个手风琴比赛获奖就是在天津。这开启了
　　　我的音乐之旅。所以,这次特地来到闪耀之夜,庆祝天津建卫
　　　618 周年!

杨　澜:看来天津对于铮亮来说,是一座意义非凡的城市,是追梦的起点。
　　　今晚,你会为天津送上怎样的祝福呢?

王铮亮:你好,天津! 愿你无惧时光,永远有穿越风雨的力量!

杨　澜:谢谢铮亮!

李大卫:杨澜姐,刚才我们提到,天津拥有很多国家级非遗项目,您印象最
　　　深的是哪一项?

杨　澜:我印象最深的自然是杨柳青木版年画了。比如,经典的《莲年有
　　　余》年画上,一个胖头娃娃怀抱着一尾红鲤鱼,坐在荷叶之上,与
　　　莲花一起,构成深广的吉祥意蕴。我相信,这个经典形象,深入每
　　　一个华夏儿女的心灵,也承载着每一个炎黄子孙对于生活的盛情
　　　与企盼。

李大卫:看来,杨澜姐对天津文化非常了解。出淤泥而不染的莲花,因其

高洁、美好的寓意,不仅常常出现在年画当中,也常常出现在天津剪纸、版画艺人的作品当中。

杨　澜:千古文人皆爱莲,民间艺术也不例外。这是我们的中国美学、华夏风骨!

下面,我们有请 GAI 周延,带来《莲花》《华夏》。

34. LIVE《莲花》+《华夏》　GAI 周延　时间 7 分 15 秒

【表演秀落版:表白天津·手写祝福】

殷殷之情俱系华夏,寸寸丹心皆为家国。以吾辈之力,书写时代荣光! ——GAI 周延

35. 串词　李大卫【主持台】

李大卫:谢谢 GAI 周延为我们带来的精彩表演,十分热血,气势磅礴,唱出了上下五千年华夏文明丰厚的精神财富和文化底蕴,也传达出了新时代新青年们的爱国情感。接下来,我们将时间交给互动舞台的英俊、婷婷!

36. 互动第三轮:天津传统文化手工艺　裘英俊+杨婷婷+VAVA+薛文娅　时间 10 分钟

【互动舞台】

裘英俊:欢迎来到"闪耀之夜"天津建卫 618 周年晚会的互动舞台,接下来我们开启今晚第三轮互动环节。

杨婷婷:有请本轮的惊喜嘉宾——VAVA。

【分舞台互动流程】

1. 开场 talking:艺人自我介绍

2. 达人亮相:自我介绍+技能展示+教学

3. 介绍整体玩法:在限定时间内考验艺人的学习成果

4. 艺人限时小考

(艺人上场)

VAVA:大家好,我是 VAVA,很开心来到这里。

裘英俊:欢迎 VAVA,想问下 VAVA 平时在家做运动吗? 肢体协调能力怎

么样?

VAVA:我平日有坚持健身的习惯,如果是考验肢体协调的话应该难不倒
　　　我。(艺人可根据自身情况回答)

裴英俊:为什么要问肢体协调呢,是因为跟我们接下来互动环节有关。在
　　　大运河畔的天津天穆村,有一群踢毽子的好手。普普通通的鸡毛
　　　毽,一旦到了他们足尖,便仿佛被施了魔法,具有了生命,翻飞自
　　　如,花样百出,赏心悦目! 他们把毽子踢成了"国家级非物质文
　　　化遗产代表性项目"。

杨婷婷:没错,穆氏花毽至今已有140余年历史,接下来,有请我们的穆氏
　　　花毽达人薛文娅上场!

裴英俊:欢迎,先来给大家打个招呼吧!

薛文娅:大家好,我是来自天津市北辰区天穆花毽队的薛文娅。

裴英俊:别看文娅小小年纪,但师从穆氏花毽的第三代传人穆瑞宽,从小
　　　就走南闯北,各地征战,取得了不俗的成绩。目前,她是全国毽球
　　　锦标赛女子个人规定、个人自选双冠。今天,薛文娅还给大家准
　　　备了一套非常利落的花毽展示,大家是不是非常期待呢? 不如我
　　　们请文娅给我们现场展示一下,VAVA 也可以同步尝试一下。

　　　(达人展示毽子花式踢法)

杨婷婷:我感觉毽子是不是长在文娅脚上,牢牢地不会掉,好稳呀!
　　　VAVA 刚看完这段展示感觉怎么样?

VAVA :(艺人根据实际情况回答)

裴英俊:我看 VAVA 跃跃欲试的样子,不如文娅来教 VAVA 几个简单动
　　　作尝试一下。

　　　(艺人学习尝试花毽)

裴英俊:VAVA,是不是看起来很容易,上脚自己踢还是挺难的?

VAVA :(艺人根据实际情况回答)

杨婷婷:VAVA 表现很不错噢,这个花毽确实是难度极高。那我想问一下
　　　文娅练习多长时间了?

薛文娅：我从五年级就开始练习花毽，到现在已经有××年了。

裘英俊：谢谢文娅。我们热身结束了，VAVA你准备好了吗？小考要开始了哦，我们这轮小考的题目是：限时一分钟内VAVA和文娅谁踢进桶内的毽子最多。VAVA先预估一下自己能踢进几个？

VAVA：（艺人根据实际情况回答）

杨婷婷：要不在开始之前我们尝试踢一下，试试感觉？

（艺人尝试）

杨婷婷：我们拭目以待。一分钟倒计时，开始！

（限时小考：VAVA与薛文娅同时开始踢毽子）

【大屏倒计时素材】

裘英俊：时间到！我们来数一下大家的踢进的毽子数量吧。我们这边VAVA踢进了××个。婷婷你们那边呢？

（主持人把桶子拿起来数）

杨婷婷：文娅踢进去了××个，好多好厉害啊。

裘英俊：虽然VAVA比文娅踢进去的数量少，但是我看到了这个过程中VAVA的努力。想采访一下VAVA，在体验过后能和我们分享一下感受吗？

VAVA：（分享学习窍门体验心得。）

裘英俊：其实VAVA作为新手，她的表现已经很不错了。文娅年龄虽小，表现也是非常亮眼。文化传承的未来就是在年轻人身上。天津作为一座有着618年历史的文化名城，拥有丰富多彩的非物质文化遗产，感谢像文娅这样的传承者让天津这座城市璀璨的文化一直传承至今。我们也谢谢VAVA和文娅，请移步台下稍作休息。接下来一小段广告，稍后更加精彩。

37. 虚拟　下节精彩+广告口3+开关版　时间5分钟

38. 第四篇章　LIVE未来之光篇章开启词　李一纯+李大卫+杨澜+孔钰钦　时间2分钟【主持台】

【站位】画左至画右依次：李一纯　李大卫　杨澜　孔钰钦

杨　澜:欢迎回来！这里是"闪耀之夜"天津建卫 618 周年晚会直播现场。

孔钰钦:在这里再次提醒各位观众朋友们,"你好,天津"网络短视频大赛仍在继续,您可以在相关新媒体平台,编辑话题"#你好天津"发布短视频,即有机会瓜分百万大奖,大家快点一起参与吧,让我们一起记录天津,记录美好

杨　澜:福利惊喜接连不断,闪耀之夜精彩纷呈。

重温 618 年来天津的光辉历程,一曲曲青春之歌,激越飞扬。

100 多年前,在那个风雨如晦的旧中国,正是中国青年的觉醒,点燃了中华民族伟大复兴的希望之光。

李大钊:李大钊、张太雷、周恩来、邓颖超、于方舟……无数青年在天津觉悟、猛醒,奔赴使命,汇入红色激流,融牺牲壮烈于明亮希望之中,英勇无畏地化作风雷,激荡出一个崭新的中国。

李一纯:日月新天,山河焕颜。新时代的中国青年,用沸腾向上的力量,擦亮奋斗这个青春最亮丽的底色,为人民战斗,为祖国献身,为幸福生活拼搏,点燃未来之光。

孔钰钦:从"南开八学子",到社区志愿者,从天津女排从不放弃、永不言败的拼搏向上,到海河工匠"择一事终一生"的执着专注……无数青年在天津用实干成就梦想,在平凡中彰显不凡。

杨　澜:618 岁的天津,青春之歌,萤萤之火,汇聚成耿耿星河,给前路以光亮,给未来以希望。

李大卫:接下来,我们有请赵让,带来《perfect》,把青春的旋律唱给你听。

39. LIVE《perfect》　赵让　时间 3 分 06 秒

【表演秀落版:表白天津·手写祝福】

以梦为马,搏风击浪,磨砺成自己的榜样。青春无尽,未来可期。——赵让

40. 串场　李一纯+孔钰钦　时间 1 分钟【主持台】

李一纯:谢谢赵让为我们带来的精彩表演！

　　　　年轻人扎根于天津这座青春的城市,他们在这里相识相恋,
他们在这里奋斗成长。

　　　　年轻人的爱情,总是格外美好,还有点甜。

孔钰钦:说到甜甜的情歌,那接下来要给大家带来表演的这位,就有着
　　　　"情歌小王子"的称号。他同时一位全能创作人,很多脍炙人口
　　　　的金曲都来自他的创作。

李一纯:是的,在很多90后的心目中,他的很多歌曲都是KTV的必点曲
　　　　目,并且每每发新歌都占据音乐榜的前列。

孔钰钦:他的情歌,总是温暖又浪漫,深深触动了年轻人的心弦。所以,我
　　　　们很多人总会在不经意之间,轻轻哼唱出几句旋律,也会在甜蜜
　　　　时刻与他的歌词共鸣。今晚,趁风轻扬夏未央,他要把爱情最美
　　　　好的模样,都唱给你听。有请汪苏泷!

41. LIVE《忽而今夏》+《一笑倾城》　汪苏泷　时间7分14秒
【表演秀落版:表白天津·手写祝福】

有爱相伴,世间万物都浪漫。想和你一起将天津的星辰山海都看
遍。——汪苏泷

42.汪苏泷留台采访　杨澜+李大卫　时间2分钟【主持台】

杨　澜:谢谢汪苏泷的表演,不愧被网友们称为"情歌小王子",瞬间点燃
　　　　我们舞台氛围,让我们的闪耀之夜,也无比甜蜜、浪漫。让我们再
　　　　次欢迎苏泷,和我们的观众朋友们打个招呼吧。

汪苏泷:大家好,我是歌手汪苏泷。

杨　澜:苏泷应该不是第一次来天津了吧? 对天津印象如何?

汪苏泷:天津,在我的印象里,是一座充满快乐和正能量的城市。这次来
　　　　到天津卫,在这里度过一个非常愉快的夜晚,咱们就是倍儿高兴。

李大卫:苏泷,一直是位隐藏在音乐界的段子手。您是不是也对天津的相
　　　　声文化格外感兴趣。有没有去天津的茶馆、戏园,听过相声?

汪苏泷:来到天津怎么能不听相声呢? 我也认识很多位天津的相声艺人,
　　　　我喜欢天津,爱听相声,更喜欢乐观幽默的天津人民。

李大卫:您对618岁的天津会送上什么祝福呢?

汪苏泷:你好,天津! 愿天津在岁月长河中更加闪耀,美好依旧,活力无限。

杨　澜:谢谢汪苏泷的浪漫祝福。本晚会由京东独家冠名播出,618京东和你在一起,一起庆祝天津建卫618周年。在这里提醒大家可以登录津云客户端、天津卫视微信视频号等网络平台观看晚会直播。也可以通过上微博,搜索#天津618闪耀之夜#进入"实况讨论",边看边聊获取更多幕后故事!

杨　澜:同时在这里再次提醒各位观众朋友们,"你好,天津"网络短视频大赛仍在继续,您可以在相关新媒体平台,编辑话题"#你好天津"发布短视频,即有机会瓜分百万大奖,大家快点一起参与吧,让我们一起记录天津,记录美好!

李大卫:跟大家介绍了晚会的活动之后,咱们精彩节目继续。人间至味是清欢。家人团坐,灯火可亲。晚风吹落爱恨,灶前笑问粥可温。看似平淡的每一天,都是不可复制的温暖幸福。接下来,有请张北北带来《晚风心里吹》。

43. LIVE《晚风心里吹》 张北北　时间3分23秒

【表演秀落版:表白天津·手写祝福】

三餐四季,自有诗意。天津,流年向暖,岁月清欢。——张北北

44. 串场　李大卫【主持台】

裴英俊:感谢张北北的精彩表演。刚才的表演中,呈现了天津五大道四季的风景变化。春萌新绿,夏拂凉风,秋洗碧空,冬飞瑞雪。五大道,四季流转,万种风情。欢迎大家常来游览五大道,品味四季美景,感知百年中国。

　　接下来,我们把时间交给互动舞台,英俊、婷婷!

45. 互动第四轮:天津新兴行业技能　裴英俊+杨婷婷+赵让+机器人

时间10分钟

【互动舞台】

裘英俊：欢迎来到"闪耀之夜"天津建卫618周年晚会的互动舞台,接下来我们马上要进行我们今晚的最后一轮互动环节了。

杨婷婷：有请我们的互动嘉宾——赵让。

【分舞台互动流程】

1. 开场 talking:艺人自我介绍

2. 达人亮相:自我介绍+技能展示+教学

3. 介绍整体玩法:在限定时间内考验艺人的学习成果

4. 艺人限时小考

赵　让:哈喽大家好,我是赵让。

裘英俊:欢迎赵让来到天津。首先我想问一下赵让,一般男生都是数码控、智能控,那你平时会关注科技方面的新闻吗?

赵　让:我平时对机器人、智能家居等领域的科技新闻,非常感兴趣。

杨婷婷:现在生活中处处都有人工智能,想问下赵让现在家里有哪些智能家居电器呢?

赵　让:(艺人根据实际情况回答)

裘英俊:在我们舞台现场就有一台智能机器人,来自天津新松机器人自动化有限公司,它是一家以工业机器人技术为核心的高科技公司,他们在产品本地化生产的同时,承担了多项科技部、工信部以及天津市重点研发项目。

杨婷婷:没错,我们看到的这台智能机器人,它的技能就是能够以常人难以达到的速度精准地勾画图形。那我们首先来看一下机器人是怎么操作的吧?

(机器人展示右边鸽子图形杨婷婷按键开始)

杨婷婷:我们可以看到机器人运行时是非常平稳的,是因为它具有一定的震动抑制功能,才能保证高速度、高效率、高精度地完成规定动作。(机器人展示时同步进行讲解)

赵　让:这个看起来挺简单啊。

裘英俊:你别小看它,这个项目不仅是考验手部稳定性,在心态上更是要平稳。

想问问赵让你平时的心态怎么样?

赵　让:(艺人根据实际情况回答)

杨婷婷:那赵让想不想自己来体验一下?

赵　让:可以!我来试试。

（赵让体验左边花朵图形,裘英俊帮助艺人按键开始）

裘英俊:赵让,怎么样?好玩吗?

赵　让:这不是挺简单的嘛,对我来说小意思啦。(赵让简单阐述一下感受)

（人机竞速体验结束难度升级）

裘英俊:刚刚只是小小的体验,我们难度升级,小考马上开始!赵让,请看旁边的加大版"火线冲击"道具。本轮的小考题目是:赵让需要在一分钟内挑战手持电棒穿过道具,电棒在运行时触碰两边铜管的次数不能超过五次,超过五次即为结束。温馨提示:一旦碰触,道具会亮起并发出警报噢。现在你准备好了吗?

赵　让:准备好了!

杨婷婷:倒计时一分钟,开始!

（艺人限时体验）

杨婷婷:3、2、1 时间到。恭喜赵让完成小考。(根据现场赵让完成情况而定)

裘英俊:手要稳,心要静,才能不碰到。那赵让可以跟我们分享一下体验的感受吧?

赵　让:(分享学习窍门,体验心得)

裘英俊:说得很好啊!能够长时间稳定且精准的专注于一件事,确实有难度,所以我们通常需要智能科技的辅助来解放我们的双手,从而完成一些不可能完成的事情,人类社会发展的进步也需要科技创新来提供不竭动力。

　　　　科技改变生活,让我们期待更多创新,共享美好时代。我们
　　也谢谢赵让,请移步台下稍作休息。

杨婷婷:接下来一小段广告,稍后更加精彩。

46. 虚拟下节精彩+广告口4+开关版　时间5分钟

47. LIVE《1987我不知会遇见你》　李宇春　时间5分17秒

48. 李宇春留台采访　杨澜+李大卫　时间2分钟【主舞台】

杨　澜:感谢春春的精彩表演。请春春移步舞台右侧,想问下春春再次来
　　到天津,有什么新的感受?

李宇春:我很喜欢天津。这座城市古今交融、中西合璧,这里的人豁达幽
　　默、乐观向上。

李大卫:作为天津建卫618周年嘉宾,春春会送上什么特别的祝福呢?

李宇春:你好,天津! 渺小的星也会散发微光,平凡的人也有温暖力量。
　　点滴光芒,汇聚成璀璨星河,照亮这座城市的流光溢彩和锦绣
　　未来!

杨　澜:谢谢春春的祝福。春春稍后还会为我们带来一首歌曲,可以先去
　　准备一下。在这里再次提醒各位观众朋友们,"你好,天津"网络
　　短视频大赛仍在继续,您可以在相关视频平台,编辑话题"#你好
　　天津"发布短视频,即有机会瓜分百万大奖,大家快点一起参与
　　吧,让我们一起记录天津,记录美好。

李大卫:接下来,让我们共同期待春春为我们带来《银河中的星星》。

49. LIVE《银河中的星星》　李宇春　时间4分39秒
【表演秀落版:表白天津·手写祝福】
漫天星星流转起落一颗一颗汇成银河——李宇春

50. LIVE结束词　全体主持人　时间5分钟【主舞台】
【站位】画左至画右依次:孔钰钦　李一纯　李大卫　杨澜　裘英俊
　　　　杨婷婷

杨　澜:时间过得真快,转眼我们晚会已经接近尾声,但是天津的传奇永
　　不落幕,时代华章仍在续写!

李大卫：是的,我们今天的闪耀之夜真的是太精彩了! 一个个闪耀的舞台,绽放了天津城多彩的发展光芒;一个个热血的达人竞技,展现了天津人对生活的热爱。

裴英俊：闪耀之夜,鉴往知来。我们看见 618 岁的天津,中西合璧的城市之光,无限精彩!

杨婷婷：闪耀之夜,循光逐梦。

　　　　我们领略 618 岁的天津,百折不挠的奋斗之光,闯关夺隘!

李一纯：闪耀之夜,守护文脉。

　　　　我们感叹 618 岁的天津,代代相守的传承之光,初心不改!

孔钰钦：闪耀之夜,礼赞时代。

　　　　我们期待 618 岁的天津,再启新程的未来之光,前途似海!

杨　澜：征途漫漫,唯有奋斗。铺展新的蓝图,更加璀璨的明天将在我们手中创造。新时代征程上,1400 万海河儿女正汇聚起磅礴的力量,踔厉奋发,笃行不怠,奋力谱写高质量发展新篇章。

　　　　天津,骊歌未央,逐梦远航!

　　　　"闪耀之夜"到这里就结束了,各位亲爱的观众朋友们!

主持团：再会!

第二节　百年献礼之作

《大美天津》

《大美天津》以李家森工作团队为基础,引入中央台《航拍中国》部分核心团队人员共同拍摄。《大美天津》系列片共 12 集,分别是《生活的风景》《时代的新声》《流动的奇迹》《时间的礼物》《自然的呼吸》《河流的密码》等,不同风景和线路交汇,艺术性地呈现天津的地域特色,献礼建党百年。本节将选取最能体现天津特色的部分予以详细解说、介绍。

《生活的风景》

本集以宜居为主线,俯瞰烟火人间、文华宝物、生活的万千可能。

本集第一条线路是沿着城市文化建筑展开的。自然博物馆陈列着40 万件生物标本,铿然奏鸣地球家园 38 亿年来的生命交响曲;北疆博物院,历史可追溯到 20 世纪,1914 年,法国传教士、博物学家桑志华被古旧斑斓的东方吸引,来到中国,采集了 20 多万件动植物、古生物、古人类的化石标本;1928 年,桑志华在天津创建的北疆博物院向公众开放,当时即被誉为"世界一流的博物馆"。虽历经百年风雨,北疆博物院的建筑、藏品仍完整保存,闪耀着科学精神的光辉。天津博物馆中的甲骨、青铜器,将商周时期的月相、祭飨、金戈铁马,举重若轻于寥寥数语之中;温润的瓷器尽显中国人的审美意趣和哲学思考。天津大剧院居于城市中心位置,这里举办的一场场全球顶级艺术飨宴,架起天津与世界文化对话之桥。天津茱莉亚音乐学院极具现代艺术气息,每年都举办 100 场公演,与公众分享艺术之美。

第二条线路的主题词则是"南开系列"：中营小学已经有 115 年的历史，它曾是天津最早的官办小学，当时中国受尽屈辱，迫切地追寻救国之道，中营小学由此创办；严修、张伯苓，是时代的先觉者，他们前往日本考察现代教育，回国后，创办新式"私立中学堂"，这就是南开中学的前身。1913 年，15 岁的周恩来走进南开中学，后被保送进入南开大学；南开大学思源堂，历经血与火，依然巍巍伫立，它始建于 1923 年，曾是追寻真知的科学馆。1937 年，卢沟桥的枪声震碎中国夜空。日军攻占北平、天津，疯狂轰炸南开大学。学校一切毁于战火，唯有思源堂，千疮百孔，却傲然矗立。随后，南开、北大、清华，三校联合，八年弦歌不辍，缔造了西南联大的传奇。天津大学与南开大学并肩而立，是中国第一所现代大学。1895 年，北洋肇基，"兴学强国"就是中国现代大学精神的元始，更是天大永无止境的追求。百余年来，天津大学始终涌动着向上的力量。"脑语者"，全球首款脑机接口专用芯片，让意念交流、人机融合的未来。水下滑翔机"海燕–X"，深潜海底 1 万米，刷新世界纪录，也标志着中国挺进深海探索的"无人区"。天津大学的"造星"团队，成功模拟出接近真实形态的火星地表地貌，为"天问一号"携"祝融号"成功着陆火星提供支持。

花海一般的五大道更是承载百年历史。20 世纪初，政局多变，各路人马挤进天津租界，建起八百多幢风格迥异的小洋楼。清廷的遗老遗少、失意军阀、下野政客、豪商显贵、名流雅士，纷纷来此蛰居，光"北洋寓公"就有 500 多人。这也吸引了众多名医来天津执业。数以百计的小型医院和私人诊所，聚集在劝业场一带，滨江道最为集中，当时就被称为"大夫街"。五大道上有不少名医故居，睦南道上白色小楼曾经的主人就是"骨科圣手"方先之。他是中国骨科医学的奠基人，创立了天津骨科医院。一街之隔，就是卞万年旧宅。卞家家世渊源颇深，不仅祖上有过四世登科，卞万年的父亲更是民国银行业的金融巨子卞白眉。卞万年求学协和，成为我国心脏病学先驱。来到天津后，他创办了恩光医院。同样住在睦南道上的，还有"中国现代泌尿外科第一人"施锡恩、妇产科病理学奠基人林崧、"中国肿瘤医学之父"金显宅。几位医学泰斗,比邻相守,济世苍生。

第三条线路则充满书香味:弘一大师李叔同出生在海河之畔。李叔同一生爱猫,并自封"猫部尚书",在与友人的往来书信上,还会以"天津猫部"作为落款。39岁那年,风流才子突然入山出家。从此,红尘送别李叔同,佛门有了弘一。李叔同故居传递着"万物有灵,善待众生"的理念。天塔是全国最高的网红书斋,高空257米,飘荡着浩浩书香,高空旋转书斋,刚一开放,便迅速走红,受到年轻人的追捧。全新的城市,在过去的文化中继续叠加出新的价值。人民公园的藏经阁亭临流水,风动翠幕,廊桥缦回,一派清幽古朴。这里曾是荣园,为津门清代大盐商李春城的私家别墅。天津人习惯称之为"李善人花园"。每逢端午、中秋,荣园免费开放,所有人都可以入园游息。李家历代财力雄厚,以收藏古籍为乐,家中藏书数万卷。1886年,荣园里建起藏书楼。当年,这里曾存有上百种宋元珍品善本,名满天下。后来,李家衰落,藏书四散。解放后,李氏后人将荣园献给国家,荣园更名为"人民公园",毛泽东亲笔题写了园名。这在全国公园当中,绝无仅有。来自天津师范大学古籍保护研究院的人员修复了破旧的古书,一百三十余年的书香传奇以新的方式绵延赓续。

《流动的奇迹》

本集以运河为主线,瞰见运河的生态文化价值,天津的源远流长和文脉精魄。

本集的第一条线路是沿着运河的奔流探访的:三岔河口是海河的起点,也是天津的起点。天津,原名直沽,本是一块退海荒地。元朝时,漕运河海并用。当时,直沽既是海船的终点码头,也是进入北运河航道的起点。江南漕粮北运,河船、海船都要汇聚到这里,换装驳船,转运大都。每年,万艘粮船和十多万名水手往来于此。直沽开始聚落人气,集散百万漕粮、南北文化和远方的神明。妈祖就是在此时乘着漕运之舟南来。明朝,雄心勃勃的燕王朱棣也乘舟来到三岔河口。他由此渡河,督军南征,直取南京,黄袍加身,改元永乐。这位天子始终没有忘记这个当年运河边的小小渡口,他给这里赐名"天津",设卫筑城,拱成京畿。

运河,成为流动的"黄金水道",满载淋漓,涌入天津。这座帝都卫城,逐渐变成商贸繁华的锦绣之地。九宣闸是一座一百多岁的老水闸,立于运河之上,是天津运河上现存最古老的水闸。九宣闸旁是一通 4.2 米高的古碑,碑文由李鸿章亲笔撰写。当年,在天津操办洋务的李鸿章,看到大运河水患频繁,为了保障漕运,他派正在小站练兵的淮军名将周盛传疏引河道。1875 年,周盛传率领他的盛字军,开挖了 90 千米的马厂减河,并陆续建起了多道水闸蓄水排涝。其中,就有九宣闸,这些水闸解除了运河水患,沿岸的盐碱地也得到运河水的滋养。百里荒芜斥卤化成膏腴之地。盛字军在此垦田万亩,种上了水稻,天津人称呼它们为"小站稻"。鼓楼曾是老城的中心,收藏着天津的旧时光。每逢周四,念旧的人们就会来到这里赶集。人们并不在乎"捡漏"还是"打眼",不过是来感受一下"沙里淘金"的氛围,给寻常日子找点乐趣罢了。能玩、会玩,始终是一个讲究生活格调的老天津人必备的标签。

第二条线路则是追随运河馈赠的风景:独流老醋使用运河畔生长的优质的小麦、黄米、高粱酿造,并使用"古法翻晒",每个月都会翻缸,保证醋醅均匀发酵,上千只硕大的醋缸,转化还在继续,时间越久,味道越醇。经过 3 年的自然翻晒,才能陈酿成"三伏老醋"。口感在时间的沉淀中由酸、咸,慢慢浸入了甜。独流老醋,清代便成了朝廷贡品,声名鹊起,通过运河香飘大半个中国。沙窝萝卜的种植是个戏剧性的意外,相传明朝嘉靖年间,有位宠妃爱吃南国荔枝。皇帝就命人把整株的荔枝树连根刨下,经运河北上,到了天津再摘果,快马送入京城。久而久之,岸边的荔枝土越积越多。后人无意中在此地种植的青萝卜,翠绿甘甜,脆嫩多汁。于是,沙窝萝卜一举成名,甚至漂洋过海,远销日本、东南亚。

每年,千年古镇杨柳青祥瑞、红火的元宵花灯,都会吸引数万人前来。这些花灯如同杨柳青年画一样,意趣横生地组成一片浓烈丰盈的景象,呈现出人们心中一整年的向往。1906 年,俄国汉学家阿里克被中国艺术吸引,来到北京。随后,他乘船顺着大运河来到杨柳青,开始了绮丽的"年画之旅"。当时,他就被这里描绘的多彩生活和神奇世界所震撼。古镇"家家会点染,户户善丹青",画工有三千多人。上好的纸张、颜料和丹青高手,经由运河,不断汇聚到天津。北方辽阔狂放的生命激情,与南方瑰丽婉约的细腻情思,也得以在杨柳青年画中合流。于是,杨柳青木版年画日臻其妙,华美精致,在乡间美术中独树一帜,远销全国各地,甚至流传海外。阿里克近乎疯狂地购买了4000多幅年画精品。如今,不仅俄罗斯,日、法、英、美等国的博物馆中,都闪耀着杨柳青年画永恒不息的美的光华。石家大院被称为"华北第一宅",是清末天津八大家之一的石家宅邸。石家以漕运贩粮发家,后来广置田产,人称"石万顷"。当年,天津八大家都是经营漕粮、盐务的豪商巨富。运河带来的滚滚财富,让他们建起深宅大院、私家园林,过着华靡奢侈的生活。石家的戏楼里,孙菊仙、余叔岩、谭鑫培等京剧名宿,都曾登台献艺。如今,那些"鲜花着锦,烈火烹油"都消失在时间里,但精致生活、闲适安逸的基因,却留在了天津。天穆清真北寺始建于1404年,与天津城同龄。619年来,几经翻修、扩建,如今,已可容纳千余人聚礼。从明代起,有着经商传统的回族同胞,就从福建泉州一路北上,在运河两岸落地生根;紫御园白墙黛瓦,是一座徽派戏楼,距今已有三百多年的历史。天津是戏曲大码头,这方舞台,演绎着人生百态、世事浮沉。

天津有着极强的精武精神,"中华武士会"诞生于1912年,武林高手云集,英雄侠客辈出。民间流传更广的,则是大侠霍元甲和他亲手创立的精武门。侠之大者,为国为民。一代大侠霍元甲的故事,在影视剧中,越来越传奇。在天津人心中,这位老乡"强国强种、武术报国"的初心,始终不变。如今,全世界56个国家和地区都设有精武体育机构。但是,大批粉丝还是更愿意来到霍元甲的故乡,研习中华武术。

第三条线路则是俯瞰运河风情的小镇和乡村:佛罗伦萨小镇充满着浓郁的意式风情,全球名品汇聚在佛罗伦萨小镇,时尚气息围绕着整个小镇和建筑。欧洲虽远,但小镇很近。南仓编组站在明清时期曾是漕粮的中转站,现在南仓已经变身为华北地区第二大铁路编组站,也是中欧班列运输大通道的重要咽喉。每天,车站办理车数超过 17000 辆,到发货车 300 余列。这座智能仓里物流分拣系统高速运转。迅疾如风的机器人与工人配合默契,忙而不乱,沿着精准规划的路径,将货物送到指定位置。天津正在以前所未有的规模与速度连接着中国与世界;达沃斯论坛聚人、聚财、聚智、聚力,汇聚变革的智慧与勇气,汇聚更广、更深的交流与合作。

《时间的礼物》

本集以长城为主线,瞰见地球的古老史书、长城的崭新故事、乡村的美好未来。

本集的第一条线路从蓟北雄关回顾长城的历史:蓟州山水萦洄,万物成诗,群峰屏立,在这里轻轻呼吸。历尽岁月的长城,逶迤静默。蓟州的山,地处燕山余脉,是守护华北、扼守东北的咽喉要道。北齐古长城始建于一千四百年前,古城墙内外,分合聚散、兴衰成败,俱成往事。八百年后,大明王朝诞生并在峻拔峭立的山脊之上重新建起雄关险隘,声势相连。在古代,镇的建设与军事需要密不可分,蓟镇则是"明长城"的"九镇"之一,负责拱卫京师。蓟州关城东侧山崖每到夕阳落照时瑰丽荧煌,因此得名"黄崖关"。1568 年,戚继光任蓟镇总兵,并修整城墙,他提出的修整思路得到了朝廷的认可和批准。他指挥建设了 1200 座空心敌台,这是中国历史上最大规模的空心敌台。空心敌台既可存储粮食、武器,也可攻敌守敌。从太平寨向西飞行,层峦迭翠中坐落着寡妇楼,这是黄崖关长城中保存最为完整的一座敌台。寡妇楼的背后还有着可歌可泣的故事。相传加筑长城时,有十二名战士数年未归,家中妻子十分惦念,她们跋山涉水来到边关,却得知丈夫为修筑长城而牺牲,悲痛万分的她们却心怀大义,捐出抚恤金建立起这座敌台,家国一体,以国护家。戚继光爱国、报国的满腔热血,染遍山川,筑就巍峨长城。造访黄崖关,就可尽览万里长城的雄险奇秀和智慧巧思。长城不仅是建筑,也是人们挑战自我的场地。来自全世界的三千多名马拉松选手聚集在天津,在长城上奔跑拼搏,超越自我,挑战自我。目前,该比赛已经举办了20届,和平与包容成为新的主题词。

第二条线路是围绕盘山前行:盘山并非高耸入云,却是历代帝王都钟爱的出游地。据说唐太宗东征时曾在盘山安营扎寨。康熙也曾在拜谒东陵銮驾回朝时四度亲临盘山。乾隆曾"打卡"盘山32次,并在盘山修建行宫——静寄山庄。但这样一座著名的皇家园林却毁在军阀手中。民国十三年,军阀为了筹备军饷,变卖田地,伐木拆屋。"早知有盘山,何必下江南"足以证明当年的盘山的清丽俊秀。盘山脚下的独乐寺奇就奇在建筑风格,它是辽代阁楼式建筑,但却充盈着大唐风格,气势恢宏,极其优美。"观音之阁"落款"太白",苍劲挺秀,颇得李白笔意。整座建筑采用全木质结构,依靠榫卯咬合保持稳固,甚至抵挡了千年以来20多次的地震灾害。独乐寺中十一面观音眉宇之间镶嵌的宝珠被盗,至今下落不明,成为遗憾。当年梁思成考察观音阁是断定其内绘有壁画,却久寻不见。1972年,观音阁修缮时,阁内墙皮剥落,巨幅壁画重见天日。这些壁画首绘于元代,明代重描;白塔坐落在独乐寺的南北中线上。白塔是空心的,高达30.6米,始建于辽代。八仙山曾被划定为清东陵的"风水禁地",封闭达280多年。这里风景秀丽,人迹罕至,拥有独特的落叶阔叶林生态系统。

第三条线路前往的是一座丰收的村庄:常州村位于长城脚下,本来这个村落是没有命名的。1942年,八路军在这个村落战斗,需要传递情报和消息。为了保证情报能完整地传递出去,同时也能迷惑敌人,八路军选择用南方地名为各个联系站命名。"常州"一词经常出现在红色电波中,"常州"就在这个天津的小村落中生根了。常州村盛产果类,到了深秋,水果漫山遍野,色彩交相辉映,为村落增添了一抹亮丽的风景。前几年受到各种环境因素影响,酸梨销量不好,但村民并没有自暴自弃,反而是积极寻求突破。他们苦心钻研,多次试验,终于种出新品种,并命名为"美人腮",美人腮清甜可口,受到消费者的欢迎和喜爱。村民凭借自己创新的精神和老道的经验,克服了产销问题。常州村的冬日,数千个温室大棚成为了这个村落最亮眼的风景。灵芝的种植需要极大的耐心,要对温度进行严格把控。这些灵芝在成熟之后,将会走出国门,走向世界,远销海外。灵芝承载的不仅是自身的药用价值,更承载了中华传统中医药文化。西井峪从外形看来,像极了世外桃源,八亿多年的地质石岩,未经雕琢,村民们依石而居。曾经开山采石极为常见,如今村民们早已发掘了这些石头的新价值。村民们将自家老宅重新装修,自建房摇身一变,成了风景秀丽、宜室宜家的高级民宿。周云龙在这里经营着一家充满爱和回忆的民宿——"两棵银杏树民舍"。周云龙在大学毕业以后,也曾像大多数年轻人一样,留在外地工作打拼,但乡愁始终萦绕着他的心。后来他与爱人商议后,一起回到了老家常州村。夫妻二人将自家的自建住房改造成了休闲民宿。昔日人们为了生存,开山采石,山体和植被都遭到严重破坏,一道道"伤疤"触目惊心。2008 年后,这里停止开采矿石,修养生息。如今的矿山再次披上绿色的外衣,英国也加入了对这个小村庄的建设改造,这里将变成集艺术、度假、教育的全新"世外桃源"。

《自然的呼吸》

本集以湿地为主线,瞰见天津发展的温度、天津人的"绿色幸福感"。

本集的第一条线路探索的是都市中的野趣秘境:七里海曾经是麋鹿的天堂。人类的猎捕和八国联军的到来让最后一只麋鹿在中国消失。十年前,10 只麋鹿重回七里海。从此它们在这里生息繁衍。7500 年前的七里海曾是一片汪洋,最西处直达白洋淀,后来渤海逐渐退去,留下这片湿地,这是天津唯一的国家级湿地自然保护区。258 种鸟类自由飞翔,160多种野生植物恣意生长。几年前,天津人关停了这里所有的旅游项目,为自然留出空间。自然也慷慨馈赠,七里海重返宁静,野性回归;北大港湿地保护区迎来了东方白鹳,这种濒危鸟类全球仅存 9000 余只。从曾经的二三十只到如今的 5000 多只,越来越多的东方白鹳来这里歇脚。北大港湿地是中国少有的工业区与生态保护区毗邻而居的湿地。为此,这片工业区严于律己,它坚决不向湿地要一滴水,也没有向湿地排一滴水。多套脱硫除尘装置和污水处理装置,确保达标排放。遗鸥对繁殖地的选择历来苛刻,火烈鸟的二次造访足以证明这里的生态安全。

第二条线路则是观赏湿地中的人文风景:潮白河国家湿地公园于2019年成为天津首批国家级湿地公园,十年前几十只白鹭偶然飞到这片果园,潮白河丰富的鱼虾资源让这群本是借宿的过客开始筑巢安家、繁育后代。如今,这里栖息的五千只白鹭成为了华北地区最大的白鹭种群。迁徙而来的不只是白鹭,京津两地的人们也在这里携手同行。大数据、云计算、生物医药、高端装备制造,一批新兴产业正在集聚。澎湃的创新活力吸引着天南地北的后浪们奔涌而来,未来它将成为10万科技英才的生态家园。团泊湿地正在打造智能化康养基地,这里有舒适安宁,也有蓬勃生机。从空中俯瞰萨马兰奇博物馆,如同莫比乌斯环。它象征着"奥运有时,精神永存"。不远处的场馆外形酷似头盔,20多个专业体育场馆比肩而立。教育、医疗、体育、康养,跨界融合,将是团泊的新未来。大黄堡湿地7万亩芦苇,在晚风中摇曳生波。夕阳挥舞着满天云霞,向大地上的山川万物告别。

第三条路线穿越生态纵贯线:水稻田也是生态湿地和美景。天津人爱吃稻米,这在普遍以面为主食的北方显得有些特殊,这也得益于湿地的泽养。河渠交错、湿地密布的天津盛产优质稻米。小站稻,如冰似玉、晶莹甜糯,曾经贵为皇室的贡品。小站稻好吃的关键是水。这里曾是黄河、海河的入海口,地势低洼,属于滨海盐碱湿地。小站人筑堤围田,以淡水浇灌,化碱为腴。天津通过湿地保护,涵养水源,提升水质,让小站稻的口感更好了。双城绿色生态屏障中,林地、湖面与稻田错落相间。未来,这片绵延736平方千米的绿色将天津四大湿地牵手在一起,北接北京通州,西南连接河北雄安新区,京津冀连成一体,环首都生态屏障带得以形成。关停污染企业、植树造林、水系连通,生态修复。寸土寸金的天津,留白、留绿、留璞,为城市留出呼吸的空间。这是天津特有的城市美学和"舍得"之道。

《河流的密码》

本集以海河为主线,瞰见天津开放包容创新的基因、奔涌澎湃的活力、勇立潮头的精神。

本集的第一条线路从海河的晨曦出发:立于永乐桥上的"天津之眼"早已成为天津的标志性"网红建筑",日本建筑大师川口卫在设计时投入了他最大的雄心。"天津之眼"横跨河面,兼具通行功能,整体呈倒 Y 字形,轮在上,桥在下,高达 110 米。摩天轮与海河辉映,夜景观光,美不胜收;大沽桥极具艺术性,就像一把架在海河上的优雅竖琴。这一绝妙创意出自世界著名建筑师贝聿铭之手。2003 年,他构思了"日月同辉",2005 年,邓文中院士让这一构思精准落地。88 根吊杆坐落在公桥之上,负责承载桥面重量。大沽桥不仅赢得了国际建筑最高奖项,更赢得了世人的称赞和欣赏。解放桥建于 1927 年,曾名为"万国桥",是海河上一颗闪烁的明星;码头上,聚拢着烟火气,也集散着漕粮、货物、观念和艺术。现代都市的中心蕴藏着一座特殊的孔庙。天津人尊崇儒家思想,历经风雨后的天津注重儒家思想的延续,于是建立起古朴县庙和气派府庙并立的撞色文庙,这在全国都是绝无仅有的建筑。

第二条线路探访的是时代背景下的建筑:鸦片战争,洋枪洋炮破开了国门,天津被迫成了通商口岸。西方列强的狼子野心也在国门打开后昭然若揭。天津被九国列强蚕食,九个租界并存。尽管政局动荡不安,但租借中十分繁华兴旺。形形色色的人虽然动机不同,但怀揣金银,共同筑起享乐之城,尽管享乐之下风起云涌。这座帝都的卫城,如蛋糕一般,成了西方列强的饕餮盛宴。五大道的建筑样式繁杂,聚集了当时世界流行的各式住宅样式。建筑融合了中西特色,成为观赏各国建筑的最佳之地。天津是中西文化潮流碰撞的第一线。这里存在过太多"第一":中国第一代电灯、第一代电话、第一封邮报、第一条有轨电车线路、第一家影院全都诞生在这里。如今的意式风情区曾是当年的名利场,在这里能看到好莱坞电影,观看流行歌剧,跳英伦舞蹈;现在,意识风情区仍是人们欢聚的不二选择。意识风情区除了放松享乐,还能感受文化滋养。饮冰室是梁启超的书斋。在定居天津的十四年里,他写下了对国家、民族的担忧。思想的碰撞才能擦出激烈的火花,饮冰室也曾是火花迸发的文化沙龙。胡适、严复、梁漱溟等文化大家都是饮冰室的座上宾。曹禺的故居则与饮冰室相隔仅 200 米,曹禺曾在这里写下《雷雨》《日出》等脍炙人口的佳作。曹禺的才华有目共睹,在他笔下,中国话剧逐步走上成熟的道路。

缘分总是妙不可言。梁启超的儿媳林徽因女士还负责为曹禺的《财狂》做舞台设计。两位街坊因为才华和话剧有了交汇。立于天津的小白楼犹太会堂则是善意和温情的家园。二战期间,纳粹对犹太人进行惨无人道的屠杀,鲜少有人为犹太人发声,对他们敞开怀抱的更是寥寥无几。善良的中国人接纳了他们。小白楼犹太会堂在二战期间安顿了 3500 多个生命。尽管彼时的中国也是伤痕累累,但天津这座城市却为一个民族提供了栖身之所,抚慰了这个民族的颠沛流离和伤痛。解放北路则贯通曾经的英法租界,相应的这条街道上金融行业是最兴盛的。据统计,150 年前解放北路上汇聚着 60 多家洋行、商号、中外银行,规模之大、密度之大在全中国都是独一无二的,"东方的华尔街"名不虚传。天津可谓是当时北方的金融中心,实力雄厚的"北四行"实力强大,足以与外资银行分庭抗礼。但因政局动荡,"北四行"不得不南迁,四行仓库最终建在上海与苏州河畔。淞沪会战时,八百壮士死守四行仓库,七天七夜,誓死捍卫山河。四行从天津出走,与八百壮士共入史册。曾经的各国领事馆也有了新的身份:昔日奥匈领事馆早已成为亚投行总部;昔日英国领事馆入住了新的主人——阿里巴巴。

第三条线路穿梭于工业和科技之间:海河步道绿意盎然,鸟语花香,是漫步散心的绝佳去处,也可以在水边起舞翩翩;铁路公园早已改造成了绿色公园,但铁路公园在历史中的作用无可替代;天津与国际接轨后,铁路总里程超过一千千米,路网密度打到全国第一的水平。陈塘区则是神话故事中的名地,传说唐朝名将李靖镇守在此,而耳熟能详的哪吒闹海也与陈塘区有关。陈塘区后来发展为重工业地区,见证了国家重工业发展,也见证过无数人的奋斗历史。为了环境保护和产业转型,陈塘区也跟随时代寻求转型,拓展更多创新产业,打造"设计之都"。滨海新区从三十多年前的荒芜盐碱地摇身一变新的发展造梦基地,创造属于中国的奇迹。"天河三号"诞育在国家超级计算天津中心,是我国超算届瞩目的新星,是新一代百亿亿次超级计算机,计算速度和水平都领先于世界;天河三号每运算 1 小时,相当于全中国 13 亿人同时计算 68000 年,且全面采用国产自主芯片。

从前,我们使用进口芯片,不得不受制于人。但天津不认输,中国不认输,科研人员苦心探索二十多年,自主打造中国芯片,提高中国在世界科技和超算届的话语权。目前中国云计算、算法、大数据、人工智能、5G设施等都在飞速发展,腾云 S2500 则为中国科技技术的发展提供了更稳定、更高性能的处理器内核。滨海新区已经构建出覆盖"芯片—操作系统—数据库—服务器"的国产化产品链条。360、紫光、京东云等互联网企业,纷纷在这里落子布局。天津已经成为拥有完整自主信息产业链的城市。

品味天津

【作品创意】

以 24 小时的时光流动为主轴,

以看见天津、听见天津、踏寻天津、筑梦天津四个篇章为架构,呈现奔涌澎湃的天津,每时每刻的精彩。

【画面:晨曦海河】

【解说】

月沉,日升。

神圣的天光为奔流入东海的海河加冕。(字幕:天津渤海湾经济中心城市 1400 万人民的家园)

一座城,山容海纳,晨曦载曜,万物奔涌。

党的十八大以来,习近平总书记四次视察天津,期许殷殷,擘画全局。从京津冀协同发展,到"三个着力",一系列重大战略、重要指示,对天津赋予重任、寄予厚望,为天津发展指路引航。

1400万海河儿女,踔厉奋发,绘就多彩答卷。

看见天津

【解说】

天津,是一幅盎然的画。

无论远眺,还是近观,总是山岚含笑,天地静美。

【画面:蓟州·山岚风烟中　上元古界地层剖面　黄崖关长城】

【解说】

烟霞在万叠云山间流淌,幻化出海的样子。

这里记录着距今上亿年的浮沉往事。我们跟随风与时光的足迹,倾听地球的耳语,与万千美好相遇。

雄关险隘,屹立山巅。曾经的鼓角争鸣、刀光剑影,早已远去。每年5月,这里都会聚集来自世界各地的三千多名选手,他们在长城上挥洒汗水,奔跑较量。

多彩、平等、包容,正在超越隔阂、冲突和对抗。

和而不同,美美与共。

这是美丽中国、生态家园的幸福分享,宏阔襟抱。

【画面:长芦盐场】

【解说】

长芦盐场,色彩斑斓。

每年春、秋,这里都会呈现自然馈赠的"色彩盛宴"。

汉代,这里就开始煮海熬波,晴堆如雪。长芦盐,形如玉砂,独味鲜咸,明嘉靖年间开始,被尊为贡盐。

大海对于天津人而言,更像是一条通向外界的途径,饱含着时间的味道。

【画面:**海河永乐桥 天津之眼 大沽桥 解放桥**】

【解说】

海河全长 73 千米,通江达海,汇聚流通着货物和财富,早在 19 世纪末就被誉为"黄金水道"。

得益于独天得厚的地理位置,天津与世界相连,创造了属于自己独有的财富神话。

现如今,货船不再驶入市区,这为艺术留下了更多发挥的空间。

近百座桥梁,千姿百态,相互辉映。

【画面:**五大道 意风区 饮冰室 犹太会堂**】

【解说】

海河蜿蜒,五大道、意风区更显华丽优雅。

鸦片战争后,天津被迫成为开埠通商的口岸。一座城市内,划出九国租界,全世界也绝无仅有。

在这里,历史与未来交响,天津与世界没有距离。

在这里,不必匆忙赶路,更慢一点,路遇皆风景。

一步,便可纵览万国风情;一楼,即能讲述百年风云。

看见天津,超越所见。

听见天津

【解说】

天津,是一曲朗朗的歌。

无论入心,还是入神,总是响遏行云,洋洋盈耳。

【画面:**独乐寺 天后宫 鼓楼**】

【解说】

辽代古刹的晨钟,响彻千载。

天后宫的祈福,绵延八百年。

鼓楼的闳声,穿越历史,惊艳时光。

六百余春秋,一粟沧海,见证了风云际会,东西汇流。

时间之音,不舍寸功,积流成时代浪潮。

【画面:中营小学　南开中学】

【解说】

南开中学里,风华意气的"新青年",胸怀"国之大者",不断求索着光明与真理,走向革命征途。

【画面:周恩来总理塑像】

【画面:南开大学】

【解说】

古朴典雅的思源堂,历经血与火,依然巍巍伫立。

1937年,卢沟桥的枪声震碎中国夜空。日军攻占北平、天津,疯狂轰炸南开大学。学校一切尽毁于战火,唯有思源堂,千疮百孔,却傲然矗立。

抗战烽火中,南开、北大、清华,三校联合,八年弦歌不辍,缔造了西南联大的传奇。刚毅坚卓,传薪播火,与国同在,为中华保留读书种子。

"你是中国人吗?你爱中国吗?你愿意中国好吗?"

张伯苓的"爱国三问","既是历史之问,更是时代之问、未来之问"。

【画面:天津大学】

【解说】

仅一墙之隔,天津大学与南开大学并肩而立。这是中国第一所现代大学。

从1895年,北洋肇基,"兴学强国"就作为中国现代大学精神薪火相传,更是天大永无止境的追求。

脑机交互、逐梦深蓝、心向苍穹,不断探索未知的边界。

"爱国之问"与"强国之音",在天津铿锵奏鸣,生生不息。

【画面:茱莉亚音乐学院　文化中心　天津大剧院】

【解说】

音乐,跨越山海与国界,声入人心。

茱莉亚学院,被誉为"音乐界的哈佛"。建校114年后,这座世界顶级音乐殿堂首次走出纽约,来到天津,开拓着崭新的未来。每年,这里将举办100场公演,与公众分享艺术之美。

城市客厅里,一场场全球顶级艺术飨宴,架起天津与世界文化对话的桥梁。

艺术,点亮了日常,温暖着生活。

【画面:871生态工程　国家会展中心】

【解说】

自然精灵的合唱,宛若天籁。

875平方千米湿地保护区内,万物并育,有灵且美。

258种鸟类,自由飞翔。160多种野生植物,肆意生长。

每年,全球上百万只候鸟造访天津,振羽高歌。鸟类的选择背后,是一座城市对于自然的珍视与敬畏。

736平方千米的绿色,草木吐翠。153千米海岸线,严格保护。

出门见景,徒步入林。寸土寸金的天津,留白、留绿、留璞,为城市留出呼吸的空间,连通京津冀生态网络。

关停污染企业,生态修复,践行"双碳"目标。天津少了低效能的经济总量,多了扎根大地、泽被后世的"绿色银行"。

听见天津,不止动听。

踏寻天津

【解说】

天津,是一首灵秀的诗。

无论浅吟,还是欢唱,总是浪漫真率,锦绣芬芳。

【画面:天津博物馆　甲骨　青铜器　《雪景寒林图》　年画　泥人张】

【解说】

一笔一划,从铭心刻骨,到山川悠远,从点缀年华,到抟泥幻化,中华文明,从祖先的心里,流传到我们的指尖。

【画面:石家大院 戏楼 京剧 相声曲艺 天津美食】

【解说】

一颦一笑,从千古风流,到世间万象,从嬉笑怒骂,到离合悲欢,天津人将生活嚼得有滋有味,把日子过得活色生香。

【画面:天津图书馆 滨海图书馆 天塔书斋】

【解说】

时代加速前行,世界越来越快。

但是还有书籍,站立于书架上,来源于人,也源于崇高与光明。

不妨舟楫书海,航向一个个心灵深处,将诗意装进身体。

【画面:国家海洋博物馆 东疆湾沙滩 基辅号 航母国际邮轮母港】

【解说】

这里,回应每一个未知的渴望,守护每一份快乐的发生,启程每一次远方的向往。

踏寻天津,耐人寻味。

筑梦天津

【解说】

天津,是一段梦想的交响。

无论追寻,还是坚守,总是活力澎湃,激越飞扬。

【画面:海河 滨城】

【解说】

海河,一路奔流,汤汤入海。

每一朵浪花,都携带着惊涛的力量。

在天津,发现新的世界。世界也有全新发现。

天津周大福金融中心,530米的身高,刷新了城市的天际线。它脚下的这片土地,30多年前,还是一片盐碱荒滩。

如今,这里已经成为改革开放新高地。

津城、滨城,双城发展,承担着国家战略的诸多试验。

【画面:天津港】

【解说】

天津港,世界航道等级最高的人工深水港,吞吐万汇,蓬勃兴盛。

这里,是"一带一路"的海陆交汇点,京津冀及中国"三北"地区与世界贸易的重要通道。

(字幕:天津港全球十大港口之一通达200多个国家和地区的800多个港口)

【解说】

全球港口每装卸40个集装箱,就有1个来自天津港。面对万吨货物和货轮,码头上穿梭运作的不再是苦力人工,而是数台无人集装箱在有序运作。北斗和5G技术,是它们的"超级大脑"。定位精度可达到3厘米以内。

高精度、高速率,已经让天津港在全球率先迈向智能化、无人化。

全球首座智慧零碳码头投入使用,绿色电力100%自主供应、全程零碳排放,

成为世界港口智能升级的中国范例。

海洋,一直是远方不熄的梦想,人类不竭的渴望。这座城市,这个港口,见证了一个国家锐意进取的决心,见证了一个民族屹立于世界之林的力量。

【画面:自贸区滚装码头国际消费中心城市中新生态城智慧城市】

【解说】

贸易在这里被赋予了新的含义。

清晨到达港口的智利车厘子,仅需两个小时通关,下午就能送达百姓之家,新鲜和喜悦同事迸发。

"买全球""卖全球",国际消费中心城市的新航向,激发更稳定、更恒

久的新动能。

中新生态城,世界上最大的生态宜居示范新城。

这里的一切,都为美好生活而来。绿色发展的努力做到了极致。全场景的智能生活,重塑着人们对于未来的想象。

天津是中国近代工业的发祥地之一。

民族工业于此栖息、发轫、抗争、求索,坚韧不屈地写下传奇一页。血脉里流淌着的工业基因,为这座城市融入特有的风骨和记忆,刻写光荣与梦想。

如今,"制造业立市",步履坚实,足音铿锵。

天津,为每一个梦想加速。梦想,也成就天津的创新崛起。

前瞻,(字幕:世界智能大会达沃斯论坛)

奔跑,(中国每生产24辆汽车,就有1辆来自滨城。两千亿级产业集群)

起飞,(字幕:空客亚洲总装线)

协同创新,(字幕:天津滨海–中关村科技园京津冀协同创新)

超级计算,(字幕:天河三号)

守护生命,(字幕:康希诺生物中医药/张伯礼)

逐梦九天。(字幕:长征火箭基地)

浩渺行无极,扬帆但信风。(备注:注意"极"字读音)

新时代,面朝大海的天津,铭记习近平总书记的殷殷嘱托,

以国之大为大,以百姓心为心,笃行不怠,共向未来,不负韶华,不负人民,奋楫逐浪,激荡不灭梦想,开拓无限可能。

筑梦天津,海阔天高。

【画面:灯火万家星海辽阔】

【解说】

一河星辉,

一城璀璨,

一梦远航,

天津,奔涌澎湃,时刻精彩!

《奠基岁月:天津 1949—1956》

为庆祝中国共产党成立 100 周年、纪念天津解放 72 周年,由天津市委宣传部、海河传媒中心共同出品的七集纪录片《奠基岁月:天津 1949—1956》。作为海河传媒中心创新融合的改革成果,这部纪录片由天津广播电视台的纪录片团队李家森工作室历时一年,精心打造。

《奠基岁月:天津 1949—1956》在语言叙事上具有现代化、年轻化、细节化的特点,同时注重艺术表现手法上的创新融合。该片生动讲述了 1949 年 1 月 15 日天津解放后,这座人民的城市在奠基岁月里,筚路蓝缕、砥砺奋进的动人故事,全面展现了天津在共产党的领导下革故鼎新、改天换地、工业奠基、文化铸魂、同心共筑美好家园的伟大飞跃。

本片坚持"政论情怀、故事表达",集客观性与人民性于一体,既客观真实的反映了历史的演变,又通俗易懂;既讲述了历史长河中重大的事件,也反映了海河儿女生活环境和生活方式的巨大变迁。全片以回望天光曙色中的奔腾岁月为着眼点,诠释了天津怎样走到今天的初心和来路,为的是让人们了解天津、珍爱天津,为它更灿烂的明天接续奋斗。

红色主线始终贯穿整部纪录片,这是天津为纪念共产党百年华诞而创作的精品,更是新一代青年回望过去,学习党史、社会主义发展史的极佳教材。

《建造我们的家》

本集讲述的是天津基础设施建设、疾病控制以及推进城市发展的过程。

刘茀祺,1925 年自清华大学毕业后,进入美国康奈尔大学土木工程专业继续深造。1934 年,他来到天津济安自来水股份公司,这是天津供水行业最早的中外合资企业。1937 年,他升任总工程师,是当时中国不可多得的给排水专家。1948年11月1日,彭德怀、朱德传递信函给济安自来水公司的总工程师刘荫祺,来信用意,了然于目:"黎明即将来临,请保全贵工厂。"

芥园水厂,是济安公司1898年兴建的供水设施。1948年的这个冬天,它的安危时刻牵动着刘荫祺紧绷的神经。刘荫祺及其夫人拒绝去美国安置,坚决留下来保护天津的供水设施。刘荫祺与水厂工人保持着紧密的联系,尽力保护着他们所能保护的一切。国民党的飞机在半夜炸开了输水管道,刘荫祺马上赶到工厂,指挥工人修复这个输水管道,恢复通水。1949年1月15日,一场29小时的迅疾之战,带来了天津的破晓,也启幕了济安的重生。

1950年3月1日,刘荫祺撰写了《天津的饮料——自来水》一文,发表在当年的《天津市政》杂志上。这一天,天津城市供水结束了长期分散经营的状态,统一了水政。他在文中写道:"此举对市水之扩展改进工作上实为一必须而极有利的步骤。"早在1934年,刘荫祺就为天津设计了这张扩建和改善全城供水的工程图纸。15年来,却从未有机会实现。解放后的天津,人民成为城市的主人。这张蓝图也终于可以照进现实。刘荫祺在新中国的曙光中,成为一个真正的建设者。天津自来水厂第一期扩建工程在刘荫祺的主持下火速推进。

西河预沉池占地43000平方米,有效容积36万立方米,至今仍是天津重要的水源地之一。当时水源收到海水影响,修建西河预沉池就是为了避咸取淡,水淡时储水,水咸时就能从这里取水。天津市自来水公司原总工兼副经理沈大年受命修建西河预沉池,在钢筋混凝土短缺的情况下,沈大年用土作替代材料完成了修建。"这个土堤高出地面7米高,做一个坡道,随着这个池子高,坡道越来越高,一个小车,就是四轮一个框子车,那叫轱辘马,把底下的土,铲到这轱辘马小车里,然后人工推上去。推上去土是松散的,每一层铺30公分,30公分,压道车压,就这压道车压,30公分铺一层,一个一个压,然后再铺,再长高了铺,再铺30公分,这7米高是30公分、30公分压出来的。"沈大年回忆道。

与此同时,全市的建设也同步开工。天津市对 120 条道路进行了新建、翻建和拓宽,初步形成了由 5 条东西走向和 4 条南北走向的放射道路,在海河上新建了诸如大光明桥、北安桥、狮子林桥、赤峰桥等 7 座桥梁。

谦德庄曾经是天津历史上出名的贫民聚集之地。天津社科院研究员张利民说道:"天津即将解放的时候,天津周边,尤其天津北边,建城防工事,把农民的那些个房子给拆了,这些人呢有一个问题,就是来到天津没处住啊,大部分的这些贫民,都住在当时天津市的一个边缘地区,谦德庄、万德庄,有的挨着墙子河,挨着河道,所以环境非常恶劣。"这些用树枝、竹篾和草泥搭建起来的简陋住所,就是当时极具代表性的贫民住宅——窝铺。它们总是在城市边缘的低洼地带,依坑、河而建。这些贫民的栖身之地,时常成为整座城市的排污区。

共产党接管天津后,这座城市的排水、排污工程建设全面展开。赤龙河、南开蓄水池、金钟河、墙子河,对城市环境影响最大,当时被称为天津"四大害"。承担排污任务的墙子河道污秽不堪,治理墙子河,刻不容缓。天津人民政府修建墙子河截流管,新建废墙子河系统污水管 17.6 千米。历经多次治理,污秽不堪的洼地早已变身为天津最繁华的街市,流动着商业脉动。而天津最早的地铁线路 1 号线,洞体就正是墙子河的河床。

工人新村,是一个时代的符号。产业工人解放后达到四十万,但是有居住条件的很少,只占百分之二十几,生活条件非常艰苦。1951 年,市政府把修建工人新村作为市政建设的两大任务之一,从 1952 年开始具体实施。第一步,就是选址。政府派遣了专家、工程技术人员在市内确定了七大片——中山门、西南楼、佟楼、王串场、丁字沽、唐家口、吴家窑,天津市人民政府决定在这七个片区修建 5 万间工人宿舍,解决 18 万工人及其家属的住房问题。统一修建的宿舍连同配套设施,被称作工人新村。

一口气建成五万间工人宿舍,对于刚刚获得新生、百废待兴的天津而言,谈何容易。南开大学历史学院副教授王凛然称:"比如说,建设材料,当时天津市能够解决的建设材料,只有两万根木檩,这是天津工人新村建设的一个重要的基础材料,木檩,而缺口多达32万根。再比如说,建设资金的问题,当时天津市所能筹集的资金,不到所有资金的三分之一,还有三分之二的缺口,怎么去解决,这当时都是摆在建设者面前,不小的困难。当时为了赶在雨季之前,能够兴建一批住房,而且这些住房既要保证质量,又要能够完成节约的要求,当时的建筑工地开展了爱国生产竞赛,天津钢厂工地上,工人们提出,我用28个工完成一排房子的土灰,另一个在天津自行车厂的工地上,工人们则提出,用27个工就完成这样的工作。"瓦工傅鸿宾的循环砌砖法将每间房屋的造价降低了40多万元。

工地上,为提高效率、降低成本而努力的,不仅仅是建筑工人。很多职工就下了班参加义务劳动,此外家属也参与了其中。聚沙成塔,齐心共建。天津郊外的工地上,建设者们干劲十足。他们一边唱歌一边传递手中的砖块,连卡车与机器都仿佛带着一种自豪感。1952年,天津不仅完成了5万间工人宿舍的建设,还超额建成了1478间。

天津社会科学院任吉东表示:"工人新村有一部分呢,就是建立在这个扩大区的范围之内。《扩大建成区建设计划草案》的出发点,就是为了解决当时天津工业建设它所需要的这种建设用地问题。"扩大的建成区让天津的工厂、住宅、商店不再混杂,也解决了天津人口过度集中的问题。

1953年,天津市政府开始对窝铺进行成片的整理改造,就在20世纪50年代,窝铺在天津逐渐消失了。当时,中山门新村还建起天津市最早的工人新村公园,占地面积2.44公顷,即中山门公园。而占地面积125公顷的天津水上公园,也早已于1951年7月1日正式对游客开放。它被誉为"北方的小西子",是当时天津市规模最大的综合性公园。随后,越来越多的公园,点缀在天津人的生活之中,大大提升了幸福感和获得感。

除了城市建设,天津还紧抓疾病治疗。

1952年,天津全市人口平均寿命仅为45岁,头号杀手就是传染病。当时流行的传染病有急性传染病、虫媒传染病,但中华人民共和国成立以来的传染病流行中,麻疹居各种传染病之首。天津疾控中心专家李永成表示:"麻疹呢是由麻疹病毒引起的一种急性的呼吸道传染病。凡是感染了麻疹病毒的人,他基本上都要发病,可以说在没有疫苗的那个时代,所有的人基本上都要得一遍麻疹。据统计,当时麻疹的病死率大概是8%到15%。"

在这样疫病丛生的背景下,新中国确定了"预防为主"的卫生工作方针。1953年,中共中央政务院第167次政务会议批准在全国范围内建立卫生防疫站。出任天津防疫站站长的是天津传染病医院院长屈鸿钧,他决定着手解决20世纪50年代防疫工作中遇到的最大、最严重的难题:麻疹大流行。他通过抽签的方式选定观察对象,把发不发生麻疹病例作为一个重要的指标,通过连续几年的观察,得出了一个重要的结论:如果某年龄段的儿童易感人群的比例超过40%,那么就意味着有一场麻疹的大流行将要到来。这是一个让屈鸿钧激动不已的发现,他经过了大量测算的验证,更得到了多个典型地区数据的支持。在医疗资源有限的情况下,这正是天津解决麻疹难题的希望所在。每到预测的大流行即将到来之际,屈鸿钧都会写出防治意见报告。时任天津市长的李耕涛亲自主持,召开了麻疹防治工作会议,作为一项重要的工作内容,麻疹防治在天津推广开来。

天津疾控中心专家李永成回忆道:"屈老在去上海考察的过程中,发现了当地采用一个防疫卡片的模式,就是说这些打针的孩子都给登记了个卡片。屈老由此受到启发,他就想,如果说这一个孩子出生以后,我就给他建立这个防疫卡片,那么记录他每接种一次的时间,而后按照不同的年龄阶段,按照规定,去给他来接种,这样可能更好地发挥这个疫苗的作用。所以他就在天津红桥区进行了试点。"天津试点的这一做法,正是后来推广到全国的"计划免疫"。从20世纪50年代起,屈鸿钧为卫生防疫工作,呕心沥血了四十年。

七十多年来,建造从未停歇。人们总是在时间线上乔迁,搬到更新的天津去。

这座城市日新月异,但它一直是我们的家。

《决战29小时》

本集讲述的是解放天津的背景及其过程,再现天津战役中的细节,铭记每一位为天津战役献身的英雄。

1948年,对于人民解放军来说是意义非凡的一年。辽沈战役落幕,数十万国民党精锐部队几乎被东北野战军部队消灭殆尽。人民解放军的总兵力,由最初的120万人发展到280万人,而国民党的军队却由之前的430万人锐减至100多万人。

1948年底,平津战役成为解放战场的重头戏。此时,平津战场上国民党的最高指挥官,正是解放军的老对手,有着"守城名将"之称的傅作义。虽然身在西柏坡,但是毛泽东对老对手的战略部署了如指掌。他作出分割包围平津的决定,电示东北野战军火速入关。80万猛虎,提前结束休整,短短十天,分三路秘密飞兵入关,合围了傅作义的50多万人马。

同年12月30日,中央军委电示林彪,正式任命刘亚楼为天津前线总指挥。刘亚楼立下30个小时就能拿下天津的豪言壮语,因为此时天津守军城防详图,包括城防布局、碉堡位置、兵力配备,已经挂在了刘亚楼面前,这其中不乏中共地下党员的周旋和密布。

1949年1月14日,上午10时,刘亚楼拿起电话下达命令,总攻开始。500多门火炮齐射,几千发炮弹倾泻而下,天津城瞬间淹没在火海之中。仅三分钟时间,护城墙就被炸开了缺口。炮火过后,解放军战士们高喊着"打到天津去,活捉陈长捷",向天津城垣发起猛攻。15日下午3时,攻下国民党守军的最后一个据点:天津耀华中学。驻防北部的守军不战而降。下午4时,天津解放。用时29小时!天津城的枪炮声停息。

毛泽东听到天津解放的消息后,高兴地说:"华北问题解决了大半。"果然,傅作义立即派出代表,再次和谈。1月20日,傅作义接受了和平解放北平改编军队等条件。62岁的蒋介石在南京被迫宣布"引退"。人民听到了新中国的脚步声。

人民的天津,革故鼎新,走向新生。

天津迎来了黎明,有些生命却在黎明之前永远长眠。天津战役,解放军以牺牲 4106 人的代价,把天津完整地交给了人民。他们都如此年轻,英勇无畏地化作震碎旧世界的春雷,激荡出一个崭新的中国。他们都如此坚定,"要一死以殉主义",融牺牲壮烈于明亮希望之中。甚至,他们的名字,我们都无从知晓。但是,70 多年来,天津从未放弃寻找。今天,又有三个闪亮的名字,刻进平津战役纪念馆的英烈墙:张桂堂,24 岁;管立恩,23 岁;高贺法,28 岁。天津,会记住他们每一个人的名字。

为纪念平津战役中每一个浴血奋战的战士,赵巍、张旭、马寅、李一纯共同诗朗诵,缅怀为天津和新中国抛头颅洒热血的英雄们。

音乐诗朗诵

朗　诵:赵巍　张旭　马寅　李一纯

赵　巍:人,何以永恒?

张　旭:写在天地间,刻进石头里,还是熔铸记忆中?

马　寅:74 年前,有人用 29 小时,在天津作出了回答。

李一纯:让我们穿越时空,重回炮火隆隆的战场,感受决战 29 小时的恢宏与壮烈。

【音乐(战争音效)】

赵　巍:74 年前的 1 月,解放大军铁流奔涌,80 万猛虎合围平津。

张　旭:74 年前的 1 月,国民党的统治大厦将倾,却心存幻想,仍做困兽之斗。

马　寅:74 年前的 1 月,天津城外格外热闹。154 万津郊人民为解放军筑路、修桥、运输物资。

李一纯:历史和人民,都选择了中国共产党。天津之战,一触即发!

赵　巍:1949 年 1 月 14 日,上午 10 点,天津前线总指挥刘亚楼拿起电话,一声令下,总攻开始!

张　旭:500 多门火炮齐射。千万发炮弹倾泻而下。大地在颤抖,整座天津城在颤抖。3分钟后,护城墙就被炸开了缺口。

马　寅:炮火过后,嘹亮的冲锋号震天响。34万解放军战士高喊着"打到天津去,活捉陈长捷",向天津城垣发起猛攻!

李一纯:国民党天津警备司令陈长捷曾吹嘘"固若金汤"的天津城防,仅仅三个半小时,就被解放军成功突破!

赵　巍:为了保护天津这座全国第二大商埠,为了城内200万天津人民的安危,解放军放弃重炮炸药,转为惨烈的肉搏巷战。

张　旭:枪声、拼杀声,响彻天津街头巷尾。就算是瓷器店里捉老鼠,也要扫尽鬼魅与豺狼。年轻的战士们,用血肉之躯,迎战敌人的枪膛。

马　寅:他们倒在了民权门的小巷,他们倒在金刚桥的路旁。

李一纯:他们倒在了数九隆冬,他们倒在了黎明之前。

赵　巍:向前!向前!向前!英雄爆破手曹树森,两臂、双腿重伤,硬是用头顶着炸药包,一寸一寸地向前,终于把炸药包顶到敌军阵地前。他用牙齿咬开导火索,炸开了铁丝网,为部队扫清前进障碍。而他的生命,却永远定格在了20岁。

张　旭:保卫红旗!年仅16岁的旗手钟银根,高举红旗引领着战友们冲锋在前。这面火一般耀眼的红旗刺痛了敌人。他们集中所有火力,向红旗射击。

　　　　　　枪林弹雨中,钟银根腿被打断,胸部被洞穿。他强忍巨痛,紧握红旗!

马　寅:红旗数次倒下,钟银根又数次挣扎而起。他倾尽所有力气,用双手和身体高擎半截旗杆,支撑着那面永远不倒的旗帜,直至壮烈牺牲。

李一纯:无数潜伏的地下党员,深入龙潭虎穴,战斗在敌人的心脏。他们智取城防图,建立秘密电台。兵力布防、碉堡位置……敌人的一切,尽在掌握。

赵　巍:每一寸土地,都有人以鲜血奔赴!

张　旭:每一寸天,都有人以生死守护!

马　寅:每一寸心,都将人间正道浇铸!

李一纯:他们用信仰和生命,竖起永恒的丰碑,不朽千古!

赵　巍:经过 18 小时的激战,1 月 15 日凌晨 5 点半,解放军东、西两线主攻部队在金汤桥上胜利会师!

张　旭:两个小时后,38 军 112 师攻占国民党天津警备司令部,活捉陈长捷!

马　寅:下午 3 时,人民解放军攻下国民党守军的最后一个据点:天津耀华中学。天津解放,用时 29 小时!

李一纯:决战 29 小时,完成了解放战争以来,规模最大的城市攻坚战,创造了令人瞩目的"天津方式"。

赵　巍:解放军以牺牲 4106 人的代价,歼灭 13 万敌军,把天津完整地交给了人民。

张　旭:当天,7400 多名接管人员陆续进城,对国民党一切机关、工厂、银行、铁路及学校,全部完整接管。人民的天津,革故鼎新,走向新生!

马　寅:能战方能止战。毛泽东听到天津解放的消息后,高兴地说:"华北问题解决了大半"。果然,5 天后,傅作义接受和平解放北平、改编军队等条件。62 岁的蒋介石在南京被迫宣布"引退"。

李一纯:至此,国共决战的胜负已见分晓,全国解放指日可待。

(合):人民听到了新中国的脚步声!

赵　巍:74 年过去,英雄从不曾远去!

张　旭:74 年过去,我们从未曾忘记!

马　寅:74 年过去,信仰之光照耀津沽大地!

李一纯:74 年过去,胜利之歌砥砺神州奋起!

《吉鸿昌》

为纪念抗日将领吉鸿昌,特邀中国人民解放军联勤保障部队大校共产党员、著名爱国抗日将领吉鸿昌将军的外孙女郑吉安带来演讲,追忆先生大义。

【暗场起】

【大屏呈现虚拟还原吉鸿昌形象】

吉鸿昌:恨不抗日死,留作今日羞。国破尚如此,我何惜此头!

【定点追光】

郑吉安:刚才大家看到的这首诗,是我的外祖父吉鸿昌烈士临刑前,在刑场的土地上,以树枝作笔,大地为纸,写下的气壮山河的就义诗。短短20个字的五言绝句,道出了他面对死亡气吞山河的豪迈气概,道出了他未灭日寇身先死的遗憾与愤闷,也勾勒出了他对祖国、对人民的无限情怀。

1913年,他抱着救国救民的初衷,参加了冯玉祥的西北军,1930年中原大战,他所在的队伍被蒋介石收编,蒋介石命令他去攻打鄂豫皖苏区的工农红军。外祖父所带的队伍当时可以称得上是铁军,很少打败仗,但是跟工农红军的这一仗,他损失了一个团。他带着这个问号暗访苏区,目睹了苏区的老百姓跟工农红军的鱼水情深。从苏区回来后他就做出了一个决定,坚决不与红军开战。当地渐渐开始流传这样的民谣——

【场外童声】

"吉军来打仗,向天放空枪,走时丢武器,送给共产党。"

郑吉安:外祖父于1932年光荣的加入了中国共产党,完成了从旧军人变成共产主义战士革命信仰的转变。入党后的外祖父,朴素的爱国情怀得到了进一步的升华。当日寇大举入侵国难当头的时候,他挺身而出,毅然北上,在张家口与冯玉祥,方振武等西北军的将领组建了察哈尔民众抗日同盟军,他任北路前敌总指挥。由于同盟军缺乏武器弹药,他毁家纾难,让外祖母变卖家产,一次交党费6万大洋,为同盟军购买枪支弹药,并且由外祖母冒着生命危险亲自送到张家口前线。战斗中,他身先士卒,率领同盟军的将士浴血奋战,一举收复了宝昌、康保、沽源、多伦等重镇,成为自九一八以来中国军队首次从日本侵略者手中夺回失地的壮举,大大激发了全国人民的抗日热情!

【大屏呈现虚拟还原吉鸿昌形象】

吉鸿昌:我是中国共产党党员,我为我们党的主义和政纲而奋斗。这正是我毕生的最大光荣。

郑吉安:这是在反动当局的法庭上,外祖父大义凌然的发言。1934 年,外祖父在天津开展抗日民族统一战线工作,担任中国人民反法西斯大同盟的主任委员。红楼是当时外祖父在天津的的住宅,外祖父一购得之后就把它进行了改造,将三楼作为秘密印刷室,在那里印刷《民族战旗》等进步刊物。二楼的会客厅改为会议室,并且增设了 7 个门,这也是为了地下党召开秘密会议时遇到紧急情况便于疏散。地下室就是为同盟军储备枪支弹药的一个武器仓库。所以说红楼它不仅外观是红色的,更因为它是党组织的地下联络站,里面孕育着红色的火种。

【大屏呈现虚拟还原吉鸿昌形象】

吉鸿昌:红霞吾妻鉴:夫今死矣,是为时代而牺牲。人终有一死,我死您也不必过于悲伤,因还有儿女得您照应。

郑吉安:在外祖父牺牲的那一天,给外祖母写下的遗书中,饱含着他对家人的牵挂。牺牲时他才年仅 39 岁。记得外祖母给我讲过,外祖父在监狱的时候曾经跟她有过一次通话,通话的时候还专门问到我的母亲怎么样。当时我的母亲只有 2 岁,并不知道自己的爸爸在监狱里,她就对着电话喊,"爸爸你为什么不回来?"电话那头,外祖父已经哽咽的说不出话来了。

【展示台升起,家传瓷碗】

郑吉安:外祖母曾经对我们说:"你的外祖父虽然没有给我们留下什么物质上的财富,但给我们留下的精神财富是取之不尽,用之不竭的。"我从小就记得家里有一只不同寻常的瓷碗,因为瓷碗的上面有 7 个发人深省的字——"做官即不许发财"这是外祖父的父亲给他留下的祖训,告诉他做官不能谋私利,做官要为老百姓办事。外祖父把他父亲的教诲牢牢的记在心里,当做座右铭。在他当团长的那一年,就把这七个字"做官即不许发财"烧制了 500 只瓷碗上,然后发给他的全团官兵共勉。

外祖父的一生是爱国为民的一生,红色资源记录着他的革命事迹,承载着他的崇高精神和品格,体现着党和人民对烈士的崇敬和怀念。继承这笔无价的精神财富,我们一定会开创新时代中国特色社会主义的美好未来!

第三节　抗疫之作

《医之大者朱宪彝》

《医之大者朱宪彝》是天津医科大学与天津海河传媒中心李家森工作室联合摄制的一部大型传记类纪录片。这部纪录片共两集,每集30分钟,采用最先进的高清摄影、3D动画、情景再现等电视技术手段,重新发现和阐释医学大家朱宪彝的传奇一生和时代意义。朱宪彝是中国临床内分泌学的创始人和奠基人,被国际上尊称为"世界当代钙磷代谢知识之父"。朱宪彝也是杰出的医学教育家。1951年,他创建了新中国的第一所高等医学院校——天津医学院(现为天津医科大学)。朱宪彝的命运轨迹与时代同行,与国家并进。他的求学志向、医学成就、教育理念、奉献精神,是永不褪色的瑰丽遗产。

觉醒年代,他暗夜寻路,在压迫中,敢于反抗;在黑暗中,敢于照亮。救亡图存,他求学协和,躬耕内分泌学,被誉为"当代钙磷代谢知识之父"。民族崛起,他授业传薪,创办新中国第一所高等医学院校,嘉荫长留。他,德高医粹,济世苍生,是消除碘缺乏病的重要先驱和领导者。他,临终"四献",近乎"裸捐",感动世人。朱宪彝,医之大者,为国为民。

朱宪彝的命运轨迹与时代同行、与国家并进。他的求学志向、医学成就、教育理念、奉献精神,是精神昆仑、不朽丰碑,是永不褪色的瑰丽遗产。

作为著名的医学家和医学教育家、中国临床内分泌创始人和奠基人之一,他首次提出肾性骨营养不良,被尊为国际钙磷代谢之父、碘缺乏病的先驱和领导者;他创办新中国首家医学院——天津医学院。

《医之大者朱宪彝》集思想性、文献性、艺术性于一体，纪录片中采访了 5 位院士：中国工程院院士、"共和国勋章"获得者钟南山，中国工程院副院长、院士、北京协和医学院院校长王辰，中国工程院院士、国家首批国医大师吴咸中，中国工程院院士著名肿瘤学家郝希山，中国科学院院士激光医学专家顾瑛。摄制组还采访了 30 多位朱宪彝生前的同事、学生、亲友等故事亲历者，并沿着朱宪彝的人生轨迹奔赴北京、河北、海南、贵州等地，采访拍摄。整部纪录片通过生动的故事、翔实的文献、珍贵的口述历史，直抵朱宪彝的精神实质，彰显信仰之美、奋斗之美、奉献之美，引领后人走近大师，心怀家国，笃行奋进。

《苍生大医》

《苍生大医》是由中共天津市委宣传部、天津海河传媒中心联合出品的纪录片。纪录片从 2021 年初疫情多点散发的线索切入，以故事化的创作方式，真实呈现了张伯礼人生两次请缨抗疫的故事，运用大量珍贵影像资料回顾了张伯礼院士七十多年来在中医药现代化、产业化、国际化之路上的奋斗历程，纪录片用普通人的视角，去领略中医，进而感受张伯礼"贤以弘德，术以辅仁"的人生经历。

中医药是中华民族的瑰宝。党的十八大以来，习近平总书记一直关心着中医药的创新发展。在面对新冠疫情，领导中国战"疫"的伟大历程中，习近平总书记多次就中医药工作作出重要指示，提出要将中医和西医相机和，中药和西药要并用，这不仅是我国疫情防控的一大特色，也是传承、创新、发展中医药文化的伟大实践。"人民英雄国家荣誉称号"获得者、中国工程院院士张伯礼作为中央指导组专家组成员，亲历武汉和河北两次抗疫，为抗疫"中国方案"贡献了中医药力量，同时也以专业从医者的角度见证了中药在抗击新冠疫情过程中所发挥出来的优势，既有效遏制了疫情扩散，又最大程度上保障了人民的生命健康。为进一步弘扬中医药传统文化，讲好中国抗疫故事，天津海河传媒中心策划制作纪录片

《苍生大医》,记录了张伯礼心济苍生,大医精诚的人生经历:18 年前,抗击非典,他挺身而出;庚子新春,决战新冠,年过古稀的他逆向而行,在武汉奋战 80 多个日夜,与武汉"肝胆相照";关键时刻他坚持中西医结合、中西药并用,为世界提供抗疫"中国方案"的信心和勇气。纪录片从 2021年初疫情多点散发的线索切入,以故事化的创作方式,真实呈现了张伯礼人生两次请缨抗疫的故事,并运用大量珍贵影像资料回顾了张伯礼院士作为中央指导组专家组成员,"人民英雄"国家荣誉称号获得者、中国工程院院士张伯礼曾在武汉奋战 80 多个日夜,与武汉"肝胆相照",关键时刻他坚持中西医结合、中西药并用,为世界提供了抗疫的"中国方案"。

纪录片以其人生经历为纽带,运用大量珍贵影像资料回顾了张伯礼院士近 50 年来致力于中医药现代化的奋斗历程,真实呈现了他两次请缨抗疫的感人故事。历时一年多的跟踪记录,该片从千余小时的素材中精剪而成,该片以人物故事为纽带、以传承发展为主线、通过具有细节和情绪张力的镜头语言,充分展示了张伯礼院士"贤以弘德,术以辅仁"的人生经历和我国中医药事业继承创新的发展历程以及他多年来在中医药现代化之路上的奋斗历程。

《大考》

《大考》是由天津市市委宣传部、海河传媒中心联合出品的专题作品。新冠疫情考验着国家的治理能力,也考验着天津的应变能力。《大考》具备纪实性,通过记录天津疫情防控的全过程,展现了天津市面对重大危机时的临危不惧,也在一定程度上深刻地阐述了中国特色社会主义制度的优越性。《大考》一共有六集,每集都有不同的侧重点,《战时机制》《硬核之战》《尽锐出征》《党旗飘扬》《众志成城》《双战双胜》共同组成了这部经典的专题佳作。

《大考》运用全景式的视角,展示新冠疫情背景下,天津遵从习近平总书记的指导,以人民为重,坚持以人民为中心的原则,落实"四个战时",最高程度响应国家号召,以最佳状态应对疫情,打赢疫情防控阻击战,为党和人民交上一份属于天津的满意答卷。《大考》笔触鲜活灵动,事例生动感人,用镜头描绘了一个个平凡的、奋斗在一线的英雄。义无反顾的医务人员、不忘初心的党员干部携手1600万海河儿女攻克难关,齐心协力,共战疫情。国家先进的制度和不断完善的治理体系在抗疫战争中发挥了显著的优势,凝聚了强大的力量,保障了防疫工作,保护了人民的生命安全。该纪录片聚焦钻石公主号邮轮停靠天津等国际热点事件,中国工程院院士、天津援鄂医疗队队长张伯礼等医疗卫生领军人物以及天津援鄂医疗队的抗疫经历等,讲述了天津社会各界联合抗疫的故事和为全国抗疫作出的重要贡献。该纪录片通过 China Matters 的海外账号发布后,总阅读量291万,被美联社、德新社、瑞典通讯社、挪威通讯社、芬兰通讯社、丹麦通讯社等全球通讯社引用转发。包括美国广播公司、美国哥伦比亚广播公司和华纳兄弟、美国福克斯广播公司所属相关网站在内的163个海外网站播放了该纪录片,总播放量引人瞩目。

在六集大型专题片《大考》产生良好国内传播效果的基础上,市委宣传部与中国外文局根据海外传播规律和观看习惯,对专题片进行剪辑重构,力求传递真实的中国防疫现状,并对专题片作精准翻译,制成了海外版的中英文微纪录片《大考》(*Tianjin's fight against COVID*-19),每集仅有五分钟,共三集,并对《大考》进行全面、立体、多层次的跨文化传播。截至目前,《大考》在海外的播放量逾510万次。

该系列纪录片聚焦歌诗达赛琳娜号邮轮疫情成功处置、张伯礼院士等医疗卫生领域领军人物以及天津援鄂医疗队抗疫经历等,用一个个惊心动魄的故事和生动的人物,从细节上讲述了疫情大考中天津快速启动一级响应,派医护人员奔赴武汉一线支援,发动天津社会各界、企事业单位联合抗疫的故事,为其他国家及其民众开展疫情防控提供了借鉴和参考。

通过"视界中国(China Matters)"品牌落地海外通讯社,并发企鹅、头条号、B站、微博、抖音等社交媒体及视频平台账号,纪录片《大考》实现最大范围的传播。

第四节 扶贫之作

——《大决胜》

2020 年既是脱贫攻坚的决胜之年,也是实现全面小康的关键节点。天津市委宣传部、天津市合作交流办公室、天津海河传媒中心联合出品扶贫之作——《大决胜》。

天津始终坚持以习近平新时期中国特色社会主义思想为指导方针,贯彻落实扶贫工作,着力推进对口支援工作。自 2016 年,市委、市政府的主要领导同志每年都要带队到对口帮扶地区进行走访调研,层层推进,全市 16 个区先后与甘肃、河北承德、新疆和田、西藏昌都、青海黄南等 50 个贫困旗县建立了结对帮扶关系。

党的十八大召开一个月后,习近平总书记来到河北省阜平县,专程走访慰问老区困难群众。在这里,向全党发出了打好脱贫攻坚战的强行军号令。"坚决打赢脱贫攻坚战,确保到 2020 年所有贫困地区和贫困人口一道迈入全面小康社会。"全面进入小康社会是中华儿女的千年凤愿,是人民群众对美好生活的殷切期盼。这场世界历史上最大规模的扶贫攻坚,在中国徐徐展开。为了记录下扶贫攻坚、决战决胜的伟大节点,天津海河传媒中心选派精兵良将参与《大决胜》的制摄。2020 年初伊始,《大决胜》摄制组辗转多地,以教育、就业等民生问题的扶贫工作作为重点内容,挖掘天津扶贫工作中一个个温情的镜头和感人至深的故事。在镜头中,于田县招商局副局长鞠躬尽瘁,为援疆事业付出自己宝贵的生命,倒在了脱贫攻坚的一线;80 后扶贫干部冒着生命危险,不顾自身安危行走在高原峡谷,为易地搬迁项目奔波忙碌;天津援甘干部心系人民,以忧人民所忧,帮助老区人民解决困扰他们三年之久的饮水问题;天津援藏医生战胜恶劣的气候和崎岖的的地形,为藏族人民送去健康和希望。《大决胜》摄制组陆陆续续拍摄了近上千个小时的素材,最后将精华部分浓缩成一部长达60分钟的纪录片。

在"十三五"期间,天津采用"升级加力、多层全覆盖、有限无限相结合"的方法,持续增加对资金的投入,提高对于人才的重视。财政投入资金年均增长26.3%,增幅位居全国前列。除此之外,天津还十分重视干部人才的选派问题,加大了相应的选派力度,选派干部人才累计达6761人次,选派专业技术人才则高达上万次。《大决胜》记录了天津各界扶贫的真实画面,展现了天津扶贫的重大成果。中国共产党为人民和时代交上了一幅满意的答卷。中国人民共同书写新时代的新篇章,共同书写天津攻坚的大决胜。

第五节　红色记忆

——《小楼春秋》

　　《小楼春秋》是天津市委宣传部和天津海河传媒中心共同摄制的百集电视系列纪录片，由天津海河传媒中心李家森工作室承制。这部纪录片新颖别致，每集仅用 8 分钟时长，让天津一栋历史风貌建筑开口说话。这部兼具知识性、趣味性、历史性的纪录片，首季 45 集一经播出，即收获多方好评。一些观众看过节目后，更是亲自前往每一栋建筑，欣赏细节，感怀历史。纪录片激发了天津人了解家乡的热情和热爱家乡的自豪感，也吸引了更多中外友人关注天津这座城市，关注五大道、解放北路与意大利风情区等风貌建筑聚集的区域。首季在天津卫视首播，并在各地面频道多次重播。

　　电视纪录片《小楼春秋：红色记忆系列》是自 2018 年《小楼春秋》首季播出后，该部系列纪录片的再次上新。《小楼春秋》总导演李家森介绍，此次上新的是《小楼春秋》百集之外的特别呈现——《小楼春秋：红色记忆系列》特辑，将汲取以往的成功经验，制作每集 8 分钟讲述一栋建筑的系列纪录片。特别之处在于，特辑精选的是天津市现存革命遗址中，同时具有历史价值、建筑学价值的楼宇建筑。李家森说："天津是一座具有光荣革命传统的历史文化名城。五四运动后，特别是中国共产党成立以来，这方热土经历了许多重大革命活动，中国共产党的主要创始人之一李大钊，中华人民共和国开国元勋刘少奇、周恩来等都在这里留下光辉足迹，还有中共中央北方局等众多组织机构更为天津留下多处革命遗址。红色基因的重大意义，是《小楼春秋：红色记忆系列》立身的基石；天津丰厚的红色资源,是这一项目成长的土壤。《小楼春秋:红色记忆系列》将与天津人民一同回望党史,不忘初心,继续前进。"天津社会科学院研究员、天津著名文史专家罗澍伟担任《小楼春秋:红色记忆系列》的总顾问,为该片提出了许多宝贵的建议,并对30篇脚本进行了逐一审看、修订。罗澍伟说:"《小楼春秋:红色记忆系列》是一部很生动的党史教材,革命传统教育要从娃娃抓起,使红色基因渗透进人的血液当中。"据了解,为了以建筑为切入点,讲好天津党史故事、英雄故事,《小楼春秋:红色记忆系列》项目组有序开展了多项调研工作。2020年7月,总导演李家森率队拜访了天津城建大学"革命丰碑——天津市红日旧址展览"的主创团队。此后,双方又进行了多次交流,合作逐渐深入。向建筑专家取经之外,项目组也着重向党史专家请教,与中共天津市委党史研究室、各区委党校专家、离退休党史专家进行多次座谈,力求做到严谨与创新并存。项目组采访了多位革命英烈、共产党人的后人,让纪录片有高度,更有温度。此外,项目组更多次到建筑现场勘景,向附近居民了解情况。继承《小楼春秋》的优秀传统,《小楼春秋:红色记忆系列》特辑坚持综合运用航拍、延时、摇臂、轨道、稳定器等多种拍摄手段,力图全方位、多角度地展示每一栋建筑的独特形象。在故事讲述上下功夫,又保持对画面呈现的高要求,让《小楼春秋:红色记忆系列》的每一集都经得起时间的检验。"小楼不小,内有春秋",《小楼春秋:红色记忆系列》主题鲜明,思想性、艺术性高度融合,创新城市宣传,是一份生动的党史教材、家乡史教材。

《小楼春秋》首季中出场的"主角"个个非凡,其中包括静园、曹禺故居、大清邮政津局、饮冰室、利顺德大饭店等著名风貌建筑。《小楼春秋》不仅是一部宣传片,更是一部见证历史和传奇的重要资料。观看《小楼春秋》,就像推开历史的大门,能够让人静心去聆听来自历史的声音。《小楼春秋》承载着天津的文化内涵,以含蓄的美和精心的制作为天津浓厚的文化画卷再添浓墨重彩的一笔。

《小楼春秋:红色记忆系列》,受到观众好评。该片总顾问、天津社会科学院原研究员、天津文史专家罗澍伟日前接受记者采访时,从时间跨度、内容主线、教育意义等三个方面分析,对该片的创作播出给予充分肯定。电视纪录片《小楼春秋:红色记忆系列》是百集电视系列纪录片《小楼春秋》的特辑,精选天津市现存革命遗址中具有历史价值、建筑学价值的楼宇建筑,用每集 8 分钟的体量,讲述与建筑有关的红色故事。前三集《北洋法政学堂》《北洋大学旧址》《觉悟社纪念馆》,分别讲述了中国共产主义运动先驱李大钊、中国共产党早期重要领导人之一张太雷和革命青年团体觉悟社的故事。第四集《中共中央在津秘密印刷厂旧址》,讲述1928 年 12 月设立在上海的中央秘密印刷厂被破坏后,中国共产党从上海派毛泽民夫妇来天津建立地下印刷厂的一段红色故事。罗澍伟告诉记者,《小楼春秋:红色记忆系列》的时间跨度是从五四运动和中国共产党天津地方党组织的建立开始,直到天津解放,前后共有 30 年。30 年的时间里,在中国共产党的领导下,中国人民的命运发生了深刻的改变,天津这座沿海特大城市的发展也产生了深刻的改变。"近代天津是中国北方革命运动的中心。《小楼春秋:红色记忆系列》立足天津,面向全国,运用富有天津特色的、丰富多彩的历史与红色文化资源,精心录制了 30 处红色遗址中发生的革命故事和涌现的英雄人物,生动形象地反映并代表了这 30 年间天津历史上那段可歌可泣的峥嵘岁月。"罗澍伟说:"在三次国内革命战争时期,天津是中国共产党进行地下斗争的前沿阵地;在抗日战争时期,天津是敌后根据地的坚强后盾。《小楼春秋:红色记忆系列》紧紧抓住这条主线,每观看一集,大家都可以了解一段革命历史,聆听一段生动的故事,深刻感受到共产党人的大义凛然、高风亮节、信仰坚定和不怕牺牲,受到精神上、思想上的洗礼,了解历史更迭,深刻体会革命政权的来之不易,新中国的来之不易,新时代的来之不易,中国特色社会主义的来之不易。"他认为,《小楼春秋:红色记忆系列》内容真实明快,情节生动曲折,语言浅显易懂。

同时,挖掘与每一栋楼有关的真实而曲折的故事,也是《小楼春秋》主创团队的致力之处。主创团队与天津市档案馆合作,在罗澍伟、尚克强、张利民、陈克、方兆麟等多位历史文化专家的支持下,主创团队查阅、拍摄了上千份历史档案原件,阅读了大量文史资料,仔细翻查了《大公报》《益世报》等旧报刊,力求还原历史细节,书写历史故事。值得一提的是,《小楼春秋》还拜访了一栋栋建筑昔日所有者和居住者的后裔,记录大量口述历史资料。情景再现、后人口述、专家讲解与资料互相佐证,互相支持,共同呈现出一个个真实美丽的故事。

第六节　排球之城
——"国家荣誉——中国女排精神展"

2019年新中国70华诞前夕,习近平总书记会见了获得世界杯冠军的女排运动员、教练代表,习总书记指出,中国女排之所以备受瞩目和喜爱,不仅是因为她们夺得冠军,为国争光,更重要的是她们所传达出的拼搏精神和信念。女排精神是新时代的精神,喊出了为中华崛起而拼搏的时代最强音。天津女排精神自然赓续了女排精神并将其发扬光大。天津女排精神不仅成为天津体育的一面旗帜,更成为激励全市上下锐意进取、昂首前进的强大精神动力。"国家荣誉——中国女排精神展"共分五个部分,以大量实物、照片、多媒体等形式,全方位诠释了习近平总书记所倡导的"祖国至上、团结协作、顽强拼搏、永不言败"的女排精神。

"祖国至上"

爱国主义是女排精神永恒的内核和灵魂。爱国情感是人世间最深厚、最纯正的情感,更是一个人的立德之本。爱国主义根植于中华民族的血脉之中,是中华人民的集体情感,是实现中华民族伟大复兴的精神支柱。穿上中国球衣,就是为国而战,这是中国女排的共识。

1980年,中国女排在出访美国时,运动员们一下飞机就被袁伟民拉到体育馆训练。20多小时的航程,加上科罗拉多当地的高原气候,水土不服的队员们在体育馆里狂吐不止,但吐完了还是会强撑着上场。现场采访的美国记者们看到这一幕时被惊得目瞪口呆,但袁伟民和女排运动员们早就对这种"魔鬼训练"习以为常。除了给运动员们施加身体上的极限挑战外,袁伟民更清楚运动员们精神上的"软肋",那就是她们对排球的热爱和对荣誉的追求。

冠军是拼出来的。1977 年,第二届女排世界杯赛在日本举行,是重新组建的中国女排第一次走上世界杯赛场。时任中国女排队长的"铁娘子"曹慧英敢打敢拼,最终获得了"最佳运动员""最佳拦网"和"最佳敢斗"三项个人大奖。孙晋芳从小就付出比别人多几倍的时间进行基本功练习,面对常年刻苦训练和激烈比赛所积累下的伤病,她始终保持着昂扬的斗志。某次国际女排邀请赛上,为了帮助球队战胜日、美两大劲旅,有伤在身的孙晋芳在赛前悄悄打了"封闭"。赛后,当运动员们在领奖台上高举奖杯向观众致意时,孙晋芳却不得不扶着腰,用实际行动诠释了"鞠躬尽瘁"。生性好强的陈招娣在中国女排训练期间腰伤严重,医生担心她继续打球可能会导致身体瘫痪,陈招娣恳求医生为她治疗,让她继续征战球场,不为国家作出贡献她不甘心,不展现出最大实力她不甘心。她积极治疗,以巨大的毅力战胜了腰伤。1979 年 6 月,在中国队与日本队的比赛中,陈招娣不慎桡骨断裂。随后的全运会,陈招娣用绷带固定左臂坚持参赛,从此便有了"断臂将军"的别称。21 岁的杨锡兰被袁伟民招入中国女排,在球队中,杨锡兰是一位能够调动全队攻防的优秀二传手。作为中国女排"五连冠"功臣,杨锡兰并没有在功成名就后选择退役,而是继续坚持奋战,带领年轻的队友参加了 1988 年汉城奥运会并获得铜牌。

从 1981 年到 1986 年,短短五年,两届世界杯、两届世锦赛、一届奥运会,"五连冠"的成绩使中国女排横扫千军、所向披靡。从那时起,"团结起来,振兴中华"响彻神州,中国女排成为"八十年代新一辈"的杰出代表。辉煌"五连冠",完美诠释女排精神。1981 年 11 月 16 日,中国女排第三届女排世界杯上七战七胜,首次拿下世界排球大赛冠军,实现了历史性的突破。1984 年 8 月 7 日,在第二十三届洛杉矶奥运会女排决赛中,中国女排 3∶0 击败东道主美国队,首次夺得奥运会冠军。在 1984 年的国庆典礼上,刚刚夺得奥运冠军的中国女排乘坐花车,在天安门广场的欢呼声中与全国人民分享喜悦。1986 年 9 月 13 日,中国女排在捷克斯洛伐克举办的第十届世界女排锦标赛中夺得冠军,成为世界排球历史上首支获得"五连冠"的队伍。在雅典奥运中,中国女排齐心协力,续写了"五连冠"的传奇。2003 年 11 月 15 日,第九届女排世界杯上,中国女排十一战全胜,斩获世界冠军。时隔 17 年,世界冠军的荣耀再次落在了女排手中。2004 年 8 月 28 日,在第二十八届雅典奥运会女排决赛中,中国女排 3∶2 逆转俄罗斯队,再次夺得奥运会冠军。2015 年 9 月 6 日,在日本举行的第十二届女排世界杯中,中国女排以十一战十胜战绩,时隔 11 年再次夺得世界排球大赛冠军。2016 年 8 月 20 日,在第三十一届里约奥运会女排决赛中,中国女排在先失一局的情况下,连扳三局实现逆转,3∶1 战胜塞尔维亚队,第 3 次夺得奥运会冠军。2019 年 9 月 29 日,经过多轮激烈争夺,中国女排以十一连胜的傲人战绩在女排世界杯夺冠,为中华人民共和国七十华诞献上了最好的生日礼物。这是自 1981 年以来,中国女排第 10 次为祖国赢得世界冠军荣誉,鼓舞中国人民昂扬奋进的女排精神再次得到彰显。由此可见,她们对祖国的挚爱之情,从不停留在口头上,而是体现在行动中。每一次夺冠都是五星红旗在赛场升起的骄傲;每一个荣耀都是用汗水、泪水为祖国争光的见证。这种浓烈深沉的爱国主义精神,构成了新时代女排精神的核心部分,也成为中国人民砥砺奋进的象征。

历届领导人十分关心中国女排,他们的亲切关怀、巨大鼓舞、谆谆教诲、殷殷嘱托,激励几代女排为人民征战、为祖国拼搏。2016 年 8 月 25 日,中共中央总书记、国家主席、中央军委主席习近平接见参加第三十一届奥运会中国体育代表团全体成员,与时任中国女排主教练郎平亲切握手并赞扬中国女排顽强且英勇,不畏困难和强敌,这种精神使全国人民都很振奋。2019 年 9 月 30 日,中共中央总书记、国家主席、中央军委主席习近平邀请刚刚获得女排世界杯冠军的中国女排运动员以及教练员代表参加招待会,与她们一起庆祝中华人民共和国成立 70 周年。

几代人的青春,承载着光荣与梦想。建队之初,中国女排就把"为国争光"作为自己的初心和使命。对祖国发自内心的热爱、国家荣誉的自豪与幸福,点燃了女排姑娘们的绚丽青春,她们的矫健身影成为中国青年竞相效仿的励志榜样。

展览内陈列的展品包括中国女排十次世界冠军的荣誉墙以及奖杯、奖牌等实物。几十年来,中国女排十次夺取世界冠军,解放军和各省市为国家队输送了一批批排坛精英。中国女排几十年历经风雨,早已把爱国主义情怀、集体主义深植于中华民族的血脉之中。这是中国女排的历史巅峰时刻,是对女排精神的完美演绎,他们创造了世界排球史上的奇迹。中国女排是中国人民的骄傲和民族的英雄。

"团结协作"

习近平总书记指出:"38年来,中国女排在世界杯、世锦赛、奥运会三大赛事中屡创佳绩,形成了团结协作、顽强拼搏的女排精神。"

团结一心、同舟共济是女排精神的基石。中国女排自建队伊始,始终以集体主义精神为宗旨,始终坚持和发扬团结精神,从教练、运动员到幕后工作人员,每个人都谨记以集体为重,以集体荣誉为重。中国女排顽强奋斗、逆风飞翔;中国体育昂扬向上、脚踏实地;中国人民敢闯敢拼、无畏艰险。

忠诚儿女永远铭记使命。1976年中国女排重新组建,把振兴中国排球作为奋斗目标的邓若曾看到了希望,敲响了袁伟民宿舍的大门。一见面,邓若曾就坦率而诚恳地表示,要给袁伟民做助手,共同合作把女排搞上去。"我已经四十多岁的人了,不图别的,只图女排翻个身。需要出力时,我往前。有名的事,我往后。"在辅佐袁伟民取得中国女排三连冠后,邓若曾接掌帅印。他大胆启用新人,在战术打法上坚持集体排球,最终带领中国女排获得了第四座冠军奖杯;1986年,已经退役且即将从大学毕业的张蓉芳接到国家体委希望她担任中国女排教练的消息。在领导和家人的支持下,她毅然接过中国女排的教鞭,带领队伍向第五个世界冠军发起冲击。此时,张蓉芳已怀有身孕,无论带队训练还是执教比赛都有一定风险。可除了郎平和袁伟民,张蓉芳"带"着孩子上训练场的事,没有任何队员知道。当时出征第十届女排世锦赛的中国女排代表团是 22 个人，事后同事们都打趣她称，这个孩子就是中国代表团的第 23 个成员。

年轻时担任陪打教练，陈忠和每天的两样功课就是看录像和上场模仿世界各国高手的动作。他在训练馆里往往一练就是一整天，一身伤病却从未向旁人提起。执起中国女排教鞭后，陈忠和标志性的笑容背后是不忘初心。雅典奥运会女排决赛，在落后俄罗斯队，局面极为被动时，陈忠和坚定地告诉队员，不能放弃，要继续进攻，用更出色的发挥把局势扭转过来。

2010 年女排世锦赛和亚运会前，已经 31 岁的周苏红在中国女排最低谷时毅然挺身而出。周苏红说，她喜欢并热爱排球，排球带给她成功的喜悦，中国女排让她感到温暖，她也希望把自己对比赛的态度和精神传递给年轻队员。最终，她帮助中国女排在亚运会女排决赛先失两局的情况下连扳三局，拿到了广州亚运会中国代表团的最后一枚金牌。多年的艰苦训练让魏秋月的膝关节磨损严重，为了帮助中国女排在里约奥运周期走出低谷，再创辉煌，魏秋月毅然决定接受手术，用顽强拼搏和永不言弃的女排精神战胜伤病。"中国女排这个集体一直践行着中国女排精神，作为其中的一员，我一直在传承发扬。"

2013 年，在中国女排又一次步入低谷之时，郎平毅然出山，第二次执掌起国家队教鞭，为中国女排注入强心剂。2014 年意大利女排世锦赛中国女排斩获亚军后，赖亚文撰写《我们"银色"的世界锦标赛》，记录二十多年来她与郎平携手共进、并肩作战的点点滴滴以及建立起的深厚友谊；2015 年女排世界杯，赖亚文携手郎平再次赢得胜利，带领女排拿下冠军。2019 年国庆节前，中国女排在日本以十一连胜战绩获得第十座排球"三大赛"的世界冠军奖杯，为中华人民共和国成立 70 周年献礼。郎平曾言，中国的球衣就是中国的象征，着华裳就是代表中华出征，为国争光是女排的义务，让祖国的红旗高高升起也是每个人的使命。

中国女排所取得的骄人战绩，离不开女排姑娘们凝心聚力、众志成城的信念和决心。在关键时刻，她们懂得舍小我顾大家，以赛场为重，以团结为重。在最美好的年华,缔造了中国女排一个又一个高峰。

"顽强拼搏"

习近平总书记指出:"成绩不仅仅在于能否拿到或拿到多少块奖牌,更在于体现奥林匹克精神,自强不息、战胜自我、超越自我。"顽强拼搏一直是中国体育的主旋律。她们矢志不渝、百折不挠;她们心怀梦想、信念坚定;她们不畏强手、敢打敢拼,不负韶华,牢记使命,砥砺前行。

艰难环境下仍在顽强前行。1972 年,兴建漳州女排训练基地时资金有限,建设者们因地制宜,利用闽南盛产的毛竹,仅用 28 天就建成了竹棚训练馆。没有刷漆的毛竹地板毛刺丛生,女排姑娘们苦中作乐,训练后互相拔刺,比谁的刺多。中国女排在"竹棚"训练场上坚持"从难、从严、从实战出发和坚持大运动量训练"的方针,在艰苦条件下开展"魔鬼训练",在锤炼意志中不断提升技战术能力,弥补短板,造就了"五连冠"辉煌;从雅典奥运会到北京奥运会,赵蕊蕊经历了两次严重的伤病和漫长的康复,但她从未放弃奥运梦想,她所追寻的仍然只有拼搏。赵蕊蕊在职业生涯里长期与伤病进行着顽强的抗争,一块陪伴一生的钢板镶在了她的右腿,也最终伴随她站上了北京奥运会的赛场。2007 年 4 月,张娜在训练中突感颈部及左肩疼痛难忍,但一向球风泼辣的她仍坚持完成训练后,才去医院接受了检查。医生当即给她戴上了脖套,要求她必须手术治疗,否则后果不堪设想。2008 年 8 月 9 日晚上,进行了人工椎间盘置换手术的张娜和队友们并肩站上北京奥运会的排球赛场。从雅典的金牌,到北京的季军,张娜的意志和品格深刻诠释着女排精神和奥林匹克精神。2013 年,刚刚斩获女排世青赛冠军的朱婷入选国家队,成为全队年龄最小的队员。国家队的队友们都帮助、照顾着她,让她感受到集体的温暖。朱婷始终牢记郎平的教导,"年轻人一定要有朝气,在场上要有为国争光的拼搏精神",通过自己的努力与拼搏,迅速实现了从年轻选手到世界第一主攻的蜕变。朱婷个人职业生涯 MVP 总数达到两位数,是名副其实的"MVP 收割机"。

郎平曾说:"女排精神不是赢得冠军,而是有时候知道不会赢,也竭尽全力。是你一路虽走得摇摇晃晃,但站起来抖抖身上的尘土,依旧眼中坚定。人生不是一定会赢,而是要努力去赢。"中国女排扎扎实实、勤学苦练、无所畏惧,顽强拼搏,才取得了辉煌成就。2016 年里约奥运会,中国女排以二胜三负结束小组赛,1/4 淘汰赛遭遇东道主巴西女排,经过激战,3:2 取得胜利,实现了不可思议的惊天逆转;2017 年,中国女排训练馆的墙上换了新的标语:走下领奖台,一切从零开始。这是郎平参加一次颁奖时说的话,她希望夺得奥运冠军的中国女排不要沉浸在过去的成绩中,放下荣誉冲击新的目标。

女排人才辈出,薪火相传。郎平从队员到队长再到中国女排主教练,朱婷从队员到队长,她们的成长,见证了中国女排的发展。朱婷、袁心玥、张常宁分别在 2013 年、2014 年和 2015 年涌现出来,当时她们都不到 20岁,在郎平的培养下进步迅速,并逐渐挑起大梁。2015 年,"朱袁张"首次在大赛中合体,中国女排拿到了世界杯冠军。参加过北京奥运会的魏秋月、徐云丽,伦敦奥运周期成长起来的惠若琪、杨珺菁,里约奥运周期的新人朱婷、丁霞,三个奥运周期运动员齐聚国家队。少年强则中国强,历年的世界青年女排锦标赛,不仅促进了青少年体育交流,一定程度上提高了青少年竞技水平,并从中发现和培养优秀运动员,使越来越多的青少年热爱、从事女排事业,同时也让女排精神得以发扬光大,薪火相传。年轻的女排姑娘们秉承着奋斗精神,手握新时代的接力棒,在训练场上咬牙坚持,挥洒青春,挑战自我,超越自我,走上排球事业的新巅峰,揭开人生新篇章,扛起新时代的新担当,赋予奋斗精神新的内涵。

"永不言败"

中国女排并非一帆风顺。走上过巅峰,也经历过低谷,但顽强拼搏、奋勇前进的劲头从未消失。中国女排从首次夺得世界冠军到创造世界女子排球历史上第一支五连冠队伍的奇迹,只用了短短 6 年。2003 年 11

月,第九届女排世界杯在日本大阪举行,中国女排以十一战全胜的战绩,继1986年之后时隔17年再次夺得世界冠军。2004年8月28日,中国女排绝地反击,3∶2逆转俄罗斯队,时隔20年再夺奥运会冠军。2016年8月20日,第三十一届里约奥运会女排决赛,中国女排3∶1力克塞尔维亚队,时隔12年再次夺得奥运会冠军。从低谷探索到逆风翻盘、勇创佳绩、走向巅峰,中国女排从不言败,初心未改。

大器晚成的颜妮是东京奥运周期里,中国女排年龄最大的老将。与伤病进行着顽强斗争的她常常在比赛时贴着形状不一的胶带,球迷们亲切又充满怜惜地称她为"胶带女皇"。东京奥运周期的封闭集训中,颜妮每天都要忍受着伤病带来的困扰,每次训练后,她都会摘下近十件护具,这一幕让多少人动容。始终心怀奥运梦想的颜妮说,虽然奥运会延期对她的影响和挑战非常大,但她会全力以赴、不断前进。

女排漳州训练基地接待科原科长顾化群是中国女排的"头号粉丝",他家中书柜里满满的相册记载了女排在漳州近50年的成长史。第三届女排世界杯决赛日,顾化群和基地工作人员在会议室里围着收音机收听赛况,中国女排赢了,国家体委直接打电话过来报喜。1992年,顾化群从岗位离开,但他始终是中国女排最亲近的"娘家人"。

在众多的女排粉丝之外,全国掀起了学习女排的热潮。1981年故事片《沙鸥》再现中日女排激战宋世雄解说桥段。本片由宋世雄真人出演,拍摄期间特意到天津体育学院取景拍摄。2019年,庆祝新中国70华诞故事片《我和我的祖国》《夺冠》部分,再现了1984年洛杉矶奥运会中国女排首次夺冠时刻举国欢腾的情景。在故事片中,女排夺冠成为与开国大典、原子弹爆炸成功、香港回归、北京奥运会、神舟飞船成功返航和建国七十周年大阅兵同样重要的历史瞬间,成为温暖而深刻的国家记忆。

向女排学习,关键是学精神、学思想、学方法、学经验,把女排的精神、思想、方法与自身相结合,在平凡的工作岗位上开创新时代新局面,不忘初心、牢记使命,为实现中华民族伟大复兴的中国梦而不懈奋斗。

20世纪80年代,女排凭借顽强的拼搏精神赢得了"五连冠",中国人无不为之自豪骄傲,女排几乎是每个国人的偶像和榜样。时至今日,女排魅力不减,粉丝遍布中华大地,纵跨几代人。2019年国庆前夕,女排以十一连胜的傲人成绩赢得了当年的女排世界杯,这同样也是也是中国女排第十次荣膺世界大赛冠军。

女排姑娘们始终坚持祖国至上,不断地顽强拼搏,胜不骄败不馁,为祖国增光添彩。

这世上,总有一种力量,能够抵抗时光的冲刷,能够踏平艰险山川,跨越激流,实现崇高理想。这世上,总有一种精神,能够穿梭时空,跨越距离,历史的回响不断激励奋发向上的国人不断超越自我、永不言败。这是女排精神,更是中国力量。

"海河回想"

天津女排是中国女子排球竞技群峰中一座秀美支脉,宣示着热爱祖国与热爱家乡的高度统一,弘扬着一往无前的坚韧拼搏精神。女排精神在这里传承光大。天津女排是这座城市的旗帜,是这座城市的荣耀,是天津人民尊敬和爱戴的传奇英雄。1956年建队,经历了67年风雨的天津女排始终刻苦训练,勇攀高峰,一路披荆斩棘,向着冠军的目标不断冲击,一次次创造属于天津,属于中国的奇迹。

杨锡兰,中国女排"五连冠"时期运动员。1982年世界女子排球锦标赛冠军、1984年洛杉矶奥运会冠军、1985年女排世界杯冠军、1986年世界女子排球锦标赛冠军。原天津南楼中学排球队队员。

1993年秋,赵雪琪出任天津女排主教练。冬天没有训练穿的毛坎肩,赵教练带着队员去买毛线,一件一件地织。一个月只能领3卷半的橡皮膏,她就发动队员在上午练习结束后将手指上的橡皮膏摘下来放在暖气上烤,下午训练接着用。为了节省经费,外出比赛就选择最便宜的机票,整个赛季客场比赛全队都是凌晨4点起床赶航班。赵雪琪从1993年开始带领天津女排完成了一波不可思议的"三级跳":从1993年青年联赛的 11 名(相当于全国的第 35 名)到 1997—1998 全国女排联赛(顶级联赛)中拿到第 5 名。赵雪琪执教的天津女排以防守顽强、作风硬朗著称。天津队的这种充满韧劲,打不死、拖不垮的比赛作风被称为"牛皮糖"精神,得到了广大球迷和媒体的认可。

王宝泉曾四次接任天津女排主教练,三度"归来",每一次重掌教鞭都伴随着一段故事。2002—2003 全国女排联赛,王宝泉病愈归来率领天津女排首夺联赛冠军。此后两年间,天津女排接连拿到全国女排锦标赛、全国女排大奖赛、全国第十届运动会冠军,完成大满贯。2012 年,王宝泉再度回归率天津女排夺得亚俱杯冠军。随后在 2012—2013 全国女排联赛再度夺冠,率队在 10 年间 9 夺联赛冠军。2013 年,天津女排夺得全国第十二届运动会冠军,实现全运会 3 连冠。2019 年,三度归来的王宝泉率队夺得 2019—2020 中国女排超级联赛冠军,荣获队史第 12 冠。天津女排也成为联赛中第一支以全胜(13 连胜)战绩夺得联赛冠军的队伍。

"无逆转,不天津"是天津女排出圈的独特符号,也为天津球迷所津津乐道,天津女排经典的逆转赛例早已印刻在每位天津球迷的脑海中。2003 年 1 月 25 日,天津女排首次闯进决赛,在第五局 9∶13 落后的情况下挽救 8 个赛点,将本应 15 分结束的决胜局最终打到了 25∶23 的罕见高分,实现了惊天逆转,首夺联赛冠军。2015—2016 赛季,在 5 场 3 胜的总决赛中,天津女排在主场 2∶0 领先情况下,客场与对手战成 2∶2 平,最终顶住压力拿下决胜场,第 10 次捧起联赛冠军奖杯。在球迷们激动和喜悦之时,有多少人能了解在征战决赛客场的那 14 天中,天津女排经历了怎样一种胜与负的洗礼。2017—2018 中国女排超级联赛的总决赛实行七场四胜制,李盈莹、王媛媛、杨艺、孟子旋这些女排队员们很多是第一次参加联赛。面对拥有世界级球星的对手,天津女排在总场次 2∶3 落后的情况下上演青春风暴,在客场连续拼下两个五局,最终总分 4∶3 夺冠。在这次联赛中年轻队员们迅速成长,李盈莹、王媛媛凭借出色的表现入选国家队。

中国排球学院于 2017 年 11 月在天津成立,中国排球协会副主席、中国女排主教练郎平出任中国排球学院院长。这些年来,天津非常注重女排后备人才的培养,有意识地从本土走向全国选拔人才。同时也加快青年女排队伍的建设,并在训练之余积极投身社会公益,使天津青年女排在品格、技术等方面都得到迅速的成长,以强大的实力迎接更高更强的挑战。几十年来,天津女排受到广大粉丝的爱戴,粉丝张士强自发创作了歌曲《永不言败》,广为传唱。此外,广大市民受到天津女排精神的鼓舞,在自身岗位上践行女排精神,牢记初心使命,为天津发展贡献力量。2020年1月15日,时任书记李鸿忠在接见天津女排运动员、教练员时指出,天津女排所呈现的不畏艰险、迎难而上、顽强拼搏的品质和精神力量为全市树立了榜样,各行各业都要积极学习,不断奋发向上,加快推动高质量发展。

结　语

风正帆悬　守正创新

当中国的改革开放进入了新的历史阶段,当"中国式现代化"引领我们去探索人类文明新形态时,创作的发展也有了新的方向。文艺工作不仅遵循社会发展的规律,而且揭示了社会前进的方向。每个时代的文艺都体现了时代的特色,中国特色社会主义进入新时代,在新时代人民群众的文化需求发生变化,对文艺产品的内容形式以及质量提出更高的要求,因此文艺作品呈现出多元化的趋势,特色化明显。科学技术的进步和互联网的飞速发展也为我国文艺事业的发展提供了全新的平台和强大的外驱力。习近平总书记对于文艺界的新气象和发展规律有着敏锐嗅觉和深刻的把握。对于网络文艺的迅速崛起和发展,习近平总书记提出要以全新的角度审视当前的新变化和新状态,引导网络文艺走上正轨,逐步发展为促进社会主义文艺事业发展的重要组成部分,跟上时代进步的步伐,积极适应时代发展并与新时代融合,为文艺事业发展提供更宽阔广大的平台,满足人民对文艺作品的需求。建立完善的文艺管理机制,进一步提高文艺创作质量,做好中国特色社会主义文艺建设工作。

党的二十大报告指出,我们确立和坚持马克思主义在意识形态领域指导地位的根本制度,新时代党的创新理论深入人心,社会主义核心价值观广泛传播,中华优秀传统文化得到创造性转化、创新性发展,文化事业日益繁荣,网络生态持续向好,意识形态领域发生全局性、根本性转变。这是一个十分重大的理论判断,是对近十年来意识形态领域发生的重大变化的深刻而科学的总结。自党的十八大以来,马克思主义美学和以马克思主义为理论基础的文艺批评逐渐从较为边缘的地位重新回到人文社会科学话语系统中的核心地位,逐渐产生出具有强大的凝聚力和引领力的美学和批评话语体系。要构建新时代中国文艺理论话语体系。习近平总书记明确指出:"在指导思想、学科体系、学术体系、话语体系等方面充分体现中国特色、中国风格、中国气派。"这是中国特色社会主义文艺事业的必经之路。文艺发展要紧紧依靠人民群众。社会主义文艺的创作与发展始终坚持以人民的需求为中心,这也契合了我们中国共产党的初心与使命。习近平文艺思想为我国文艺创作指明了方向,也为业内创作提供极高的价值参考。对文艺创作的目标、要坚守的价值等各个方面都给出了正确的方向。社会主义文艺创作有了风向标,就能够创造出人民群众喜闻乐见、形式丰富多样的优秀作品,继而加强人民群众和共产党的联系,密切党群关系,为中国特色社会主义事业添砖加瓦。

新时代以来,天津的现实主义题材创作延续了良好的势头,相信未来会有更多精彩的现实主义题材作品问世。相比较而言,天津目前现实主义题材作品产量较低,创作群体活力不足,现有作品缺乏系统的市场化运作,这也是整个文化产业所面临的困局,对此,天津在宣传和文艺工作方面也展现出很强的政策积极性,天津宣传思想明确提出"深化文化领域供给侧结构性改革,紧贴群众需求、时代需要,以精神文明建设"五个一工程"为龙头,实施文艺作品质量提升工程,创作推出一批文学、戏剧、电影、电视剧、音乐、美术等优秀文艺作品"。

近年来天津在加强现实主义题材创作的尝试中,改变了以往的传统媒体单向传播的格局,采用了全媒体传播的方式,拓宽了传播渠道,使传播主体更加多元,对现实主义题材的创作也产生了更多形式及内容上的变化。围绕"奋进新征程建功新时代",先后推出了"领航天津、行动天津、见证天津、你好天津、行走天津、品味天津、光影天津、阅读天津、幸福天津、建功天津"系列活动,以各式各样的活动形式加以宣传,全面系统地、重点突出地展示党的十八大以来天津以习近平新时代中国特色社会主义思想为基础取得的重大成就。

今后还需要大力夯实现实题材创作的素材积累和人才培育,重视天

215

津特色文化亮点的素材积累,挖掘天津先进个人集体以及天津特色文化符号的新时代意义,完善精品创作激励机制,积极争取出台现实题材作品创作扶持奖励办法,培育壮大地域性现实题材文学创作群体;强化现实题材作品的批评研究,鼓励发展高校、科研机构、社会团体等各类形态的现实题材创作批评研究机构和现实题材创作批评研究发表平台;积极促进现实题材创作的成果转化,依托各类"影视工作室",尤其是新媒体创作中心,完善优秀现实题材文学作品转化机制,加快文学作品转化。在追求思想精深、艺术精湛、制作精良的同时,运用新媒体技术降低演出成本,拓展服务手段,让更多优秀现实题材作品能够走进基层,切实为群众服务。

面对百年未有之大变局,我们肩负中华民族伟大复兴的历史责任,在中国式现代化发展进程中,天津将坚持马克思主义美学,形成特色文艺评价体系,创造出更多优秀的现实主义文艺作品,讲好天津故事,讲好中国故事。

参考文献

1. 赵炎秋,樊祥.20世纪30年代之后现实主义创作方法在中国的确立与发展[J].复旦学报(社会科学版),2022(64).

2. 杨继芳.向上向内的生命烛照——新时代电视剧现实主义风格的价值旨归[J].当代电视,2022(10).

3. 涂彦.现实主义表演美学的成功呈现——以新时代重大题材电视剧的精品创作为例[J].当代电视,2022(8).

4. 刘一村.现实主义题材影视剧如何圈粉年轻人——以《人世间》为例[J].南方文坛,2022(6).

5. 谢晓霞.空间流动视角下近十年现实主义题材电影研究[J].南京艺术学院学报(音乐与表演),2022(2).

6. 赵楠.试论现实主义题材的中国电影创作[J].文艺论坛,2021(4).

7. 余克东,陈思光.党的十八大以来中国现实主义题材电影处女作观察[J].电影文学,2021(10).

8. 闫海田.寻找"现实主义"的"网络形式"——2019年现实题材网络小说创作综述[J].当代作家评论,2020(4).

9. 夏烈,段廷军.网络文学"无边的现实主义"论——场域视野下的网络文学现实题材创作20年[J].中国文学批评,2020(3).

10. 蒋海军.商业电影如何与现实主义题材融合研究——兼论《我不是药神》给国产影片的启示[J].电影评介,2018(17).

11. 涂彦,刘扬.近年来现实题材网络剧的创作转向[J].中国电视,2022(10).

12. 张超,吴曼芳.为时代造像:中国现实题材电影影像呈现[J].电影文学,2022(17).

13. 侯志明.深入学习贯彻党的十九大精神加强现实题材创作奋力书写无愧于时代和人民的精品力作[J].当代文坛,2018(1).

14. 李庚.现实题材年代剧的历史面向[J].现代传播(中国传媒大学学报),2022(44).

15. 王长安.新时代需要怎样的现实主义戏剧[J].中国文艺评论,2020(5).

16. 戴清.精神频谱的时代嬗变——改革开放四十年现实题材电视剧[J].中国电视,2018(10).

17. 孙恒存.新时代人民美学及其现实主义精神[J].当代文坛,2019(3).

18. 丁亚平,季华越.电影现实主义的选择与劳动话语建构——论新中国70年电影的历史演进及其发展趋向[J].艺术百家,2021(37).

19. 饶曙光,李国聪.改革开放40年:现实主义与中国电影创作流变[J].电影艺术,2018(5).

20. 王未然.培根铸魂心系民族复兴伟业守正创新开拓电视剧艺术新境界——重点现实题材电视剧创作成果座谈会综述[J].当代电视,2022(1).

21. 丁帆.社会主义现实主义创作原则在中国阐释的演变(上)[J].文艺争鸣,2022(7).

22. 赵晓霞,陈静.现实主义电视剧人民性叙事研究——基于《人世间》《山海情》《大江大河》[J].中国广播电视学刊,2022(5).

23. 张小琴,文静.现实主义精神的回归——电视剧创作的一种可贵方向[J].电视研究,2021(12).

24. 何楚涵.打造现实主义精神高地——试析中国都市情感剧的创作品格[J].当代电视,2021(5).

25. 闫海田.寻找"现实主义"的"网络形式"——2019年现实题材网络小说创作综述[J].当代作家评论,2020(4).

26. 李林荣.在现实主义的风土里深耕小叙事——近年中国中短篇小说创

作态势探析[J].当代作家评论,2020(3).

27. 蒋承勇.现实主义中国传播70年考论[J].浙江社会科学,2019(11).

28. 胡薇.新中国70年话剧创作观念探析[J].中国文艺评论,2019(10).

29. 王纯菲,崔桂武.时代对于现实主义文学的呼唤——关于现实主义文学有利于弘扬核心价值观问题的思考[J].辽宁大学学报(哲学社会科学版),2019(47).

30. 汤晓敏.开放包容、融通中西、互学互鉴——新时代现实主义文学研究国际研讨会综述[J].当代外国文学,2019(40).

31. 汪荣.从《大江大河》看献礼剧的转型与新变[J].中国广播电视学刊,2019(4).

32. 丁帆.现实主义在中国百年历史中的命运[J].当代文坛,2019(1).

33. 孙蕾蕾.改革开放40年中国纪录片的转型[J].中国广播电视学刊,2018(12).

34. 申娇.现实题材戏曲作品的创作演出[J].四川戏剧,2021(11).

35. 杨铮.坚持以人民为中心的现实主义创作[J].传媒,2021(11).

36. 金丹元.新中国70年电影对现实主义创作的探索及其变迁[J].上海大学学报(社会科学版),2019(36).

37. 徐书婕.现实题材电视剧的情感叙事及其认同建构研究[J].中国电视,2019(4).

38. 饶翔.文学创作向现实主义有力回归[J].光明日报,2022-11-12.

39. 王守仁,徐蕾.表征与重构:跨越边界的现实主义文学[M].南京大学出版社,2019.